U0640609

花鸟物语

新韵诗歌（珍藏版）

美月冷霜　著

第五辑

中国财富出版社有限公司

图书在版编目（CIP）数据

花鸟物语：新韵诗歌：珍藏版．第五辑/美月冷霜著．—北京：中国财富出版社有限公司，2024.9

ISBN 978-7-5047-8058-4

Ⅰ.①花… Ⅱ.①美… Ⅲ.①诗集－中国－当代 Ⅳ.① I227

中国国家版本馆 CIP 数据核字（2024）第 017101 号

策划编辑	朱亚宁	责任编辑	贾紫轩 蔡 莹	版权编辑	李 洋
责任印制	梁 凡	责任校对	庞冰心	责任发行	杨恩磊

出版发行	中国财富出版社有限公司			
社 址	北京市丰台区南四环西路 188 号 5 区 20 楼		邮政编码	100070
电 话	010-52227588 转 2098（发行部）		010-52227588 转 321（总编室）	
	010-52227566（24 小时读者服务）		010-52227588 转 305（质检部）	
网 址	http://www.cfpress.com.cn		排 版	河北佳莹文化发展有限公司
经 销	新华书店		印 刷	三河市天润建兴印务有限公司
书 号	ISBN 978-7-5047-8058-4/I·0372			
开 本	710mm×1000mm 1/16		版 次	2024 年 9 月第 1 版
印 张	38.75		印 次	2024 年 9 月第 1 次印刷
字 数	521 千字		定 价	188.00 元（全 5 辑）

诗人的话

我把诗意种在大地上，叶子碧绿，花朵芬芳。
我邀诗意在枝头成长，果实丰硕，鸟儿歌唱。
我将诗意化成万千阳光，照耀万物，春风荡漾。
我渴望诗意之水尽情流淌，让星河的诗行滚烫之后，
再冷却下来奔向远乡，奔向远方，奔向远方……

风云有影天无涯
碧波溪亭起浪花
渡头景色美如画
春水过尽高邮鸭

眼前漂亮小黄鸭

可知有谁更无瑕

无法选择不长大

常在梦里乐开花

天外青山天外歌

绿水长流绿水河

壮怀任凭壮怀阔

争渡游来五龙鹅

风来雨去踩水泥
少见脚印留东西
天鹅飞行长比翼
并立湖中心相知

序　言

周　敏

古往今来，日月盈昃。无数人俯仰天地，探索无尽的宇宙；他们试图跨越时光长河，为人类命运寻觅良方。寂寞沙洲，秋鸟啁啾，人类的情绪从来便与自然紧密相连。

山川异域，风月同天。东西方所有伟大的文学著作，无一不是观照现实社会，剖析人性本能，辩证道德秩序。而这些作者几乎都需要从大自然中获得感悟，找到答案。

繁华喧嚣的现代社会，容易让人迷失方向，忘记自己的根源，但也有少数清醒之人会选择回归自然。正如幼儿于母亲温暖的怀抱中寻求庇护，他们也是从自然的血脉中汲取力量。

花与鸟是大自然的使者，它们能够反映天地的表情，链接人类的精神。诗人以花鸟为媒介，反思社会现实，关注人类命运。她期待用种种唯美灵动的自然元素，为人们拂去遮望眼的浮云，启迪我们的智慧，滋养我们的心灵。

《花鸟物语》同样是一部优秀的文学艺术作品。诗人的创作灵感源于中国文人雅士的审美情趣。无论是形式还是内容，都富有深厚的文化底蕴和强烈的艺术感染力。

诗人秉持无限的想象力和艺术才华，以独特的视角和细致入微的描写，将自然之美与人类的情感交织在一起。她以新古典主义七言诗的形式，包罗世间万象，将敏锐的思想触角伸向滚滚红尘中的各个角落；她以或含蓄典雅、或华丽绚烂、或诙谐风趣的语言，描绘了花开花谢的律动、鸟儿飞翔的自由、鱼虫游弋的轻盈，以及四季更迭的魔力；她的诗歌中透露出一种宁静与平和，让读者在喧闹的尘世中沉淀内心；诗歌的字里行间充盈着积极乐观和款款深情，引领读者发现生命之美，鼓舞我们不懈前行。

《花鸟物语》还是一部具有广泛且深刻社会意义的杰作。诗人通过描绘自然界瑰丽神秘的山川风貌、花鸟鱼虫，向读者传递了珍

惜自然、保护环境的重要性。她呼唤人们感恩大地母亲的馈赠，实现人与自然的和谐共存。

在这个充满雨露风霜的世界里，在起伏跌宕的人生旅途中，我们的心灵在不断寻找一种与自然的共鸣。《花鸟物语》如同一道清新的风景线，缓缓展开在我们眼前。诗人以花为镜，映射出人世的喜乐悲欢；诗人以鸟为歌，吟唱出宇宙缤纷多彩的旋律。

最后，谨以此书，献给所有热爱自然，享受生命的朋友。

愿我们能停下匆忙的脚步，触摸自然的脉搏。

愿每一个人都能用心去感受那些悠然自得的花鸟，用爱去聆听它们的物语。

目 录
contents

3

新韵七言话花鸟

shù liù
树鹨

xuě rú méi huā fēn fēi zǒu　　qīng shān yī yè bái le tóu
雪如梅花纷飞走，青山一夜白了头。
yín shì jiè lǐ kàn shù liù　　wú wéi ér wéi zhèng qīng xiū
银世界里看树鹨，无为而为正清修。

　　诗人借梅和雪的相似之处，将大雪纷飞的景象与梅花的娇美相结合，形象生动地描绘出冬日的美景。白雪覆盖的青山仿佛披上一层银装，神秘而庄严。诗中的"无为而为正清修"源自中国道家学说，表达了无欲无求的境界。这首诗将自然界之美与人的精神境界相结合，给人以美的享受和心灵上的净化。树鹨，分布于俄罗斯东北部，中国内蒙古、河北等地。在中国，树鹨每年繁殖期前，会飞往东北三省，越冬时飞往南方。物语：迁徙很累，机票免费。

<ruby>水<rt>shuǐ</rt></ruby> <ruby>雉<rt>zhì</rt></ruby>

<ruby>春<rt>chūn</rt></ruby> <ruby>与<rt>yǔ</rt></ruby> <ruby>秋<rt>qiū</rt></ruby> <ruby>水<rt>shuǐ</rt></ruby> <ruby>相<rt>xiāng</rt></ruby> <ruby>对<rt>duì</rt></ruby> <ruby>时<rt>shí</rt></ruby>，<ruby>物<rt>wù</rt></ruby> <ruby>间<rt>jiān</rt></ruby> <ruby>唯<rt>wéi</rt></ruby> <ruby>美<rt>měi</rt></ruby> <ruby>止<rt>zhǐ</rt></ruby> <ruby>于<rt>yú</rt></ruby> <ruby>斯<rt>sī</rt></ruby>。

<ruby>超<rt>chāo</rt></ruby> <ruby>级<rt>jí</rt></ruby> <ruby>奶<rt>nǎi</rt></ruby> <ruby>爸<rt>bà</rt></ruby> <ruby>看<rt>kàn</rt></ruby> <ruby>水<rt>shuǐ</rt></ruby> <ruby>雉<rt>zhì</rt></ruby>，<ruby>凌<rt>líng</rt></ruby> <ruby>波<rt>bō</rt></ruby> <ruby>仙<rt>xiān</rt></ruby> <ruby>子<rt>zǐ</rt></ruby> <ruby>谁<rt>shuí</rt></ruby> <ruby>能<rt>néng</rt></ruby> <ruby>及<rt>jí</rt></ruby>。

　　柔和春光洒在湖泊之上，映照出绚烂的色彩。秋天的湖水呈现出深沉的蓝色，仿佛宁静与神秘都蕴含其中。这首诗以优美的文字描绘了春秋之间的美景，令人感叹世间的唯美止于此处。诗中"超级奶爸"象征着男性的责任和爱，水雉静静划过湖光山色，风姿赛过凌波仙子。水雉，中国常见季节性候鸟。分布于斯里兰卡，中国南方各地区。栖息于植被茂密的沼泽、池塘和水田。体形优雅，是自然界中少数雌雄互换角色的鸟类。物语：全新学科，公平之作。

丝 光 椋 鸟

眠风揽月有余情，哪双翅膀不生猛。

行云流水破冰冻，远山犹闻椋鸟声。

　　诗人通过描写风、月、云、水、山等元素，传递出对自然的赞美。鸟儿眠风揽月，徜徉在天地间，自在而风雅，既体现了自然之美，又蕴含着诗人内心的深情。翅膀生猛的鸟儿象征着生命的健美，而"行云流水破冰冻"的描写，则暗示着自然界中生命的循环。丝光椋鸟，中国特有鸟种，主要分布于中国云南、贵州、四川等多个地区，周边国家也有分布。栖息于丘陵稀树和草坡旷野以及村落附近，偶尔出现于河谷海岸。物语：青山绿水，大地生辉。

四川白鹅

远水长天月如帆，壮志凌云装满船。
四川白鹅高声唤，开启生命新纪元。

　　这首诗以宏远的意境展示了壮志豪情和追求未来的决心。开篇给人以无限遥远的感觉，仿佛驾船在广阔的海上航行。诗人满怀雄心壮志，渴望超越尘世的平凡。她笔下的四川白鹅显示了大自然的生机，也象征着四川地区的繁荣兴旺，传递出迈向新时代的希望和信心。四川白鹅，优秀的地方保护品种，位列中国20个鹅品种保护之首。主产区分布于四川省温江、宜宾、永川等丘陵与水稻产地。物语：如雪梅香，浪花千行。

四声杜鹃
sì shēng dù juān

六月麦黄欲收割，布谷野外叫快活。
liù yuè mài huáng yù shōu gē　bù gǔ yě wài jiào kuài huo

妄语光棍最好过，却忧无伴助打禾。
wàng yǔ guāng gùn zuì hǎo guò　què yōu wú bàn zhù dǎ hé

　　这首诗凭借鲜明的意象和韵律展现了丰收的喜悦。麦黄收割的景象仿佛在眼前，布谷鸟的欢快鸣叫让人感受到大自然的活力。诗中的"光棍"比喻生动有趣，描绘出一个人在丰收时无助的孤寂感。这种对于友伴的渴望让人们更加珍惜彼此的陪伴。四声杜鹃，别名：布谷鸟。分布于西伯利亚、日本等多个地区，中国东北至兰州以南各地。每年在大苇莺和灰喜鹊以及黑卷尾等鸟的巢中产卵，能够以假乱真。物语：爱恨参半，空留遗憾。

松雀
sōng què

雨林间秋不知冷，喧闹比并溪水声。
yǔ lín jiàn qiū bù zhī lěng　xuān nào bǐ bìng xī shuǐ shēng

松雀枝头亲情重，美如白云爱春风。
sōng què zhī tóu qīn qíng zhòng　měi rú bái yún ài chūn fēng

　　秋风瑟瑟，白雨青涧，本给人以寒凉之感，但远处传来溪水喧嚣，热闹非凡，仿佛冲淡了这份清冷。诗人笔下的秋林悠远但不寂寥，因为松雀的存在而更显脉脉温情。雌雄鸟儿匆匆忙忙往返于巢穴与山林之间，为幼雏带来充足的食物。它们的爱如白云眷恋春风，缠缠绵绵，无微不至。松雀，分布于北欧、阿拉斯加等地，冬季迁徙至以色列、约旦等地区，中国分布于兴安岭、长白山等地区。松雀喜欢成对在树枝上活动。物语：登高母子，情长万里。

蓑羽鹤
suō yǔ hè

银屏蘸水花前约，出尘拾翠折团荷。
yín píng zhàn shuǐ huā qián yuē chū chén shí cuì zhé tuán hé

迎风飞来蓑羽鹤，捉条鱼儿送秋波。
yíng fēng fēi lái suō yǔ hè zhuō tiáo yú ér sòng qiū bō

　　眼前的美景如画楼锦屏，精妙绝伦。水面上细碎的波光，折射
秋阳。有人自远方翩然而来，赏玩莲池中的翠叶团荷，似乎在等候
与他约定的人。一只轻盈的蓑羽鹤伫立一旁，娴雅的步伐仿佛在风
中起舞。它衔着一条小鱼想要送给心仪的对象，眼眸中流露出焦急
的神态。这首诗的精妙之处在于描绘了两个等候的角色，彼此相映
成趣。蓑羽鹤，分布于中国内蒙古、吉林、黑龙江、甘肃、宁夏等
地，为夏候鸟。物语：落地生辉，亲情金贵。

太湖鹅
tài hú é

月落心底清梦长，绿水红菱莲子香。
yuè luò xīn dǐ qīng mèng cháng　　lǜ shuǐ hóng líng lián zǐ xiāng

太湖鹅起荷花浪，弄个刺身细品尝。
tài hú é qǐ hé huā làng　　nòng gè cì shēn xì pǐn cháng

　　月亮与清梦交织，落入心底。绿水倒映红菱，莲子甜香细细。太湖鹅欢腾地畅游在湖面，追逐嬉戏，热闹的动静搅乱一湖秋水，令残荷都溢出几分生机。诗人先是描绘出一幅唯美的太湖秋景，接着又谐趣地将鹅群捕鱼的景象比喻成"弄个刺身细品尝"，让人感受到生活的惬意。太湖鹅，原产于长江三角洲太湖地区，遍布于浙江省嘉湖区域、上海市郊县以及江苏省大部，以溧阳常武地区的草鹅质量最优。鹅群自由放养生长。物语：美艳神奇，稍纵即逝。

塘鹅

集群飞行为生活，银河欲渡天山雪。
塘鹅想得最透彻，不要独白乐趣多。

　　这首诗以塘鹅集群飞行的壮观景象开篇，开门见山地阐述了它们"报团取暖"的生活习性。诗人用"银河欲渡天山雪"比喻塘鹅集结在一起时给人们带来的视觉震撼，显得气势磅礴。诗人心目中的塘鹅对生活有深刻的思考和领悟。它们深知集体协作、共同抵御险恶环境、分享快乐的重要性。塘鹅，体形健硕，嘴下的气囊可以缓冲水面的压力。雄性求偶时会努力展示自己，喜欢集群出动觅食，其双眼具有切换焦距的能力。物语：细枝末节，任风漂泊。

天山雪鸡

^{tiān shān xuě jī}

碎玉乱琼似有声，千钧之力几回同。

天山雪鸡也任性，啄尽高来低往风。

　　这首诗以夸张的语言描绘了天山雪鸡的无尽魅力。碎玉乱琼般的积雪中隐隐传来沉闷的声响，寓意大自然中蕴含磅礴的力量。相比之下，万物生灵显得如此脆弱渺小。但天山雪鸡在千钧之力的挑战中，一次次的奋力拼搏，它们藐视高来低往的寒风，举重若轻地应对生活中的一切险恶，呼应着人们追求成功的无畏精神。天山雪鸡，原产于中国高山之巅，为中国特有的珍禽品种，分布于新疆、青海、西藏、四川等高海拔地区。物语：日落山色，月盈如雪。

文鸟

wén niǎo

kōng shān liú shuǐ dài xī yún　　kàn bù gòu de shì xīn chūn
空山流水带溪云，看不够的是新春。
wén niǎo běn yǔ tiān qīn jìn　　rú jīn shēng chū ài rén xīn
文鸟本与天亲近，如今生出爱人心。

　　这首诗以深山幽谷为背景，描述了溪水从山间缓缓流淌，云雾缭绕的美景。诗人感叹新春的风光令人欣喜，仿佛无法尽览其美丽。文鸟生来与天空亲近，展现了大自然与生灵的紧密联系。然而，它们如今更热爱人类。诗人用简短的几行字，表达了对于人类与鸟族情感互通，和谐共存的期待。文鸟，原产于亚洲，在中国主要分布于南方部分地区，常见于长江南部低海拔的林缘和次生灌木农田中，东南亚等地区也有分布。物语：物转星移，悄无声息。

wū dōng
乌鸫

祈祷美梦不复醒，百鸟齐鸣侧耳听。
qí dǎo měi mèng bù fù xǐng bǎi niǎo qí míng cè ěr tīng

唯有乌鸫添厚重，力挽青丝暮雪情。
wéi yǒu wū dōng tiān hòu zhòng lì wǎn qīng sī mù xuě qíng

　　这首诗的首句表达了诗人对美好梦境的眷恋。百鸟齐鸣，百花绽放，眼前的美景令人不忍割舍。诗中的乌鸫呈现出沉稳厚重的姿态，相较于诗人和别的鸟类对于美好时光的珍惜，它更愿意竭尽全力挽留时间的脚步，令青丝不被暮雪侵染。这首诗让我们感受到了诗人内心深处对美好事物的追求和对时光流逝的感伤。乌鸫，瑞典国鸟。通身羽毛乌黑色，具有金属光泽，声好听会学舌。雄鸟有黄色眼圈，雌鸟和幼鸟没有。物语：百舌先生，尝试进城。

乌林鸮
wū lín xiāo

闲居枝头乐逍遥，临风听雨乌林鸮。
xián jū zhī tóu lè xiāo yáo　lín fēng tīng yǔ wū lín xiāo

花好月圆也霸道，如此美景谁肯老。
huā hǎo yuè yuán yě bà dào　rú cǐ měi jǐng shuí kěn lǎo

　　乌林鸮在树枝上休憩，尽情享受逍遥的乐趣。它们倾听雨水潺潺和林间风鸣，感受大自然的宁静与美妙。诗中的"花好月圆也霸道"这一句别出心裁，展示了乌林鸮对于美好生活强烈的掌控欲，它们不容任何外界力量剥夺眼前的幸福，甚至企图抵御时光无情流逝。乌林鸮，分布于欧洲北部、蒙古国东北部、北美洲等地区，中国仅分布于黑龙江呼玛，内蒙古兴安盟科尔沁右翼前旗、呼伦贝尔市的根河、博克图。目光如炬，听觉敏锐。物语：月夜神将，英姿飒爽。

乌鸦

万籁寂静云无影，深山月出映碧空。
乌鸦虽黑不认命，非要妆后嫁春风。

　　万籁寂静，仿佛整个世界都陷入沉睡。月亮升起于碧空，将光辉洒向大地，让万物感受到无尽的宁静与安详。乌鸦身披黑色羽毛，外形丝毫不讨喜，但它们并不甘心接受命运的安排，而是勇敢地挣脱束缚，追逐自己的爱情和梦想。无论外界如何诋毁和嘲笑，它们始终不愿妥协。乌鸦，除南美洲、新西兰和南极洲外，几乎遍布于全世界。主要栖息于低山、平原和山地阔叶林等各种类型的森林中，会集结成大群体在高树上鸣叫。物语：掌握玄机，志向千里。

五彩金刚鹦鹉

红光欲从蓝波出，五彩缤纷忽多余。
鹦鹉执锐闯天路，顺风奏响春光曲。

　　激扬热烈的红色与深沉明艳的蓝色共同营造出视觉震撼，其他缤纷的色彩显得黯然失色。我们可以理解为红蓝双色寓意诗人最推崇的两种精神：热烈和探索。她通过描绘五彩金刚鹦鹉披坚执锐、勇往直前的形象，表达了积极向上的人生态度。在顺风的推动下，鹦鹉奏响了春光的乐曲，仿佛踏着凯歌一路向前，永不停歇。五彩金刚鹦鹉，分布于墨西哥南部、美国中部和南美洲，生活于热带雨林。物语：美色浪漫，沉淀千年。

五色鸟
wǔ sè niǎo

tiān xià hé chù wú chuī yān　　qīng lù diǎn dī shī cǎi tuán
天下何处无炊烟，清露点滴湿彩团。
wǔ sè niǎo pěng guì huā yàn　　zhí jiē sòng wǎng xiù lóu qián
五色鸟捧桂花宴，直接送往绣楼前。

　　天宫仙云缥缈，却不及人间万家烟火。点滴清露湿润五色鸟的锦绣华裳，为它们增添几许如珠似玉的耀眼光泽。诗人笔下的五色鸟仿佛神话中的仙使，采撷芬芳馥郁的桂花酿成美酒，送到朱户绣楼前，为楼中的满座高朋怡情助兴。这首诗充分体现出诗人对于俗世生活的热爱以及对美好事物的追求。五色鸟，为中国台湾的特有种。五色鸟身披五彩斑斓的漂亮外衣，隐蔽于绿色叶丛中，会发出4种不同节奏与高低变化的鸣叫声。物语：爱无更替，情如初时。

喜鹊

xǐ què

mèng zhōng wú chén tàn fú yún　　juǎn dì xuě zhōng mò chū xīn
梦中无尘叹浮云，卷地雪中墨初新。
xǐ què fēi lái bào tiān xìn　　jīn wú hán liú luàn qián kūn
喜鹊飞来报天信，今无寒流乱乾坤。

　　梦境之中纯洁无瑕，也不存在俗世的烦恼喧嚣，诗人望着浮云心生羡慕，多希望能像它一样自由自在，没有羁绊。喜鹊在空中划下优美的曲线，黑白两色的羽毛如卷地雪、墨初新，它们带来的喜讯冲淡了诗人的愁绪：今天没有寒流摧残百花，乾坤和煦，温暖怡人。喜鹊，除南美洲、大洋洲与南极洲外，几乎遍布世界各大陆。喜鹊在地上活动嬉戏时喜欢跳跃式前行，鸣声响亮，常边飞边鸣叫。物语：锦官报喜，万事如意。

xiǎo bái tù

小白兔

xiǎo bái tù yǒu hóng yǎn jīng ěr duo cháng cháng zuì lā fēng
小白兔有红眼睛， 耳朵长长最拉风。
tiān shēng jiù huì dǎ dì dòng guǒ yuán chú cǎo yě hěn xíng
天生就会打地洞， 果园除草也很行。

　　诗人以童谣般的语言赞美了小白兔的软萌可爱，韵律明快，朗朗上口。小白兔的眼睛宛如两颗明亮的红宝石，长长的耳朵使身材比例像幼童般惹人怜爱。它天生具有打地洞的本领，这是它们在大自然中生存的技能；它也能在果园除草，为人类创造良好的环境。小白兔，家兔的祖先是穴兔。在中国民间白兔代表月亮，是祥瑞之物。现代宠物兔有体形大的，也有迷你可爱的，越是千奇百怪越受宠物界欢迎。物语：天生精灵，从不争宠。

小 鹅

小鹅美得心酥软，欢乐洋溢湖泊间。
绿水之中梦无限，红掌拨出艳阳天。

　　清澈绿水之中，仿佛隐藏着无限的美好。当红掌拨动时，艳阳天也因此绽放。这首诗以小鹅为主角，将其可爱的形象描绘得深入人心。小鹅的外貌美得令人心酥软，它们在山水间欢快地嬉戏，散发着快乐的气息。湖泊仿佛成为无限梦想的象征，小鹅们自由自在地畅游，无拘无束地享受生命的美丽。小鹅，一种野生鸿雁驯化而成的常见食草家禽，全身都是宝，具有喜水等特殊习性。中国驯化饲养鹅有着超过千年的历史。物语：警惕性高，比狗还好。

小狗

xiǎo gǒu

毛毛茸茸样憨憨，四条小腿条条短。

眼睛圆圆真好看，天真无邪玩得欢。

　　首先，诗人用"毛毛茸茸样憨憨"来形容小狗，不仅形象生动，更使人感受到温暖和亲切。接着，诗人描写小狗四条小短腿，进一步渲染了它的可爱程度。而"眼睛圆圆真好看"则展现出它天真无邪的一面，仿佛能够触动人心。这首诗不仅表现了小狗的快乐天性，也使人联想到自己的童年时光。小狗，最早从野狼驯化而成的家畜。品种多，有的会照顾羊群，有的会稽查毒品，有的会拉雪橇，有的会为视障者提供导盲服务。物语：宝宝无害，人见人爱。

小鸡仔
xiǎo jī zǎi

qīng yíng wǎn jiù jǐ piàn huáng　　máo róng jī zǎi kāi xīn zhǎng
轻盈挽就几片黄，毛绒鸡仔开心长。
mò yào zhǎng dà mò huàn yàng　　cǐ shí cǐ kè zuì fēng guāng
莫要长大莫换样，此时此刻最风光。

　　从字面上来看，诗人将几片轻盈的黄色花瓣与毛绒鸡仔联系在一起，描绘出活泼可爱的形象，令人心生欢喜。诗人随后殷切期盼，小鸡仔不要长大改变自己的样貌，要保持最初的纯真与快乐。这句话深深触动了人们内心深处对童年的回忆和对于繁忙生活的倦怠。小鸡仔，一种由野鸡驯化而成的常见家禽。中国是最早驯化野鸡的国家之一，有着超千年的历史。小鸡仔如果驯化得当，可以听懂简单的口令。物语：幼时当宝，长大吃掉。

<ruby>小<rt>xiǎo</rt></ruby> <ruby>马<rt>mǎ</rt></ruby> <ruby>驹<rt>jū</rt></ruby>

<ruby>人<rt>rén</rt></ruby><ruby>人<rt>rén</rt></ruby><ruby>都<rt>dōu</rt></ruby><ruby>爱<rt>ài</rt></ruby><ruby>小<rt>xiǎo</rt></ruby><ruby>马<rt>mǎ</rt></ruby><ruby>驹<rt>jū</rt></ruby>，<ruby>陪<rt>péi</rt></ruby><ruby>伴<rt>bàn</rt></ruby><ruby>妈<rt>mā</rt></ruby><ruby>妈<rt>ma</rt></ruby><ruby>最<rt>zuì</rt></ruby><ruby>幸<rt>xìng</rt></ruby><ruby>福<rt>fú</rt></ruby>。
<ruby>如<rt>rú</rt></ruby><ruby>今<rt>jīn</rt></ruby><ruby>家<rt>jiā</rt></ruby><ruby>家<rt>jiā</rt></ruby><ruby>都<rt>dōu</rt></ruby><ruby>致<rt>zhì</rt></ruby><ruby>富<rt>fù</rt></ruby>，<ruby>再<rt>zài</rt></ruby><ruby>无<rt>wú</rt></ruby><ruby>从<rt>cóng</rt></ruby><ruby>前<rt>qián</rt></ruby><ruby>脚<rt>jiǎo</rt></ruby><ruby>力<rt>lì</rt></ruby><ruby>苦<rt>kǔ</rt></ruby>。

　　这首诗以简洁明快的语言表达了人人都喜爱小马驹的情感，同时强调了小马驹陪伴在妈妈身边就能获得巨大幸福。诗人还描绘了如今的社会繁荣景象，家家都致富。与过去相比，小马驹再也不用承受充当脚力的苦楚。这首诗以朴实的语言展示了人们对于亲情的眷恋，同时也让人感受到现代社会进步带来的巨变。小马驹，马是经由野马驯化而成，有着超过千年的历史。马在战争、农业、交通运输领域起着重要作用。物语：自由伊始，日行千里。

小猫

xiǎo māo

róu qíng mèi lì wú kě dǎng　　miāo miāo méng huà rén xīn fáng
柔情魅力无可挡，喵喵萌化人心房。

tiān shēng jiù shì xiǎo hǔ jiàng　　wēn wǎn lǐ miàn yǒu gāng qiáng
天生就是小虎将，温婉里面有刚强。

　　在这首诗中，诗人以抒情的笔触将小猫的柔情与魅力展现得淋漓尽致。它们可爱的形象犹如一股温暖的春风，轻轻拂过人们的心房；它们天生的小虎将特质，给人们带来无尽的惊喜。这首诗通过简洁而准确的语言，向我们展示了小猫的魔力。它们温婉里面蕴含刚强，让人们爱到骨子里。小猫，属于猫科动物，是全世界家庭中饲养较为广泛的宠物。猫的种类繁多，早期的家猫会捉老鼠，保护粮仓，现在的宠物猫会陪伴人类。物语：家有宠物，牵挂照顾。

小猫头鹰

小小萌萌猫头鹰，直接萌出金星瞳。
生来就有飞天梦，长大驾风游长空。

　　萌哒哒的小猫头鹰，如同一颗明亮的星。它的金色双瞳，散发着迷人的光。生来就怀揣着飞天梦，渴望在长空中翱翔。它的可爱模样，让人忍不住想要抱一抱；它那轻巧的翅膀，将助力它穿越无尽的蓝天；在自由的长空中，它展现着灵动的身姿；它的成长之路，将是一段勇敢与坚持的旅程。小猫头鹰，鸮形目，全世界总数超过130种。因为长着像猫一样的大脸盘，被叫作猫头鹰，分布于全球多个地区。物语：久而久之，变成知己。

xiǎo máo lú

小毛驴

máo lú wú jù láng hé hǔ　　 zǒu qǐ lù lái bù rèn shū
毛驴无惧狼和虎，走起路来不认输。
xián shí cháng cháng mài fāng bù　　 zhù zài xiāng cūn tú shū fu
闲时常常迈方步，住在乡村图舒服。

　　这首诗以毛驴为题，赞美其勇敢和坚韧的品质。小毛驴面对狼和虎时毫不退缩，展现出无所畏惧的勇气。它们在闲暇时也喜欢迈着方步，悠然自得又惬意。它们选择住在乡村，享受着宁静舒适的生活，体现出它们对自然环境的热爱，也激发了我们对于田园牧歌的向往。小毛驴，体形比马小很多，其形象似马，多为灰褐色，头大耳长，因而体高和身长大体相等，呈正方形。早年在中国乡村，毛驴是重要的脚力家畜之一。物语：前行路上，迈步生香。

小牛犊
xiǎo niú dú

wēn shùn shàn liáng xiǎo niú dú
温顺善良小牛犊，

chéng cháng zhī zhōng jīng fēng yǔ
成长之中经风雨。

shēng lái jiù yào xué rèn lù
生来就要学认路，

zhī yǒu fù chū bù suǒ qǔ
只有付出不索取。

这首诗赞美了一只温顺善良的小牛犊，它在成长的过程中经历了风雨洗礼。它学会了从挫折中汲取经验，从困境中寻找机遇。它温和的性格使得它与人类相处融洽，无论是面对艰难困苦，还是遭遇挫折与磨难，小牛犊都能勇敢而坚韧地面对。它用自己的行动诠释了无私奉献的精神，让人们对它充满赞叹。小牛犊，牛的祖先是体型高大的原牛。在驯化过程中，主要被分散到北非、欧亚以及中东三个区域。物语：有甜有苦，正常程序。

<ruby>小<rt>xiǎo</rt></ruby> <ruby>鸭<rt>yā</rt></ruby> <ruby>子<rt>zǐ</rt></ruby>

<ruby>垂<rt>chuí</rt></ruby><ruby>柳<rt>liǔ</rt></ruby><ruby>弯<rt>wān</rt></ruby><ruby>下<rt>xià</rt></ruby><ruby>小<rt>xiǎo</rt></ruby><ruby>蛮<rt>mán</rt></ruby><ruby>腰<rt>yāo</rt></ruby>，<ruby>告<rt>gào</rt></ruby><ruby>诉<rt>sù</rt></ruby><ruby>鸭<rt>yā</rt></ruby><ruby>鸭<rt>yā</rt></ruby><ruby>上<rt>shàng</rt></ruby><ruby>岸<rt>àn</rt></ruby><ruby>好<rt>hǎo</rt></ruby>。

<ruby>水<rt>shuǐ</rt></ruby><ruby>中<rt>zhōng</rt></ruby><ruby>鱼<rt>yú</rt></ruby><ruby>虾<rt>xiā</rt></ruby><ruby>都<rt>dōu</rt></ruby><ruby>不<rt>bù</rt></ruby><ruby>要<rt>yào</rt></ruby>，<ruby>甩<rt>shuǎi</rt></ruby><ruby>开<rt>kāi</rt></ruby><ruby>脚<rt>jiǎo</rt></ruby><ruby>丫<rt>yā</rt></ruby><ruby>瞧<rt>qiáo</rt></ruby><ruby>一<rt>yī</rt></ruby><ruby>瞧<rt>qiáo</rt></ruby>。

　　诗人通过精练的语言和富有节奏感的句子，展现了自然与生命的美妙相融。"垂柳弯下小蛮腰"，生动有趣，温柔婉约。它告诉小鸭子快快上岸，这是对生命的呼唤和引导。乖巧可爱的小鸭子不爱水中的鱼虾，而是饶有兴趣地打量这个新奇的世界。小鸭子，鸭是雁形目鸭科鸭亚属水禽的统称。绿头鸭是大部分家鸭的祖先，通常栖息于淡水湖畔，亦成群活动于江河、湖泊、水库、海湾和沿海滩涂盐场等水域。物语：天真烂漫，不用下蛋。

小羊羔

绿色草原天清纯，羊羔跪乳会感恩。
亲子之情说不尽，人物一理叫爱心。

　　天空湛蓝，清晨的阳光洒在青翠的大地，仿佛是大自然赋予的原生态画卷。羊羔感恩地吮吸着母亲的乳汁，这种场景让人感受到了亲情的力量。诗人热情赞美了绿色草原的美丽和纯净，以及羊羔跪乳时的感恩之情，同时强调了彼此相亲相爱是所有物种共有的情感。小羊羔，羊是羊亚科的统称，人类的家畜之一。中国主要饲养山羊和绵羊，全世界各地广泛分布。在欧美和中国的草原牧区已经成为生活中最重要的副食品之一。物语：羊最善良，可当奶娘。

小羊驼

聪明伶俐小羊驼，高扬脑袋像帅哥。
宠物自己有部落，和谐共生好处多。

　　小羊驼聪慧的头脑令人赞叹，高扬的脑袋更是显露出它的帅气和自信。它如同一位迷人的帅哥，吸引着万千目光。在自己的部落中，小羊驼与其他同类和平相处，共同生活。它们彼此尊重、互相关爱，创造出一个充满温馨和友爱的环境。小羊驼，性情温顺，伶俐而通人性，为生活在南美洲的主要圈养家畜，大多生活在秘鲁和智利，少量分布于澳大利亚。羊驼早期曾被印第安人驯化成为主要载重家畜。物语：小小羊驼，跳脱活泼。

小猪

小猪生来是个宝，不用干活不用教。
肚子饿了高声叫，吃饱喝足到处跑。

　　这首诗以简洁的语言描绘了小猪的可爱和天真，它们无需劳作，也无需思考，这种天真无邪的状态令人心生喜爱。当小猪肚子饿了，它会高声大叫，这种直接表达自己需求的方式展现出小猪的真实和直率。它只需要吃饱喝足，就会活力四射地到处奔跑，像个撒欢的小宝宝。猪是很古老的哺乳动物，至今非洲等地区仍有一定数量的野猪。人类从很早就开始捕获野猪并将其驯养为家畜，全世界各地区均广泛分布和圈养。物语：猪有智慧，不信后悔。

笑翠鸟

大旱谁不望云霓，只待雨来将天洗。
水底鱼群正嬉戏，谁来渔利风尽知。

　　大地干枯龟裂，万物渴望云霓，期待一场暴雨荡涤乾坤，解救干旱之苦。只有水底的鱼群依旧无忧无虑地嬉戏，相对于干渴的动植物，它们是那样幸运。但是诗中的尾句"谁来渔利风尽知"又点明了世间任何事物都在变幻之中，幸福不会恒久，正如鱼群也会面临天敌或人类的威胁。笑翠鸟，主要生活在澳大利亚东部和西南部的森林，笑翠鸟群居体由几个家庭和几代成员组成。一生只找一个伴侣，具有很强的领地观念。物语：当仁不让，览尽风光。

新几内亚极乐鸟

金风玉露凤凰巢，飞出红羽极乐鸟。
只因缘份还未到，故而相思比天高。

无名之海上漂浮着时隐时现的辉煌岛，红羽极乐鸟拖曳着华丽的尾羽，像团七彩的火焰穿雾而出。这首诗的开篇描绘了一幅童话般的场景，为极乐鸟的出场增添几许神秘的色彩。它流盼的眼眸蕴含深情，望向遥远的天际，仿佛是在期待心爱的伴侣回归的身影。新几内亚极乐鸟，别名：红羽极乐鸟。巴布亚新几内亚的国鸟。分布于新几内亚东部的热带森林中。求偶时，雄鸟会在高树上拍动双翼并摇头来表达对雌鸟的爱意。物语：气象万千，春晖无限。

信天翁
xìn tiān wēng

chuān liú sì hǎi guī yú tíng　　　bǎi niǎo zhēng míng yè shōu shēng
川流四海归于停，百鸟争鸣夜收声。
bì bō làng huā bù kān zhòng　　　tuō qǐ cháng yì xìn tiān wēng
碧波浪花不堪重，托起长翼信天翁。

　　这首诗以巧妙的构思和精湛的文字描绘了大自然的美妙景色，展现了繁荣与宁静的交替变化。汪洋在夜晚静止，仿佛时间停滞；百鸟不鸣，纷纷坠入梦乡。正如我们的生命，在热闹喧嚣之后终将归于沉寂。只有信天翁高高飞翔于波涛之上，它们自由自在，似乎已经超越生死。信天翁，南北半球均有分布。信天翁繁殖于中国南部海域，冬季常见于中国台湾、山东等沿海地区。信天翁双翅展开可达3～4米，是空中滑翔的高手。物语：遮天蔽日，寿与福齐。

鸺鹠
_{xiū liú}

风来雨去天有情，鸺鹠捕猎静无声。
昼伏夜出是习性，林中奶凶也呆萌。

　　风雨交替，天地间充满了浓郁的情感，仿佛大自然也有着自己的表达。鸺鹠在捕猎时静默无声，展现了它们独特的狩猎技巧和沉着稳健的作风。白天隐藏在林中，夜晚才出现，这是它们的习性，也是适应环境的智慧之处。但别看它们外貌凶猛，其实性格呆萌，人畜无害。鸺鹠，国家二级保护动物，夜行性鸟类，少数时间白天也活动。除欧洲、大洋洲、南极洲外，世界各地广泛分布。喜欢捕食老鼠、兔子等，对农业有益。物语：生存逻辑，终获满意。

绣眼

天下灿烂太阳管，风化岩石力无边。

寻着歌声周围看，金屋藏娇有绣眼。

　　太阳神掌管万物生命力的来源，而风神力量雄浑，能摧枯拉
朽，令岩石碎成齑粉。这首诗的前两句着力渲染了大自然的力量，
令人畏惧。但它也并不总是如此威严肃穆，诗人循着歌声看到绣眼
鸟，它们娇小玲珑，歌声唯美动听，就像是大自然的掌上明珠，被
小心翼翼地藏在最柔软的地方。绣眼，原产于中国和日本，亚洲、
非洲分布广泛。绣眼身上羽毛淡雅，眼睛周围的白绣圈尤为醒目。求
偶时雄性绣眼歌声绕梁，音韵多变。物语：接纳角色，拓宽自我。

雪鸮

思乡夜梦万里长，归程月亮千层霜。
雪鸮叫醒风欲望，云海推开半扇窗。

　　万里长，千层霜，这首诗以优雅的文辞呈现出古典诗歌特有的韵味。前两句描绘了一幅静态的画面：主人公坠入思乡梦，小舟之外浩渺无边，只有空旷的月海映衬着寂寥的心情。诗的后两句是动态的描写：主人公借雪鸮的鸣叫声唤醒秋风，她推开舷窗，透过云海，想要眺望远处的家乡。雪鸮，国外分布于环北极冻土带与北极岛屿上不被冰雪覆盖的地区，国内分布于黑龙江北部等地。雪鸮头较圆、较小，通体雪白色。物语：无穷希望，春来秋往。

xuè què
血 雀

liú yún nìng kě bàn xīng chén　　　bù xiǎng jīng dòng chén shuì chūn
流云宁可伴星辰，不想惊动沉睡春。
fēng lái xuè què zuì xīng fèn　　　jí yú jiào xǐng tiān xià rén
风来血雀最兴奋，急于叫醒天下人。

　　远看如一朵沉睡的桃花，近观似一枚樱桃红的珍珠，这是娇媚的血雀在枝头雀跃。此时的流岚还依偎着星辰，无边春色也沉浸在梦乡，血雀却已经按捺不住喜悦的心情。它婉转而歌，穿云透海，似乎想要唤醒所有人一同迎接春之神的到来。血雀，分布于尼泊尔、中国云南西部等地区，被列入《世界自然保护联盟濒危物种红色名录》。雌鸟棕黄色头顶连接鲜黄色腰背羽，优雅美丽。鸣叫声悦耳，生性胆小机警。物语：摘片云彩，枝头澎湃。

yè lù
夜鹭

yè lù hēi bái dōu zhàn quán　　　zuǐ xiǎo yě kě tūn xià tiān
夜鹭黑白都占全，嘴小也可吞下天。

qiān wàn bié bèi tā qiáo jiàn　　　zhǐ kàn yī yǎn nán huí huán
千万别被它瞧见，只看一眼难回还。

　　夜鹭，一种神秘而迷人的鸟类，以其黑白分明的羽毛独领风骚。即使嘴小，却能够轻易地吞下天空。这种强大的形象给人一种震撼和敬畏之感。这首诗令人联想起西方神话中的蛇发女妖，被她凝视就会变成石像。在夜鹭的面前，我们也不能有丝毫大意。一旦被它发现，只需一瞥，就会沉迷其中。夜鹭，国外分布于欧洲、非洲等地区，国内分布于黑龙江、吉林等地区。雄性夜鹭成鸟头顶、肩背部呈现黑蓝色且具有金属光泽。物语：口味不换，静美无言。

夜鹰

长林丰草天不老，借缕清风上云霄。
昼伏夜鹰喳喳叫，幸有除虫百般好。

　　阳光照耀下，莽林葱郁，草卉茂盛，天地一派生机勃勃。清风
拂过，托举夜鹰登上云霄，畅游在广阔的碧空之中。夜晚，当人
们进入梦乡，夜鹰依旧不甘寂寞，发出喳喳叫声。这种声音惊扰了
人们的宁静，但一想到它们是在捕捉害虫，谁又忍心计较这喧闹声
呢？夜鹰，一般指夜鹰科的鸟类，全世界共80种，中国有7种。除新
西兰及大洋洲的一些岛屿外，几乎分布在全世界的温带和热带区。
隐蔽性很强，飞行起来无声无息。物语：望而不及，遗世独立。

银耳相思鸟
yín ěr xiāng sī niǎo

天地相思不相识，风雨相知不相思。
tiān dì xiāng sī bù xiāng shí　fēng yǔ xiāng zhī bù xiāng sī

相思鸟儿重情意，三生三世不分离。
xiāng sī niǎo ér zhòng qíng yì　sān shēng sān shì bù fēn lí

　　这首诗的前两句述说了两种情感的遗憾，有人相思而不相知，有人相知而不相思，真正能做到两者兼备的极其罕见。因此诗人发出慨叹：相思鸟儿若能够相知，即使经历三生三世的轮回也不会分离。这种纯粹、坚定的爱情让人深感震撼，也让人对爱情的遗憾有了更深刻的思考。相思鸟，中国均有分布。羽毛漂亮，鸟喙壮健，鲜红亮眼，姿态优雅，神采灵动。野生相思鸟栖息于中高海拔的常绿阔叶林、竹林以及灌木杂草丛中。物语：情有独钟，海誓山盟。

银喉长尾山雀

拟与疏枝共东风，俏影轻摇暗香冷。
柔软雪团爱跳动，圈入视频成网红。

　　轻柔如东风，洁白似雪团。银喉长尾山雀玲珑可爱的模样能醉化人的心肠。它们停驻在疏枝之上，静美如画；倩影伴随新叶轻摇，仿佛香炉烟冷，缥缈悠长。这样可爱的生灵被有心人摄入屏中，立刻便获得万千宠爱。诗人还用"网红"一词为诗歌增添了几许时尚感。银喉长尾山雀，国外分布于北欧和东北欧、西伯利亚至堪察加半岛、萨哈林岛、日本、朝鲜等地，国内分布于北京、河北等地。在东北辽宁地区较为常见。物语：心底如春，抛却红尘。

鹦 鹉

身披彩衣穿云飞，不曾折腰天山水。
众星涌向选美会，推举鹦鹉当花魁。

　　这首诗以华丽的辞藻和优美的句式，将鹦鹉塑造成一位身披彩衣的艺术形象。它自由飞翔，无拘无束也无所畏惧，不曾向天山水折腰，展现了鲜明倔强的个性。而在选美会上，众多星星纷纷涌来，推举它登上花魁的宝座，这无疑是对其非凡魅力和独特风采的高度赞赏。鹦鹉，分布于世界各地，为中国各地常见鸟类。主食各种花蜜、坚果、嫩枝叶、种子和柔软多汁的果实，也吃少量昆虫。可以模仿其他鸟鸣和人语。物语：五彩斑斓，志向于天。

疣鼻天鹅

千棵大树万个窝，没有一个属于鹅。
四大皆空照样过，直上九霄揽星河。

千棵大树上筑建了上万个窝，形成一幅繁茂葱郁、生机勃勃的景象。然而令人惊叹的是，其中没有一个属于天鹅。它们不与凡鸟同住，显现出超凡脱俗的风姿。四大皆空的理念在这里被赋予了新的意义，它并不是一种空洞的清高，而是因心怀远大梦想而不被尘俗羁绊的精神境界。疣鼻天鹅，国外分布于亚洲中部、欧洲纳维亚半岛等地区，国内分布于新疆中部和北部等地区。全身披挂雪白羽毛，前额鼻子处有疣状突起物，故得名。物语：青春不多，切勿挥霍。

<ruby>鸳<rt>yuān</rt></ruby> <ruby>鸯<rt>yāng</rt></ruby>

<ruby>幸<rt>xìng</rt></ruby><ruby>福<rt>fú</rt></ruby><ruby>溢<rt>yì</rt></ruby><ruby>出<rt>chū</rt></ruby><ruby>实<rt>shí</rt></ruby><ruby>难<rt>nán</rt></ruby><ruby>免<rt>miǎn</rt></ruby>，<ruby>鸳<rt>yuān</rt></ruby><ruby>鸯<rt>yāng</rt></ruby><ruby>低<rt>dī</rt></ruby><ruby>语<rt>yǔ</rt></ruby><ruby>云<rt>yún</rt></ruby><ruby>水<rt>shuǐ</rt></ruby><ruby>间<rt>jiān</rt></ruby>。

<ruby>柔<rt>róu</rt></ruby><ruby>情<rt>qíng</rt></ruby><ruby>万<rt>wàn</rt></ruby><ruby>千<rt>qiān</rt></ruby><ruby>两<rt>liǎng</rt></ruby><ruby>相<rt>xiāng</rt></ruby><ruby>看<rt>kàn</rt></ruby>，<ruby>始<rt>shǐ</rt></ruby><ruby>知<rt>zhī</rt></ruby><ruby>爱<rt>ài</rt></ruby><ruby>是<rt>shì</rt></ruby><ruby>春<rt>chūn</rt></ruby><ruby>容<rt>róng</rt></ruby><ruby>颜<rt>yán</rt></ruby>。

　　春水碧波，倒映双双俪影。鸳鸯低语，柔情温暖天地。诗人描绘了沉浸在爱河之中的美好景象，诗中柔情万千的描写使人深受感染，末句"始知爱是春容颜"直指主题，寓意爱情所能带给人的温暖就像春阳一般和煦。诗人运用婉转的笔触，将爱情与春天相结合，使诗歌更富有浪漫气息。鸳鸯，分布于中国大多数省市，周边国家也有。喜欢成双成对嬉戏，被列入中国《国家重点保护野生动物名录》，级别二级。物语：称心如愿，并蒂相连。

yuán dīng niǎo
园 丁 鸟

chūn lái kāi qǐ ài zhǔ tí　　yuán dīng dào chù zhǎo gān zhī
春来开启爱主题，园丁到处找干枝。
qǔ gè lǎo po bù róng yì　　jìng rán xiān yào kàn fáng zi
娶个老婆不容易，竟然先要看房子。

　　春的脚步悄然逼近，爱的主题也随之开启。园丁鸟忙碌地四处寻觅干枝，用来打造美丽的家。诗中，娶个老婆被描绘成一件不易的事情，竟然先要考虑房子的问题。这句话语调诙谐，却映照残酷的现实。这首诗以风趣的语言折射出生活的真实，引发人们对爱情和婚姻的深入思考。园丁鸟，分布于新几内亚和澳大利亚。雌雄结对，部分园丁鸟为一雄多雌制。雄性园丁鸟大多羽毛色彩鲜艳美丽。追求雌性时，雄鸟会跳舞并鸣叫。物语：守望美好，生命不老。

云 雀

yún què

tiān lài zhī yīn hàn yín hé　　jīng luò duō shǎo tián yuán gē
天籁之音撼银河，惊落多少田园歌。

zhī tóu yǒu zhī xiǎo yún què　　chàng de wǎn xiá yě hóng huǒ
枝头有只小云雀，唱得晚霞也红火。

　　"天籁之音撼银河"这句诗的想象力和气魄令人惊艳。云雀娇小玲珑，它的歌声却能震撼银河。音符纷纷坠落，化成亿万田园牧歌。云雀宛如一位小巧灵动的歌者，栖息在枝头，用欢快的歌声点亮了晚霞，使整个天空都因其歌声而更加绚丽多彩。这首诗通过描绘一幅美丽的画卷，将读者带入一个宁静祥和的梦境。云雀，中国各地区常见的留鸟类。体型娇小玲珑，头顶长有冠羽，鸣叫声频繁，委婉动听。物语：歌声美妙，从不走调。

zhǎo zé shān què

沼泽山雀

shī zhī dōng yú hèn gāo shēng　　shōu zhī sāng yú dī diào xíng
失之东隅恨高声，　收之桑榆低调行。
zhǎo zé shān què zhī tiān mìng　　zì jiā tián lǐ hǎo zhuō chóng
沼泽山雀知天命，　自家田里好捉虫。

　　这首诗表达了一种低调与淡泊的生活态度。前两句源自中国的成语"失之东隅，收之桑榆"，原指在某处先有所失，在另一处终有所得。诗人是想告诉我们：当我们面对失去时，不要过度悲伤与抱怨，而是保持低调与淡定的心态，未来终有所获。诗人还赞美了那些懂得顺应自然规律的人，他们在自己的领域内默默耕耘，不求名利，值得赞美。沼泽山雀，欧亚大陆各地区分布广泛，中国南北方常见留鸟。物语：上天成全，知足平安。

鹧鸪

乡景之中有天骄，身心都要安顿好。
人间若无烟火灶，当与风云相偕老。

　　乡野田园之中，存在着一群天骄一般的生灵——鹧鸪。它们优雅灵动，淡定从容地生活于此。但是诗人却生出忧虑，唯恐它们成为人们的盘中餐，使原本美丽的生命匆匆陨落。乡村的宝贵之处在于纯真自然，不受物欲的束缚和追逐。但是人类的欲望无处不在，往往为了满足自己的口腹之欲而摧毁美好的事物。鹧鸪，分布于中国、印度、缅甸等地区。鹧鸪腿脚爪强健有力，喜欢在地上行走。不常飞行，但飞行速度很快。物语：无愧天地，活出意义。

针尾鸭

东湖西湖湖湖宽，北海南海天天连。
针尾鸭是小皮蛋，拨开水面往下钻。

　　这首诗将湖泊之广阔与海洋之壮丽融为一体。诗中的针尾鸭被形容为淘气的小皮蛋，它们在湖水中自由自在地游弋，时常拨开水面往下钻，展现出生命的勇敢与活力。这首诗语言简练，富有韵律感，如泉水般流淌，给人以愉悦的观感。针尾鸭，在国外繁殖于欧亚大陆的北部等地区，越冬于东南亚等地区。在国内繁殖于中国新疆西部天山，越冬于中国南部等地区。针尾鸭喜欢把身子钻入水底下觅食，只露出细长尾巴。物语：水中捞天，辽阔无边。

中杜鹃
zhōng dù juān

不端心智向夜开，杜鹃从未受制裁。
bù duān xīn zhì xiàng yè kāi　　dù juān cóng wèi shòu zhì cái

花前月下风流债，何时不再筑高台。
huā qián yuè xià fēng liú zhài　　hé shí bù zài zhù gāo tái

　　心智不端，立身不正，诗人用谴责的语调批评了中杜鹃不抚养后代，甚至伤害其他无辜鸟类的行为。诗的后两句化用了"债台高筑"的成语典故，寓意中杜鹃的这种自私自利的行径相当于欠下债务。随即她又采用发问的委婉形式表达出对于中杜鹃今后能"改邪归正"的期待。中杜鹃，不做巢，不抚养后代，在大苇莺等鸟的鸟巢中产卵。杜鹃幼鸟出生后，便把寄主鸟的卵或幼鸟推出巢穴之外，由寄主鸟抚养长大。物语：任性谋利，违背常理。

中国寿带鸟

bàng wǎn lín jiān fēng yǔ kuáng　　qīn niǎo zhǎn chì bǎ cháo dǎng
傍晚林间风雨狂，亲鸟展翅把巢挡。

wàn wù yǒu líng dōu yī yàng　　mǔ ài wú jià bǐ tiān cháng
万物有灵都一样，母爱无价比天长。

　　傍晚风雨狂袭，亲鸟却毅然展翅，用自己的身躯挡住巢穴，保护子嗣。这场景让人感叹万物皆有呵护幼雏的本能。狂暴的风雨正如我们人生路上的艰难险阻，而亲鸟遮蔽巢穴的举动则是源自爱的力量。诗人借此热情讴歌了母爱的伟大和无私，比天长地久更加珍贵。中国寿带鸟，在中国主要为夏候鸟，部分在广东、广西等地越冬。中国寿带鸟尾羽很长，如同两根绶带飘逸潇洒。有人曾拍到雌鸟为幼雏遮挡风雨的镜头。物语：追云逐日，情动天地。

中华攀雀

zhōng huá pān què

细草缠出心底情，中华攀雀放高声。

呼唤缘分来入梦，与君结对占春风。

　　这首诗开篇便描绘出一幅情感浓郁的画卷。爱情如细草般扎根于心底，生生不息。中华攀雀高声歌唱，对美好未来充满热忱。它们呼唤缘分来入梦，期待与心上人结成伴侣，一同笑傲春风。这首诗以简练而有力的句子，传递出了对爱情和幸福生活的向往，给人以希望和动力。中华攀雀，分布于俄罗斯极东部、中国东北地区，迁徙至日本和朝鲜。最大本领就是建筑柔软的巢穴，建筑手段越高超越受欢迎。物语：房子漂亮，迎娶新娘。

朱鹂
zhū lí

chūn fēng wú rì bù shēng zī nóng zhuāng yàn mǒ qiào zhū lí
春风无日不生姿，浓妆艳抹俏朱鹂。
liáng bó suì yuè yě jiē jì nǎ lǐ méi yǒu lián lǐ zhī
凉薄岁月也接济，哪里没有连理枝。

　　春风摇曳生姿，轻轻吹拂大地。在这美丽的春色中，无处不彰显着生命的力量和美好的希望。朱鹂像一位妩媚的少女，妆容华丽而精致。虽然生命的旅途中不乏寒冷的岁月，但有了爱情的滋养，生命也能变得温暖而丰饶，富有活力。这首诗赞美了爱情的魔力，它是能链接彼此情感的纽带。朱鹂，分布于喜马拉雅山以东至缅甸以及泰国等地区，中国分布于云南、海南等地，在中国台湾为留鸟。朱鹂颜色鲜艳，炫目抢眼。物语：时代变迁，地覆天翻。

侏儒鸟

zhū rú niǎo

lǜ yá hóng lěi jìng wú shēng　　fēng yuè wú biān jiē shēn qíng
绿芽红蕾静无声，风月无边皆深情。
shū yíng quán yóu měi méi dìng　　qiān shǒu yíng zào chūn zhī jǐng
输赢全由美眉定，牵手营造春之景。

　　春天的景色是那么美丽动人，仿佛大自然也在传递着深情。在这恋爱的季节里，雄鸟使出浑身解数赢得雌鸟的芳心。诗人诙谐地描述求偶大赛中，胜负全由"美眉"判定，营造出一种趣味盎然的氛围。牵手成功后，它们将齐心构筑爱巢，共同营造幸福的春天。侏儒鸟，美洲热带森林地区雀形目、儒鸟科59种鸟类的统称。雄鸟求偶时翅膀羽毛会发出声音，能在振动时发出锉磨声、吧嗒声和噼啪声，为心仪的雌性演奏小夜曲。物语：竭尽风流，无奇不有。

珠 鸡

半是桃红半是秋， 满眼珍珠缀上头。
浑然天成无意秀， 哪知出道挺抢手。

　　桃红和秋色相互交融，构成一幅令人陶醉的画卷。桃红代表着春天的温暖和活力，而秋色则象征着成熟和丰收。两者的融合使得景色更加丰富多彩。珠鸡身上仿佛缀满珍珠，纯洁而高贵。它的天然风姿，令人着迷，即便无意与群芳争艳，却出乎意料地成为万众瞩目的焦点。珠鸡，分布于非洲的热带地区，栖息地范围广泛，见于茂密的雨林、半荒漠等地区。珠鸡雌雄羽毛色彩相似，整体外形美观，有洗沙浴及卧栖架的习性。物语：拂日卷云，月悬称心。

竹 鸡

zhú jī

生来不得一日闲，啄来啄去忙破天。
shēng lái bù dé yī rì xián　　zhuó lái zhuó qù máng pò tiān

竹鸡常在密林见，最恨成为盘中餐。
zhú jī cháng zài mì lín jiàn　　zuì hèn chéng wéi pán zhōng cān

　　这首诗以生动的语言描绘了竹鸡的生活，展现了它对自由的渴望和对成为盘中餐的恐惧。竹鸡生来就注定操劳，它从不浪费时间，不停地啄食，不知疲倦。尽管每天都在密林中自由奔跑，但这种自由只是相对的，它的命运完全不能由自己掌控。这种渴望和抗拒，使竹鸡的命运显得十分凄美。竹鸡，中国特有的观赏鸟类，在南方为常见种类。活动于山地、灌丛、草丛、竹林等地。雄鸟生性好斗，早期曾被驯化当作斗鸡观赏。物语：安乐自足，便是幸福。

紫蓝金刚鹦鹉

紫蓝金刚鹦鹉美，美得碧波也要追。

神韵孤高更华贵，喙若厉害叫名嘴。

　　紫蓝金刚鹦鹉美得如此绚丽，仿佛是大自然的艺术品。它们的羽毛散发迷人光彩，就连碧波都为之雀跃，追随它们的芳踪。而它们高傲的神态更是让人惊叹不已，像贵族一样令人不敢亲近。除了美丽的外表，紫蓝金刚鹦鹉还以利喙而闻名，放在人类社会堪称"名嘴"。紫蓝金刚鹦鹉，分布于南美洲的玻利维亚、巴西和巴拉圭。主要栖息活动于棕榈林或干燥树林中。全身的钴蓝色华丽羽毛和巨大鸟喙，尽显王者风范。物语：温和巨人，美进人心。

紫胸佛法僧

美丽紫胸佛法僧，忠贞不渝留美名。
春天风云虽宁静，等待却在飞舞中。

　　美艳空灵，飘飘欲仙，紫胸佛法僧以其炫丽的外形闻名于世，而更加著名的是它对爱情的忠贞不渝。世界缤纷多彩，春色旖旎无边，仿佛时光凝滞在这一刻，但它满怀的赤诚却汹涌沸腾。这美丽的鸟儿无法在静止中默默等待，它展开流光溢彩的翅膀，翱翔于天际，期待爱情早日到来。紫胸佛法僧，广泛分布于撒哈拉以南非洲地区和阿拉伯半岛南部。羽毛绚丽多彩，几乎把所有美丽色彩集于一身。物语：如若定亲，永不变心。

棕背伯劳

zōng bèi bó láo

小小棕背伯劳鸟，风干腊肉技术高。
委婉之中有霸道，天地直呼受不了。

  棕背伯劳鸟飞翔于天际，每一次起飞都如同一道靓丽的风景，充分展现了它的灵动与自由。它的气质委婉又不失强势，虽然身躯娇小却也不容小觑。诗人诙谐地将它挂在树枝上的猎物比喻成"风干腊肉"，形象生动，令人震惊。棕背伯劳，国外分布于泰国等地区，国内分布于甘肃、陕西等地。主要栖息活动于平原山林或园林、农田、村寨、河流附近。多喜欢单独活动，地域性很强。物语：声音动听，个性勇猛。

棕脸鹟莺

赴约似在期待中，一个西来一个东。
棕脸鹟莺莫激动，明月再送一帆风。

　　这首诗细腻地展现了人们赴约时的喜悦和期待。诗中描述了两只棕脸鹟莺，一个来自西方，一个来自东方，在期待中相约而至。它们朝着彼此的方向奔赴，只恨路途遥远，翅膀不够矫健。此时明月升起于夜空，化为一弯皎洁的小舟，鼓起风帆，送它们早日抵达幸福的彼岸。棕脸鹟莺，为中国南方及台湾地区常见留鸟。分布于尼泊尔、缅甸、印度支那北部。中国南方也有分布。喜欢在树隙之间飞来飞去，发出欢快鸣叫。物语：若有情感，声音超甜。

棕扇尾莺

zōng shàn wěi yīng

fēi tiān bù yǔ fēng chán mián　　cóng róng shēng huó zuì jiǎn dān
飞天不与风缠绵，从容生活最简单。

zōng shàn wěi yīng ài píng dàn　　zhuō chóng yù chú máng de huān
棕扇尾莺爱平淡，捉虫育雏忙得欢。

　　棕扇尾莺飞翔在天际，恣意洒脱，从来不惹相思债。正如我们的生活不必过于纷繁复杂，也无需庸人自扰，就能感受到最简单的幸福和满足。棕扇尾莺忙于捕食虫子、抚育幼雏，应付各种琐碎，满怀欢乐地投入其中。这种平凡生活中的快乐，给人一种宁静和愉悦的感受。棕扇尾莺，国外分布于欧洲、非洲。国内分布于陕西、四川等地区。主要栖息于开阔草地、麦田、矮树中，较喜湿润灌丛和芦苇丛及草地。领域性强。物语：不测风云，流金淌银。

zōng tóu yā què
棕 头 鸦 雀

zōng tóu yā què duì yuè mián yù chú xuǎn zài lín mù jiān
棕头鸦雀对月眠， 育雏选在林木间。
zuì pà fēng yǔ líng bō luàn lín shī zì jǐ xiǎo dì pán
最怕风雨凌波乱， 淋湿自己小地盘。

　　啁啾渐弱，对月而眠，棕头鸦雀沐浴夜色，守护着自己温暖的巢穴。它们远离喧嚣的城市，选择在树木的怀抱中呵护雏鸟，体现了它们源自本能的亲近自然的一面。诗中提到"最怕风雨凌波乱，淋湿自己小地盘"揭示了它们对风雨的畏惧。鸟儿脆弱的身躯无法抵抗危险的侵袭，因此它们更加注重营造一个安全的环境。棕头鸦雀，国外分布于俄罗斯西伯利亚东南部等地区，国内广泛分布于多个地区。物语：碧海青天，大爱无言。

碧 翠 凤 蝶

红叶舒展秋意晚，碧翠凤蝶恋春天。
不顾云高柳眉淡，欲扯时光换新颜。

　　红叶舒展，秋意缠绵，凛冬的脚步越来越近，碧翠凤蝶愈发思念逝去的春天。"云高柳眉淡"可以理解成时光无情，生命由盛转衰，这是难以掌控的变化。但是碧翠凤蝶执着地期待美好时光回转，哪怕自己即将结束短暂的生命。这首诗抒发了诗人对于改变和新生的渴望，体现出对于美好未来的向往和追求。碧翠凤蝶，分布于中国、日本、韩国、朝鲜、越南、印度、缅甸等地。碧翠凤蝶翅展大，底色灰黑色布满翠绿色鳞片。物语：花开蝶舞，收获富足。

蝉

chán

天衣无缝如何穿，更有时光不回还。

人间罕见忍者范，相思与蝉庆余年。

　　天衣无缝，是大自然的杰作，更是抛向生命的难题。诗的开篇寓意美好的事物需要付出极大的代价才能最终获取。蝉的大部分生命都在蛰伏，等到破土而出，迎着夏日朝阳鸣唱的时光短暂而凄丽。即便如此，它们也像忍者那样耐心地守候，迎接生命中的高光时刻，同时也期待爱情的降临。蝉，分布于温带及热带地区，栖于沙漠、草原和森林。蝉的一生主要以吸取树根汁液生活，成年到繁殖期最短需要3年时间。物语：岁月凝重，戏剧一生。

蜂鸟鹰蛾

浓情蜜意云飞扬，百花盛开自然香。
蜂鸟鹰蛾四不象，却是蝶族第一强。

　　这首诗以浓情蜜意和百花盛开来比喻美好的景象，展现了大自然的宏伟和生机盎然。蜂鸟鹰蛾名字中包含四种生物，但是它都似是而非，显得别致又有趣。这首诗寓意深刻，引人深思。我们每个人生来都具有独特之处，不必因自己的"与众不同"而妄自菲薄。蜂鸟鹰蛾，分布于亚洲、南欧和北非，中国已知分布于东北、华北、华中、华东等区域。蜂鸟鹰蛾可原地悬空采食花粉，飞行状态以及采食行为与蜂鸟相近。物语：另类微光，花境吉祥。

蝈 蝈
guō guō

méi fēng yǎn bō dòng dì kāi　míng yuè huā yǐng jià yún lái
眉峰眼波动地开，　明月花影驾云来。
guō guō wèn ài jīn hé zài　fēng shuō zhī yīn zài yáo tái
蝈蝈问爱今何在，　风说知音在瑶台。

这首诗中"眉峰眼波动地开"似乎描绘了一个女子，她眉眼如画，妩媚动人；接着，"明月花影驾云来"将月亮与花影相互映衬，犹如仙境。蝈蝈在这个美丽的景色中询问爱情的行踪，而风儿却告诉它知音远在瑶台，象征着爱情遥不可及。蝈蝈，中国用小竹笼饲养欣赏蝈蝈鸣唱的历史十分悠久。河北保定易县西山北乡的冀蝈蝈、山东北部的鲁蝈蝈和山西的晋蝈蝈以及南方各地的南蝈蝈等品种深受鸣虫爱好者喜爱。物语：爱之深沉，传遍古今。

蜜　蜂

蜜蜂爱恨总缠绵，　忙碌分享不老天。

借着秋水惊诧看，　始知长有花容颜。

　　在中国的文人墨客笔下，蜜蜂往往被寄寓了各种情感，频繁出现在各种艺术作品当中。它们在有限的生命中忙忙碌碌，将花粉蜜汁分享给他人。也许是自知貌不出众，也没有什么天赋，蜜蜂始终默默耕耘，从不争奇斗艳。直到有一天它们对照着秋水，才知道自己本身也焕发着炫目的光彩。蜜蜂，中国饲养较多的为中华蜜蜂。蜜蜂为社会性昆虫，由蜂王和雄蜂以及工蜂组合成为一个大群体，互相之间以叫声和舞蹈传递信息。物语：花之风景，甜蜜取胜。

<ruby>秋<rt>qiū</rt></ruby> <ruby>赤<rt>chì</rt></ruby> <ruby>蜻<rt>qīng</rt></ruby>

<ruby>烟<rt>yān</rt></ruby><ruby>云<rt>yún</rt></ruby><ruby>秀<rt>xiù</rt></ruby><ruby>出<rt>chū</rt></ruby><ruby>瘦<rt>shòu</rt></ruby><ruby>金<rt>jīn</rt></ruby><ruby>体<rt>tǐ</rt></ruby>，<ruby>梧<rt>wú</rt></ruby><ruby>桐<rt>tóng</rt></ruby><ruby>落<rt>luò</rt></ruby><ruby>叶<rt>yè</rt></ruby><ruby>风<rt>fēng</rt></ruby><ruby>先<rt>xiān</rt></ruby><ruby>知<rt>zhī</rt></ruby>。

<ruby>秋<rt>qiū</rt></ruby><ruby>赤<rt>chì</rt></ruby><ruby>蜻<rt>qīng</rt></ruby><ruby>生<rt>shēng</rt></ruby><ruby>相<rt>xiāng</rt></ruby><ruby>思<rt>sī</rt></ruby><ruby>意<rt>yì</rt></ruby>，<ruby>纠<rt>jiū</rt></ruby><ruby>缠<rt>chán</rt></ruby><ruby>春<rt>chūn</rt></ruby><ruby>水<rt>shuǐ</rt></ruby><ruby>作<rt>zuò</rt></ruby><ruby>嫁<rt>jià</rt></ruby><ruby>衣<rt>yī</rt></ruby>。

　　秋云缥缈，梧桐多情。盈盈飞来的秋赤蜻仿佛宋徽宗的瘦金体，在碧空之中洋洋洒洒，书写出缠绵的情意。秋季往往令人产生离别的感伤，以及青春将逝的哀婉，秋赤蜻也难免生出惜春之意。它纠缠着春水，约定为它定制一袭嫁衣。待到来年的花季，把自己装点成最美的新娘，嫁给爱情。秋赤蜻，为各地常见物种。成虫在水域旁的草丛活动，雌性秋赤蜻产卵时把卵点在水面的植物上，雄性则在一旁担任护卫。物语：展翅高飞，携带祥瑞。

táng láng
螳 螂

jīn gāng nù mù shàng yún xiāo　　zhuàng huái jī liè fēng kàn hǎo
金刚怒目上云霄，壮怀激烈风看好。
suī shuō chú hài bù zú dào　　què shì tiān jiè dì yī dāo
虽说除害不足道，却是天界第一刀。

　　这首诗以雄壮的气势和激情澎湃的文字，使人深受感染。诗人以螳螂为题，赞美了它的坚韧、无畏和力量。它目光炯炯，凝视云霄，仿佛要征服整个天空。尽管诗中提到除害不足道，但这并不妨碍螳螂获得"天界第一刀"的美名。它代表着正义与勇气，无论面对何种挑战，都能无所畏惧。螳螂，广泛分布于热带、亚热带和温带的大部分地区。螳螂外形威风凛凛，通体碧绿，其伪装和捕捉本领极为强大。物语：未来思念，日月循环。

白千手佛珊瑚
bái qiān shǒu fó shān hú

哪段岁月无沧桑，历经挫折要成长。
nǎ duàn suì yuè wú cāng sāng　　lì jīng cuò zhé yào chéng zhǎng

海底生物也一样，尽力贴近太阳光。
hǎi dǐ shēng wù yě yī yàng　　jìn lì tiē jìn tài yáng guāng

　　岁月无情地流转，给我们带来了无尽的变幻和考验。但正是这些挫折和沉浮，让我们懂得了成长的重要性。无论是人类还是海底生物，都渴望生活在光明的世界中，追求温暖和希望。白千手佛珊瑚用尽全力贴近阳光，正如我们在人生的道路上需要不断努力奋进，追求内心的光明和理想。白千手佛珊瑚，喜欢随着海水的波浪摇曳，多独居于平静的海底或者礁石上。当被鱼类骚扰时，会聚集成一团。物语：海深有沿，谦虚无边。

朝天龙水泡眼

风流水泡非等闲，生就凌云壮志远。

今将天门开一半，跑进春色去游玩。

　　诗人笔下的朝天龙水泡眼仿佛是一个生长在天宫的神仙，它生来就具有非凡的气质，风流洒脱，不甘平庸，对于未知的世界充满好奇，期待精彩纷呈的人生。有一天，它偷偷开启天门，奔向人间滚滚红尘。那里无边的春色顷刻间便激发出它与生俱来的热情。朝天龙水泡眼，因其眼球好似龙睛，又向上翻转望天而得名。朝天龙是一个独特品种，加上眼睛旁边的大水泡，魅力十足。由于终生望天的原因，觅饵时需借助于嗅觉。物语：望天成长，财丁两旺。

cháng cì hǎi dǎn
长 刺 海 胆

kū bǐ gān mò tuō sú shí　　xuàn rǎn gōu lè wú chén yī
枯笔干墨脱俗时，渲染勾勒无尘衣。

mó guǐ hǎi dǎn xué wú jì　　liàng chū yī xí róu qíng zhī
魔鬼海胆学无技，亮出一袭柔情枝。

　　在这首诗中，诗人先是塑造了一个才华横溢的画师形象。枯笔干墨，意味着他已经将画技锤炼到炉火纯青。他以神乎其神的技巧将万物落于纸上，包括难以勾描的无尘天衣。相较于他，长刺海胆显得毫不出众，尽管浑身长满画笔一般的长刺，却只能靠满腔柔情来打动别人。长刺海胆，别名：魔鬼海胆。分布于印度洋、西太平洋海域。通体有长刺含有毒素，极会保护自己，每当感受到或遇到危险，会竖起长刺进行防御或攻击。物语：天地空泛，包容万千。

扯 旗 黑 水 泡
chě qí hēi shuǐ pào

乌龙梦中欲回天，　不知晓月何时圆。
wū lóng mèng zhōng yù huí tiān　bù zhī xiǎo yuè hé shí yuán

极目云山浪花苑，　九江水平无云帆。
jí mù yún shān làng huā yuàn　jiǔ jiāng shuǐ píng wú yún fān

　　诗人以非凡的想象力为我们编织了一个神话故事。扯旗黑水泡化身为一条黑龙，它被困于水底，做梦都想要回归天庭。也许曾有神谕，月圆之夜就是它回家之时，无奈时光凝滞，迟迟不移。浩瀚的江湖波涛不兴，就连云帆都不见踪影。黑龙只能望洋兴叹，继续留在人间。扯旗黑水泡，是一种黑色鱼的别称。1982年，水泡眼中才出现全身黑色的品种。对水质极为敏感，因其具有墨黑色的独特外形，所以被称为扯旗黑水泡。物语：天生福将，精彩独享。

雏菊珊瑚
chú jú shān hú

huā kùn qiū fá fēng bù lǎo　　chú jú shān hú yíng chǐ gāo
花困秋乏风不老，雏菊珊瑚盈尺高。

làng suí cháo qù kàn rè nao　　jiè lǚ cǎi yún shàng jiǔ xiāo
浪随潮去看热闹，借缕彩云上九霄。

　　秋意浓郁，百花慵懒，微凉的清风令万物都变得行动迟缓，只有雏菊珊瑚兴致勃勃地打量着世界。诗人用"雏菊珊瑚盈尺高"形容它初长成的身姿，给人一种青春盎然的感觉。潮水涨落，呈现出一幕幕热闹景象，它借着彩云登上九霄，开启蓬勃的生命旅程。雏菊珊瑚，分布于印度洋、西太平洋珊瑚礁海域。多生长在阴暗的珊瑚礁岩壁或岩穴周围，由数个群体一起簇拥生活，通常为团块形或柱形及圆形，会漂浮移动。物语：海鉴明月，香飘银河。

海带

hǎi dài

wàn qiān fāng huá shuǐ zhōng yáo　　hǎi yāo dài yè yǒng bù lǎo
万千芳华水中摇，海腰带叶永不老。

tiān shàng hóng xiá cháng lóng zhào　　chén dǐ suì yuè gèng jìng hǎo
天上红霞常笼罩，沉底岁月更静好。

　　这首诗以简洁而优美的文字描绘了岁月的变迁，传递出诗人对岁月静好的向往。海底世界缤纷多彩，海带如海神的腰带，随着水波摇曳生姿。它们的颜色翠绿，象征着永葆青春。即使天空中常常笼罩着美丽的红霞，令人向往，但海带却更眷恋海底的静美，彰显了岁月的沉淀和智慧。海带，分布于北太平洋与大西洋沿岸地区，中国北部及东南沿海有大量养殖。褐绿色，长达数米。养殖成本低廉、营养丰富，为常见食用藻类。物语：花容月色，奉献良多。

海葵
hǎi kuí

碧波浪头信手裁，千束万束心花开。
bì bō làng tóu xìn shǒu cái　qiān shù wàn shù xīn huā kāi

海葵礼多风不怪，常将鱼儿拥入怀。
hǎi kuí lǐ duō fēng bù guài　cháng jiāng yú ér yōng rù huái

　　海洋中仿佛有一位灵巧的裁缝，巧手舞动间，裁出碧波万顷。千束万束海葵犹如在海洋之心里绽放的花朵，我们似乎能感受到海的心情，惬意又愉悦。海葵轻巧的花瓣显得那么谦恭有礼，它们温柔地将鱼儿拥入怀中，提供充满爱意的港湾。这首诗充满了温情和善意，也赞美了大自然的奇妙。海葵，分布于印度洋、太平洋等海域中的珊瑚礁上。大部分能固定在海底岩石上，有的依附在寄居蟹所寄居的螺壳上。物语：静中安然，天地自宽。

海苹果
hǎi píng guǒ

měi luò fēng yún bù dài shuō　tiān xià dú chǒng hǎi píng guǒ
美落风云不待说，天下独宠海苹果。

héng dí chuī luò tiān shàng yuè　shù qín shōu huí lán tián gē
横笛吹落天上月，竖琴收回蓝田歌。

　　海苹果之美能令风云驻足，叹为观止。它受到天地的眷顾，可谓万千宠爱于一身。它是如此唯美瑰丽，就像横笛吹奏时，明月投入海中；又像竖琴悠扬，焕发出蓝田玉一般的柔润光泽。诗人借海苹果超凡脱俗的气质和品性，向我们展示了一种对美的向往和对卓越品质的追求。海苹果，国外分布于马达加斯加、红海等地区，国内分布于香港等地区。海苹果的呼吸树本身就是捕食触手，用来摄取浮游生物。物语：花红叶绿，平安是福。

红箭鱼

月下红光剑鱼游，个性温顺常害羞。
池底风流若不够，跃起打湿白莲头。

　　红剑鱼宛如一位舞者，舒展着梦幻的身姿。它在湖水中翩翩起舞，吹散了人们心中千古不散的忧愁。它的遍身红光如火焰般闪耀，照亮了浩渺的夜空。也许是池底对它而言过于逼仄，它跃水而出，飞溅的浪花打湿了白莲。这首诗描绘了剑鱼在月光下游动跳跃的美丽场景，给人以惊艳之感。红箭鱼，原产于南美洲。雄鱼尾鳍下叶延长，末端又尖又长似长剑，故名红箭鱼，雌鱼没有剑尾。红箭鱼具有弹跳力，适应性强。物语：生活富足，年年有余。

红狮头金鱼
hóng shī tóu jīn yú

天生龙种狮头红，　美如堆雪俏水葱。
tiān shēng lóng zhǒng shī tóu hóng　měi rú duī xuě qiào shuǐ cōng

推云拨雾凡心动，　潜入人间看民风。
tuī yún bō wù fán xīn dòng　qián rù rén jiān kàn mín fēng

　　诗人以丰富的想象力赋予红狮头金鱼神奇的魅力。它仿佛是神龙的后裔，金光闪耀，蕴含着非凡的魔力。它的美如雪堆皎洁，又好似水葱般娇嫩，这样的尤物不是凡间所有。也许是被人间的繁华所吸引，它推云拨雾下降到凡间，在红尘之中体会百样人生。红狮头金鱼，分布于东亚等地区。身体短壮，头顶肉球丰满，呈金红草莓状，眼与嘴巴均收于肉球内里，酷似一头威风凛凛的雄狮，模样俊俏且具有王者风范。物语：水中新晴，如沐春风。

虎皮鱼
(hǔ pí yú)

虎皮鱼群往外瞧，天下千山万峰小。
(hǔ pí yú qún wǎng wài qiáo　tiān xià qiān shān wàn fēng xiǎo)

唯有海洋够深奥，牵引江河两百条。
(wéi yǒu hǎi yáng gòu shēn ào　qiān yǐn jiāng hé liǎng bǎi tiáo)

　　这首诗值得称道之处在于视角的灵活切换。诗人借助虎皮鱼的视角，阅尽天下风光。它们先是透过澄澈的海水，仰视千山万峰，展现出它们对海洋之外广阔世界的好奇。接着，诗人又将目光转向陆地上的江川湖水。但是在鱼儿的心中，世间最伟大的当属海洋，因为它拥有可以容纳一切的博大胸怀。虎皮鱼，原产于马来西亚、印尼苏门答腊岛、加里曼丹岛等内陆水域，多引自热带地区培育观赏。色彩光鲜亮丽，生性活泼好动。物语：阳光无形，远山有影。

huā luó hàn
花 罗 汉

shēng jiù yī fù měi róng yán　　xiù qiú dài zài tóu shàng biān
生就一副美容颜，绣球戴在头上边。

cí méi shàn mù huā luó hàn　　ān xián zì zài xiǎng tiān nián
慈眉善目花罗汉，安闲自在享天年。

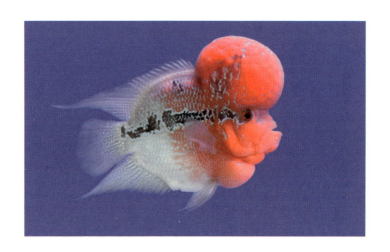

　　这首诗描绘了一个拥有美丽容颜的艺术形象，它将绣球戴在头上，增添了华丽气质。它的面容温和慈祥，眼神善良而温柔，宛如一尊罗汉。它过着安详自在的生活，享受着宁静的岁月。这首诗通过细腻的描写，赞美了花罗汉的外貌和内涵，展现了一种追求美丽与内心和谐的理念，给人以深切感动。花罗汉，由台湾罗汉鹦鹉和墨西哥的杂交七彩蓝火口改良而成。头形突出，宛如寿星，富贵之气十足。以体形与尾型为欣赏重点。物语：锦上添花，兴旺发达。

火 焰 贝
huǒ yàn bèi

yún hǎi xuě níng fēng liú shuǐ　　bì bō zì yì làng huā fēi
云海雪凝风流水，碧波恣意浪花飞。

jīn shā zěn shě huǒ yàn bèi　　zhuā bǎ hǎi fēng kě jìn chuī
金沙怎舍火焰贝，抓把海风可劲吹。

　　这首诗展现了浩渺云海、凝结冰雪、飘荡风流和奔腾流水等美妙意象。诗人借"金沙怎舍火焰贝"这句诗，表达了对大自然壮丽景色和美丽生灵无法割舍之情。金沙抓住海风，让其吹拂火焰贝，仿佛是想引起它的注意，又像是借这种略嫌鲁莽的行为隐藏爱意。这首诗浪漫迷人，令我们在喧嚣的都市中沉淀心情。火焰贝，分布于太平洋、加勒比海地区、菲律宾海域，非常罕见。肉体部分的两条发光体会发出霓虹灯一样的光芒。物语：红红火火，天天快乐。

橘红海绵
jú hóng hǎi mián

xiāng jiào chūn tiān měi chéng tuán　jīng dòng hǎi dǐ ān zhěn shān
香教春天美成团，惊动海底安枕山。

jú hóng hǎi mián jí fàng diàn　hū jiào míng yuè kuài huí huán
橘红海绵急放电，呼叫明月快回还。

　　春色无边，激发出所有生灵最娇艳的姿态。橘红海绵恍如柔软的云团，散发出神秘馥郁的幽香。它的美丽惊动了海底沉睡的山峦，像是要将它据为己有。橘红海绵急忙放出电光，呼唤明月快快回来，保护它的安全。诗人用妙笔撰写了这则童话诗，令人感到趣味盎然。橘红海绵，多孔滤食性动物。不能自己行走，只能附着固定在海底的礁石上，从流过身边的海水中获取食物。与藻类共生共存，相互提供帮助。物语：海底神仙，益寿延年。

孔雀花鳉

kǒng què huā jiāng

liú lí chí zhōng fèng bǎi wěi　　wǔ cǎi bān lán shuǐ shàng fēi
琉璃池中凤摆尾，五彩斑斓水上飞。

jīn shēng wèi céng shì quán guì　　dàn bó míng lì bù hòu huǐ
今生未曾事权贵，淡泊名利不后悔。

　　凤尾鱼徜徉在华贵的琉璃池中，流光溢彩，曼妙斑斓。它的品行德操比外表更加卓尔不群，富贵乡并不能桎梏它自由的灵魂，它从来不曾为了侍奉权贵而迷失自我。正如在繁华的俗世之中，有些人始终坚守着淡泊名利的信念，展现出一种洒脱与超然的生活态度，令人敬佩。孔雀花鳉，别名：凤尾鱼。原产于北美洲等地区，亚洲、大洋洲、太平洋、欧洲等地区引入观赏。孔雀鱼性格温顺，有非常艳丽的尾巴。物语：揽月摘星，万事亨通。

孔石莼

shān kàn jǐng sè yǔ wàng yún　shuǐ huā làng shēng rì yuè xīn
山看景色雨望云，水花浪声日月新。
cháo qǐ tuī chū lù fēng yùn　cháo luò shōu shi kǒng shí chún
潮起推出绿风韵，潮落收拾孔石莼。

　　这首诗以富有意境的语言描绘了大自然的壮丽景色和变幻多姿的景象，展现了中国传统文化中人们对自然的深刻感悟和赞美。高山映水，流云送雨，自然万物之间存在着难以分割的联系。潮起潮落，仿佛岁月流转，无情之中又蕴含无限情意。正如散落在沙滩的孔石莼，让人感受到大自然的繁茂与生机。孔石莼，分布于东海、南海等海域，在黄海、渤海出现较少，生于海湾内的中、低潮带的岩石之上。冬春采收可供食用。物语：友情常在，继往开来。

蓝色龙虾
lán sè lóng xiā

zuò kàn qīng shān bù zhī chūn　zhī jiàn làng huā nán jiàn shén
坐看青山不知春，只见浪花难见神。

hǎi jiāng lóng xiā sè rǎn jìn　lán tiān rú hé zài gēng xīn
海将龙虾色染尽，蓝天如何再更新。

　　这首诗的前两句"坐看青山不知春，只见浪花难见神"通过青山与海洋的对比，表达了人们对大自然神奇力量的无限遐思。接下来的"海将龙虾色染尽，蓝天如何再更新"则以寓言的手法，比喻海水耗尽所有能量为龙虾染色，蓝天却因此再也无法更新。我们可以感受到诗人的想象力十分丰富且独特，给人带来思索与共鸣的空间。蓝色龙虾，是由于基因变异而出现的罕见物种，故被称为媲美活化石的珍稀海洋生物。物语：海底王国，有待探索。

蓝蟹

清蒸一盘烟火景，口吐锦绣压春风。
傲视群雄不是梦，海底蓝蟹逆天生。

　　对于老饕而言，蓝蟹的魅力无法抵挡。清蒸后那橘红的色泽，勾人的鲜美，正如春风之中的繁华俗世，活色生香。诗人将春天的景色与美食相联系，给人以视觉和味觉的双重享受。蓝蟹以难以匹敌的滋味傲视群雄，展现出一份坚定的自信和追求卓越的决心，也给读者带来启迪。蓝蟹，原产于由新斯科舍至阿根廷的西大西洋。它们被引进到日本及欧洲海域，也出现在波罗的海、北海、地中海及黑海。被誉为漂亮的海底游泳者。物语：高贵奇特，世间不多。

镰鱼

lián yú

山高水深不言功，风雨满天自从容。

shān gāo shuǐ shēn bù yán gōng　　fēng yǔ mǎn tiān zì cóng róng

镰鱼华贵天注定，神形兼备叫有成。

lián yú huá guì tiān zhù dìng　　shén xíng jiān bèi jiào yǒu chéng

　　诗人通过写景寓情，将大自然的壮丽景色与人的豁达心态相融合，展现了一种宏伟与从容并存的气势。山高水深是大自然的恩赐，诗人以潇洒的姿态面对风雨的考验。诗中的"镰鱼华贵天注定，神形兼备叫有成"表达了诗人对于命运的领悟和对于自身内外兼修的追求。镰鱼，分布于东非、马达加斯加等地区。主要生活于多礁石的温暖浅水海域，形体特别，花纹亮丽，色彩搭配优雅，被誉为世界上最美的观赏鱼之一。物语：风流古今，美无穷尽。

菱角

líng jiao
月下几亩丹桂田，住着三五水底仙。
líng jiao xiǎo huā yǒu sì bàn   yè wǎn kāi le bái tiān guān
菱角小花有四瓣，夜晚开了白天关。

　　诗人笔下的菱角散发出丹桂的甜香，它们沉浸在清水之中，倒映着皎洁的月光。它们就像生活在水底的神仙，超凡脱俗且散发神秘的气质。它们绽放的花朵如同一颗颗明亮的星星，照亮了黑暗中的世界。白天，它们则会合上花瓣，宛如一颗颗宝石，安静地收敛光芒。菱角，原产于欧洲和亚洲的温带地区，广泛分布于中国大部分水域。只有中国和印度进行了驯化和栽培利用。果实有硬壳，因为有角，故称为菱角。物语：水下硕果，流金本色。

龙 种 金 鱼
lóng zhǒng jīn yú

虎头龙睛玛瑙眼， 羊脂白玉金丝缠。
hǔ tóu lóng jīng mǎ nǎo yǎn　　yáng zhī bái yù jīn sī chán

春减一分若惊艳， 就此成就花之缘。
chūn jiǎn yī fēn ruò jīng yàn　　jiù cǐ chéng jiù huā zhī yuán

　　这首诗以华丽的辞章呈现出一派富贵逼人的气象。诗中虎头龙睛和玛瑙眼的形容，珠光宝气且充满神秘。而羊脂白玉缠金丝的描绘则给人一种纯洁与高贵的感觉，展现出浓郁的古代宫廷风范。诗人调侃龙种金鱼如果能够放低姿态，将自己的姿色稍减一分，也许就能寻觅到良缘。龙种金鱼，中国金鱼中的传统品种，极具代表性，最大的特点就是凸出的眼睛，有灯泡形、圆球形、苹果形。有的酷似龙眼，所以被称为龙种金鱼。物语：龙腾鱼跃，超级收获。

绿钮扣珊瑚

东风吹过西风还，星光洒满秋月天。
香摇水浅暮云乱，沉入水中变成山。

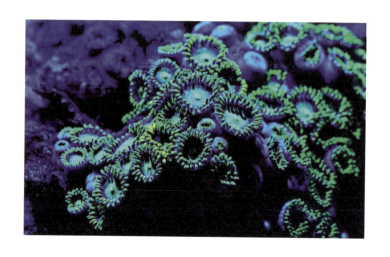

　　春光远逝，金秋回归。月光遍洒，红叶漫天。这首诗以优美的语言描绘出秋天的壮丽景色。暮云在天空中慢慢累积，厚重而沉稳，它们仿佛背负了太多的月光，最终沉入水中，化成一座座瑰丽的山岳。诗中风、月、云、水和山等元素相互交融，带给读者很强的艺术震撼力。绿钮扣珊瑚，分布于印度尼西亚、新加坡海域。常群体出没在阳光充足的海域，也喜欢和其他软体动物共同生活居住。晚间会将整个花盘卷起来。物语：珠联璧合，获益良多。

曼龙鱼

guāng yǐng cuò luò fú yáo duō　màn lóng yú yóu yè guāng hé
光影错落扶摇多，曼龙鱼游夜光河。
bù jīng yì jiān cóng tóu yuè　yí sì rǎn shàng huā fēng gé
不经意间从头越，疑似染上花风格。

　　这首诗展现出一幅光影错落的奇幻景象。曼龙鱼漫游在夜光之河，如梦如幻的画面引人入胜。在这深夜的河流中，繁星点点，幽香袭人，它们仿佛沾染上岸边花丛的绚丽风采，散发出迷人的光芒。读者阅读这首诗时恍如置身于童话世界，沉醉其中，不愿离去。曼龙鱼，颜色十分亮丽，为广受欢迎的常见小型热带观赏鱼。曼龙鱼对水温要求不高，但水质要尽量洁净。喜欢深邃幽静的环境，寿命一般不超过三年。物语：热辣观赏，鱼界花王。

美人虾
měi rén xiā

海底选秀无定时，美人虾子娇滴滴。
hǎi dǐ xuǎn xiù wú dìng shí　měi rén xiā zǐ jiāo dī dī

天地未绝洪荒力，浪花弄巧打金枝。
tiān dì wèi jué hóng huāng lì　làng huā nòng qiǎo dǎ jīn zhī

　　海洋中的生灵缤纷多彩，各擅胜场，美人虾以其娇滴滴的姿态登上选秀的舞台。它们是如此出类拔萃，仿佛是天地使出洪荒之力诞生的杰作。它们在水中轻曼游曳，缥缈如仙。一个微小的浪花涌过，美人虾好似枝头的娇花楚楚可怜。诗人引领读者进入神奇的海底世界，激发我们追求美的热忱。美人虾，广泛生活于世界各地的热带海域，主要活动在浅海的慢水流中，栖息于低海潮的珊瑚礁区域。身上布有绚丽斑纹，红白相间。物语：霞披彩光，幸福同享。

霓虹脂鲤

怀抱月亮接高天，红绿灯鱼比邻还。
古今同行两不厌，彼此成就在人间。

　　这是一首典型的借景抒情诗，诗人借"红绿灯鱼比邻还"寓意古人的智慧与现代人的创造力相互交融，共同成就了今天的社会进步。诗中所表达的古今相通、彼此成就的思想，激发了人们对历史的敬仰。这种跨越时空的对话，使我们更加深刻地认识到，人类的进步离不开对古人智慧的继承和发扬。霓虹脂鲤，别名：红绿灯鱼。分布于秘鲁、哥伦比亚、巴西等地区，主要栖息在南美洲索利蒙伊斯河的黑水域和清水域。物语：红香绿裹，前景广阔。

七彩神仙

qī cǎi shén xiān

hào rán zhèng qì rì yuè chǒng　shuǐ dǐ jiǎo de làng huā shēng
浩然正气日月宠，水底搅得浪花生。

yǎn shén zhuàng chū shén xiān lìng　fāng zhī qī cǎi shì rǔ míng
眼神撞出神仙令，方知七彩是乳名。

　　这首诗展现了诗人对高尚品德的赞美和对美的追求。七彩神仙鱼象征着崇高的道德准则和正直的品质，它在日月的宠爱下愈发璀璨。这种赞美不仅让人感受到美的震撼，还给予人们启示和鼓舞，激励着我们在人生旅途中洁身自好，淬炼高贵的品格。七彩神仙，分布于南美洲亚马孙河流域。鱼体颜色受光照影响产生变幻，光暗时体色深暗，光亮时色彩艳丽丰富，游动起来犹如云霞彩缎，令人炫目赞叹。物语：春染锦绣，秋获丰收。

shén xiān yú
神仙鱼

yún hǎi bù kān fēng chuī fú　　bì làng nán jīng shén xiān wū
云海不堪风吹拂，碧浪难惊神仙屋。

xiāng sī jià qǐ tōng tiān lù　　shì jiān wú wù shèng qíng nǔ
相思架起通天路，世间无物胜情弩。

　　云海在风的吹拂下波浪翻滚，给人一种动态的美感。而鱼儿却能在波涛汹涌中无动于衷，俨然一副泰山崩于前而面不改色的从容淡定。此外，诗人通过"相思架起通天路"一语，表达了深沉的思念之情。相思如一座通天的桥梁，连接着两个心灵。这个世界上，没有任何事物能够超越情感的力量，撼动人们的心灵。神仙鱼，有热带鱼皇后之美誉。原产于南美洲的圭亚那、巴西。神仙鱼游起来姿态唯美飘逸，宛如水中飞燕。物语：天地和谐，日月同乐。

双须骨舌鱼
shuāng xū gǔ shé yú

音妙方知有龙须，美声可选银龙鱼。
yīn miào fāng zhī yǒu lóng xū   měi shēng kě xuǎn yín lóng yú

前头摆出颜如玉，身后收起黄金屋。
qián tóu bǎi chū yán rú yù   shēn hòu shōu qǐ huáng jīn wū

  在中国传统文化中，常用"虎啸龙吟"来形容声音带来的震撼力。诗人借银龙鱼的名字，夸张地描绘了它的歌声，实际上是从侧面赞美了银龙鱼神奇的魅力。另外，诗人还借用颜如玉、黄金屋的典故，细腻勾描出银龙鱼华贵优美的外形。这种修辞手法十分巧妙且经典，值得借鉴学习。双须骨舌鱼，别名：银龙鱼。广泛分布于南美洲亚马孙河流域及其支流。1935年引入美国后成为中大型淡水观赏性鱼类。物语：千秋祥和，通达百业。

<ruby>水<rt>shuǐ</rt></ruby> <ruby>泡<rt>pào</rt></ruby> <ruby>金<rt>jīn</rt></ruby> <ruby>鱼<rt>yú</rt></ruby>

<ruby>一<rt>yī</rt></ruby> <ruby>池<rt>chí</rt></ruby> <ruby>风<rt>fēng</rt></ruby> <ruby>雅<rt>yǎ</rt></ruby> <ruby>在<rt>zài</rt></ruby> <ruby>人<rt>rén</rt></ruby> <ruby>前<rt>qián</rt></ruby>，<ruby>波<rt>bō</rt></ruby> <ruby>潋<rt>liàn</rt></ruby> <ruby>三<rt>sān</rt></ruby> <ruby>二<rt>èr</rt></ruby> <ruby>玉<rt>yù</rt></ruby> <ruby>神<rt>shén</rt></ruby> <ruby>仙<rt>xiān</rt></ruby>。

<ruby>近<rt>jìn</rt></ruby> <ruby>瞧<rt>qiáo</rt></ruby> <ruby>橙<rt>chéng</rt></ruby> <ruby>红<rt>hóng</rt></ruby> <ruby>倾<rt>qīng</rt></ruby> <ruby>情<rt>qíng</rt></ruby> <ruby>见<rt>jiàn</rt></ruby>，<ruby>远<rt>yuǎn</rt></ruby> <ruby>望<rt>wàng</rt></ruby> <ruby>凝<rt>níng</rt></ruby> <ruby>翠<rt>cuì</rt></ruby> <ruby>春<rt>chūn</rt></ruby> <ruby>缠<rt>chán</rt></ruby> <ruby>绵<rt>mián</rt></ruby>。

　　将数字加入景观描写是中国传统诗歌中常见的形式，颇具文人雅趣。诗人先是描绘阳光明媚的背景，湖面上轻风拂过，微波荡漾。水下金鱼游弋，仿佛梅花出尘，美玉生烟。远远望去，水泡金鱼头顶凤冠，雍容华贵；近观则像翡翠凝结于水中，情意缱绻，带给人以归家的喜悦，营造出一派和谐、热烈的氛围。水泡金鱼，是出现较晚的一个金鱼品种。江苏扬州的水泡金鱼最为著名。体表色彩丰富，华丽无比，别具情趣。物语：水生希望，福禄绵长。

太阳鱼

tài yáng yú

fēng ruò yǒu zhì tiān wú yún　　rì yǒu suǒ chéng yuè yǒu xīn
风若有志天无云，日有所成月有新。

dà hé dōng liú wú qióng jìn　　tài yáng yú yǒu pǔ dù xīn
大河东流无穷尽，太阳鱼有普度心。

　　风若心怀壮志便会吹散乌云，无可阻挡，其宏大的气魄令人赞叹。"日有所成月有新"这句描绘了时间的流转，显示出生命的蓬勃与成长的动力。大江大河无穷无尽，滚滚东流，象征着生命的奔流与不屈的精神。而这些意象都为衬托太阳鱼的光芒，它心怀慈悲，悲悯地看待万物众生。太阳鱼，原产于北美及墨西哥北部的淡水水域、美洲中南部，分布于多个国家。眼后部长有耳状花纹，已成为一种夺目的独特标识。物语：朝阳撒欢，晚霞催眠。

血鹦鹉

xuè yīng wǔ

měi rén rǔ míng xuè yīng wǔ
美人乳名血鹦鹉，

yǎng shàng jǐ tiáo wéi qí fú
养上几条为祈福。

tiān cì yī gè jīn qián dù
天赐一个金钱肚，

qián tóu jìn le hòu tóu chū
前头进了后头出。

　　诗人以妙趣横生的笔法生动描绘出人们对血鹦鹉的喜爱。血鹦鹉又叫财神鱼，暗喻了养鱼的人将得到来自神的恩赐。它圆溜溜的肚子仿佛蓄满财富，金钱从前进由后出，寓意财源滚滚。这首诗寄托了人们对于财富和福运的追求，折射出对于幸福生活的憧憬。血鹦鹉，原产于中国台湾，属于观赏鱼的一种。血鹦鹉由雄红魔鬼鱼和雌紫红火口鱼杂交而成。体幅宽厚，尾巴短，嘴脸像鹦鹉，嘴巴小巧上翘无法闭合。物语：天地呈祥，万物荣光。

羽枝

^{yǔ zhī}

碧波浅匀御衣黄，水绿调色云池香。
沉重深情存希望，试扶细叶逆风长。

　　绯红浅匀的落梅妆，令人联想起古代宫廷仕女，她们的妆容融合了花的唯美和自然的风韵。水绿色的轻纱衬托她们柔美的身姿。莲步轻移，暗香习习，令读者仿佛置身于画中。诗人笔下的羽枝蕴含沉重深情，它试图扶持细叶逆风生长，表现出诗人对于生活的积极追求。羽枝，分布于中国和周边国家水域，栖息于水流较强的珊瑚礁及岩石表面。底部卷枝可以爬行或抓住物体，也能利用羽枝上下摆动在海底游走。物语：清风明月，五光十色。

月眉鲽
yuè méi dié

jīng cǎi xié shǒu dé yì shí　　gāo míng xiāng yuē huā yǐng lǐ
精彩携手得意时，高明相约花影里。
nǎ tiáo yú ér bù yóu xì　　shuí gè méi yǒu qīng sè qī
哪条鱼儿不游戏，谁个没有青涩期。

　　这首诗中的"精彩携手得意时"描绘了携手前进的喜悦；而"高明相约花影里"则展现了智慧的碰撞；诗的后两句借鱼儿嬉戏反映我们的青春经历，每个人都曾有过青涩时光，它是我们成长的脚印。我们从莽撞的青春中逐渐成长、锻炼、探索，并最终走向成熟。月眉鲽，原产于印度洋、太平洋以及中国台湾等海域，是一种观赏鱼。月眉鲽是一种夜行性鲽鱼，白天的时候大多数时间都会待在石头的缝隙之中。物语：春花如棉，秋粮似山。

正海星

微风细雨初相逢，如常摇醒正海星。
夜鸟归眠天地静，只闻山河动春声。

微风细雨初相逢，胜却人间无数。它们以柔和的力量轻拂过大地，唤醒了沉睡的海星。当夜鸟归巢，天地静谧无声。只有无边春色回荡在山河之间，传递着生命的动人旋律。在这寂静中，我们可以聆听大地的心跳，感受到春天苏醒的喜悦。这首诗赞美了大自然以及人与自然和谐相处的美妙，唤醒了人们内心深处的渴望。正海星，比大熊猫还要古老很多。分布于印度洋、西太平洋海域，常见于中国台湾周边海域。物语：皓月悬空，芳华星动。

物语集

动物类

S

树鹨	物语：迁徙很累，机票免费。
水雉	物语：全新学科，公平之作。
丝光椋鸟	物语：青山绿水，大地生辉。
四川白鹅	物语：如雪梅香，浪花千行。
四声杜鹃	物语：爱恨参半，空留遗憾。
松雀	物语：登高母子，情长万里。
蓑羽鹤	物语：落地生辉，亲情金贵。

T

太湖鹅	物语：美艳神奇，稍纵即逝。
塘鹅	物语：细枝末节，任风漂泊。
天山雪鸡	物语：日落山色，月盈如雪。

W

文鸟	物语：物转星移，悄无声息。
乌鸫	物语：百舌先生，尝试进城。
乌林鸮	物语：月夜神将，英姿飒爽。
乌鸦	物语：掌握玄机，志向千里。
五彩金刚鹦鹉	物语：美色浪漫，沉淀千年。
五色鸟	物语：爱无更替，情如初时。

X

喜鹊	物语：锦官报喜，万事如意。
小白兔	物语：天生精灵，从不争宠。
小鹅	物语：警惕性高，比狗还好。
小狗	物语：宝宝无害，人见人爱。
小鸡仔	物语：幼时当宝，长大吃掉。
小马驹	物语：自由伊始，日行千里。
小猫	物语：家有宠物，牵挂照顾。
小猫头鹰	物语：久而久之，变成知己。

小毛驴	物语：前行路上，迈步生香。
小牛犊	物语：有甜有苦，正常程序。
小鸭子	物语：天真烂漫，不用下蛋。
小羊羔	物语：羊最善良，可当奶娘。
小羊驼	物语：小小羊驼，跳脱活泼。
小猪	物语：猪有智慧，不信后悔。
笑翠鸟	物语：当仁不让，览尽风光。
新几内亚极乐鸟	物语：气象万千，春晖无限。
信天翁	物语：遮天蔽日，寿与福齐。
䴗鹛	物语：生存逻辑，终获满意。
绣眼	物语：接纳角色，拓宽自我。
雪鸮	物语：无穷希望，春来秋往。
血雀	物语：摘片云彩，枝头澎湃。

Y

夜鹭	物语：口味不换，静美无言。
夜鹰	物语：望而不及，遗世独立。
银耳相思鸟	物语：情有独钟，海誓山盟。
银喉长尾山雀	物语：心底如春，抛却红尘。
鹦鹉	物语：五彩斑斓，志向于天。
疣鼻天鹅	物语：青春不多，切勿挥霍。
鸳鸯	物语：称心如愿，并蒂相连。
园丁鸟	物语：守望美好，生命不老。
云雀	物语：歌声美妙，从不走调。

Z

沼泽山雀	物语：上天成全，知足平安。
鹧鸪	物语：无愧天地，活出意义。
针尾鸭	物语：水中捞天，辽阔无边。
中杜鹃	物语：任性谋利，违背常理。
中国寿带鸟	物语：追云逐日，情动天地。

中华攀雀	物语：房子漂亮，迎娶新娘。
朱鹂	物语：时代变迁，地覆天翻。
侏儒鸟	物语：竭尽风流，无奇不有。
珠鸡	物语：拂日卷云，月悬称心。
竹鸡	物语：安乐自足，便是幸福。
紫蓝金刚鹦鹉	物语：温和巨人，美进人心。
紫胸佛法僧	物语：如若定亲，永不变心。
棕背伯劳	物语：声音动听，个性勇猛。
棕脸鹪莺	物语：若有情感，声音超甜。
棕扇尾莺	物语：不测风云，流金淌银。
棕头鸦雀	物语：碧海青天，大爱无言。

昆虫类

B

碧翠凤蝶	物语：花开蝶舞，收获富足。

C

蝉	物语：岁月凝重，戏剧一生。

F

蜂鸟鹰蛾	物语：另类微光，花境吉祥。

G

蝈蝈	物语：爱之深沉，传遍古今。

M

蜜蜂	物语：花之风景，甜蜜取胜。

Q

秋赤蜻	物语：展翅高飞，携带祥瑞。

T

螳螂	物语：未来思念，日月循环。

水生生物

B

白千手佛珊瑚	物语：海深有沿，谦虚无边。

C

朝天龙水泡眼	物语：望天成长，财丁两旺。
长刺海胆	物语：天地空泛，包容万千。
扯旗黑水泡	物语：天生福将，精彩独享。
雏菊珊瑚	物语：海鉴明月，香飘银河。

H

海带	物语：花容月色，奉献良多。
海葵	物语：静中安然，天地自宽。
海苹果	物语：花红叶绿，平安是福。
红箭鱼	物语：生活富足，年年有余。
红狮头金鱼	物语：水中新晴，如沐春风。
虎皮鱼	物语：阳光无形，远山有影。
花罗汉	物语：锦上添花，兴旺发达。
火焰贝	物语：红红火火，天天快乐。

J

橘红海绵	物语：海底神仙，益寿延年。

K

孔雀花鳉	物语：揽月摘星，万事亨通。
孔石莼	物语：友情常在，继往开来。

L

蓝色龙虾	物语：海底王国，有待探索。
蓝蟹	物语：高贵奇特，世间不多。
镰鱼	物语：风流古今，美无穷尽。
菱角	物语：水下硕果，流金本色。
龙种金鱼	物语：龙腾鱼跃，超级收获。
绿钮扣珊瑚	物语：珠联璧合，获益良多。

M

曼龙鱼	物语：热辣观赏，鱼界花王。
美人虾	物语：霞披彩光，幸福同享。

N

霓虹脂鲤　　　　　　　物语：红香绿裏，前景广阔。

Q

七彩神仙　　　　　　　物语：春染锦绣，秋获丰收。

S

神仙鱼　　　　　　　　物语：天地和谐，日月同乐。

双须骨舌鱼　　　　　　物语：千秋祥和，通达百业。

水泡金鱼　　　　　　　物语：水生希望，福禄绵长。

T

太阳鱼　　　　　　　　物语：朝阳撒欢，晚霞催眠。

X

血鹦鹉　　　　　　　　物语：天地呈祥，万物荣光。

Y

羽枝　　　　　　　　　物语：清风明月，五光十色。

月眉鲽　　　　　　　　物语：春花如棉，秋粮似山。

Z

正海星　　　　　　　　物语：皓月悬空，芳华星动。

花鸟物语

新韵诗歌（珍藏版）

美月冷霜　著

第二辑

中国财富出版社有限公司

图书在版编目（CIP）数据

花鸟物语：新韵诗歌：珍藏版.第二辑/美月冷霜著.—北京：中国财富出版
社有限公司，2024.9

ISBN 978-7-5047-8058-4

Ⅰ.①花…　Ⅱ.①美…　Ⅲ.①诗集—中国—当代　Ⅳ.①I227

中国国家版本馆 CIP 数据核字（2024）第 017096 号

策划编辑　朱亚宁	责任编辑　贾紫轩　蔡　莹	版权编辑　李　洋
责任印制　梁　凡	责任校对　庞冰心	责任发行　杨恩磊

出版发行	中国财富出版社有限公司			
社　　址	北京市丰台区南四环西路 188 号 5 区 20 楼	邮政编码		100070
电　　话	010-52227588 转 2098（发行部）	010-52227588 转 321（总编室）		
	010-52227566（24 小时读者服务）	010-52227588 转 305（质检部）		
网　　址	http://www.cfpress.com.cn	排　　版	河北佳莹文化发展有限公司	
经　　销	新华书店	印　　刷	三河市天润建兴印务有限公司	
书　　号	ISBN 978-7-5047-8058-4/I·0372			
开　　本	710mm×1000mm　1/16	版　　次	2024 年 9 月第 1 版	
印　　张	38.75	印　　次	2024 年 9 月第 1 次印刷	
字　　数	521 千字	定　　价	188.00 元（全 5 辑）	

诗人的话

我把诗意种在大地上，叶子碧绿，花朵芬芳。
我邀诗意在枝头成长，果实丰硕，鸟儿歌唱。
我将诗意化成万千阳光，照耀万物，春风荡漾。
我渴望诗意之水尽情流淌，让星河的诗行滚烫之后，
再冷却下来奔向远乡，奔向远方，奔向远方……

春心只离盈尺远
秋水却隔万重山
蛇鞭菊开若相见
随风而去不回还

视觉盛宴效果好
神秘引力热度高
日落美景最微妙
晚霞撩拨鼠尾草

花如蓝色满天星
只有一朵最长情
春风缠绕心不动
勿忘草缘期待中

比红比绿比优雅
试高试低试当家
如此神韵无从画
美煞当今夕雾花

序　言

周　敏

古往今来，日月盈昃。无数人俯仰天地，探索无尽的宇宙；他们试图跨越时光长河，为人类命运寻觅良方。寂寞沙洲，秋鸟啁啾，人类的情绪从来便与自然紧密相连。

山川异域，风月同天。东西方所有伟大的文学著作，无一不是观照现实社会，剖析人性本能，辩证道德秩序。而这些作者几乎都需要从大自然中获得感悟，找到答案。

繁华喧嚣的现代社会，容易让人迷失方向，忘记自己的根源，但也有少数清醒之人会选择回归自然。正如幼儿于母亲温暖的怀抱中寻求庇护，他们也是从自然的血脉中汲取力量。

花与鸟是大自然的使者，它们能够反映天地的表情，链接人类的精神。诗人以花鸟为媒介，反思社会现实，关注人类命运。她期待用种种唯美灵动的自然元素，为人们拂去遮望眼的浮云，启迪我们的智慧，滋养我们的心灵。

《花鸟物语》同样是一部优秀的文学艺术作品。诗人的创作灵感源于中国文人雅士的审美情趣。无论是形式还是内容，都富有深厚的文化底蕴和强烈的艺术感染力。

诗人秉持无限的想象力和艺术才华，以独特的视角和细致入微的描写，将自然之美与人类的情感交织在一起。她以新古典主义七言诗的形式，包罗世间万象，将敏锐的思想触角伸向滚滚红尘中的各个角落；她以或含蓄典雅、或华丽绚烂、或诙谐风趣的语言，描绘了花开花谢的律动、鸟儿飞翔的自由、鱼虫游弋的轻盈，以及四季更迭的魔力；她的诗歌中透露出一种宁静与平和，让读者在喧闹的尘世中沉淀内心；诗歌的字里行间充盈着积极乐观和款款深情，引领读者发现生命之美，鼓舞我们不懈前行。

《花鸟物语》还是一部具有广泛且深刻社会意义的杰作。诗人通过描绘自然界瑰丽神秘的山川风貌、花鸟鱼虫，向读者传递了珍

惜自然、保护环境的重要性。她呼唤人们感恩大地母亲的馈赠，实现人与自然的和谐共存。

在这个充满雨露风霜的世界里，在起伏跌宕的人生旅途中，我们的心灵在不断寻找一种与自然的共鸣。《花鸟物语》如同一道清新的风景线，缓缓展开在我们眼前。诗人以花为镜，映射出人世的喜乐悲欢；诗人以鸟为歌，吟唱出宇宙缤纷多彩的旋律。

最后，谨以此书，献给所有热爱自然，享受生命的朋友。

愿我们能停下匆忙的脚步，触摸自然的脉搏。

愿每一个人都能用心去感受那些悠然自得的花鸟，用爱去聆听它们的物语。

目 录
contents

1

2

新韵七言话花鸟

黄芩
huáng qín

西风乐于卷白云，黄芩流转燕草新。
xī fēng lè yú juǎn bái yún　　huáng qín liú zhuǎn yàn cǎo xīn

筛金阳光洒不尽，大地何处无知音。
shāi jīn yáng guāng sǎ bù jìn　　dà dì hé chù wú zhī yīn

　　金色的阳光穿透云层，照亮了大地。西风与白云共舞，这样美丽的景象使人心怀喜悦。黄芩浪漫如仙，燕草飘逸似燕，它们彼此温柔以待，就像人类觅到知音后在困境中相互支持，在欢乐中尽情分享，呈现出温暖与关爱。这首诗以细腻的描写和意境赞美了知音的可贵，令人向往。黄芩，产于中国，世界各地均有分布。中国主产地为山东、陕西、云南等地。花朵蓝紫色，盛开时宛如童话里的小花仙子。根茎为传统中药材。物语：无私奉献，暖意弥漫。

huí xiāng
茴 香

huī huáng xū cóng yǎng mù qǐ　　jìng wèi fāng zhī yǒu fǎ yī
辉煌须从仰慕起，敬畏方知有法依。
huí xiāng zhì chéng tiáo wèi jì　　qū fēng yào lǐ zhàn shǒu xí
茴香制成调味剂，驱风药里占首席。

　　这首诗以简洁的语言，阐释了人类对自然的仰慕和敬畏。诗的前两句启示人们，要将追求卓越作为目标，并从伟大的自然界中汲取智慧与力量。另外，诗人还强调了敬畏是人们遵守法则、拥抱正义的根本动力。只有对法理怀有敬畏之心，才能在思想和行为上与道德规范保持一致。由此，我们才能发现自然界生灵的神秘力量和价值并善加利用。茴香，原产于地中海，中国早期引种栽培。茴香籽为调味香料，亦能入药。物语：出门见山，心静则闲。

huǒ jí
火 棘

sān yuè chūn nào jiǎo jié tiān　　huǒ jí shēn kǒng rǎo rén mián
三月春闹皎洁天，火棘深恐扰人眠。

shuí liào fēng lái chuī gè biàn　　chuī de xuě huā hóng le liǎn
谁料风来吹个遍，吹得雪花红了脸。

　　诗人以生动明快的语言描绘了春季的美丽和变化。春光热烈而喧闹，惹得天地间万物都随之躁动起来。而羞涩内敛的火棘却唯恐惊扰了人们的甜梦，不肯像其他花草那样高调招摇。孰料调皮的春风却故意骚扰它，将雪白的小花变成橙红色的果实，仿佛少女羞红的面颊。诗人将春天的景象和人们的情感巧妙地结合在一起，显得情趣盎然。火棘，中国北方各地均有分布。叶子晒干后可泡水饮用，果实可食用。物语：个小功高，健康保镖。

荠 (jì)

隐约记得多年前，荠菜曾是地头鲜。
yǐn yuē jì de duō nián qián　jì cài céng shì dì tóu xiān

与春结缘不该散，如今见面难上难。
yǔ chūn jié yuán bù gāi sàn　rú jīn jiàn miàn nán shàng nán

　　野生荠菜以其清新和独特的美味，成为人们舌尖上的眷恋。它与春季结缘，仿佛是大自然赋予我们的一份新年礼物。然而，时光荏苒，城市侵占了田野，如今再想寻觅荠菜的芳踪难上加难。这首诗以荠菜为载体，抒发了人们对自然的热爱以及对逝去时光的留恋，将读者带入温暖、怀旧的氛围之中。荠，全世界温带地区广泛分布，中国多个地区有野生种。荠贴地而生，呈莲花状，味道清香四溢，茎叶可制蔬菜，全草入药。物语：清浅时光，初春模样。

蓟
jì

盛夏烈日如火时，大蓟花开合欢丝。
shèng xià liè rì rú huǒ shí　dà jì huā kāi hé huān sī

不曾侵占庄稼地，如今有了药价值。
bù céng qīn zhàn zhuāng jia dì　rú jīn yǒu le yào jià zhí

　　盛夏烈日如火，炙烤大地，而大蓟花却在这样的严苛环境下迎风绽放，吐露出如合欢花一般的娇嫩花丝，展现了生命的顽强和美丽。它们陪伴着农人在田间辛勤耕耘，也适时展现出自己的药用价值。这种景象给人以饱满、和谐的力量，使人们感受到大自然的神奇。蓟，别名：大蓟。产于中国南北方各地，世界各地均有分布，易于种植，生命力顽强。为中国乡村最常见的典型野草，是传统中药材。物语：科技进步，野草开悟。

姜 jiāng

bā qiān xīng luò cháng jiāng shuǐ　　jiǔ qū huáng hé yú zhèng féi
八千星落长江水，九曲黄河鱼正肥。
qiū fēng bù dí jiāng zī wèi　　gù lìng chūn huí xiāng zhuàng fēi
秋风不敌姜滋味，故令春回相撞飞。

　　长江之水犹如银河泻落，星星点点，壮丽无匹。九曲黄河蜿蜒如龙，孕育了丰富的鱼类资源，令人垂涎欲滴。姜，作为中国烹饪中常用的调味品之一，具有辣爽的口感和独特的香气。秋风也无法抵挡它的诱惑，特地呼唤春回大地一起分享。这首诗展现了中国丰富多样的自然资源和美食文化，充满自豪和谐趣。姜，广泛分布于亚洲各个地区，中国自西汉时期已经栽培种植生姜，全国广泛分布。山东莱芜市的生姜最为有名。物语：高汤美食，护卫加持。

jiāng dòu

豇 豆

tián yě lǜ làng bào xié yáng　jiāng dòu fēng yíng yáo yuè guāng
田野绿浪抱斜阳，豇豆丰盈摇月光。
liǎng liǎng xiāng duì gāo shù zhàng　tuō qǐ cuò luò yǒu zhì xiāng
两两相对高数丈，托起错落有致香。

　　这首诗描绘了田野生机勃勃的美景。广袤的田野绿浪荡漾，似乎与斜阳相拥。丰盈的豇豆摇曳在月光中，给人以丰收的喜悦。这种情感与月光交相辉映，让人感受到大自然的神奇和无尽的美好。"两两相对高数丈，托起错落有致香"两句则展现了豇豆的茂盛和繁荣，错落有致，我们似乎能嗅到大自然的芬芳。豇豆，可能原产于热带非洲，中国栽培历史悠久，各地区种植广泛。新鲜豇豆为很好的营养保健蔬菜。物语：热爱蔬菜，与己无害。

角 蒿
jiǎo hāo

黄昏角蒿独凝神，风至身边来探亲。
huáng hūn jiǎo hāo dú níng shén fēng zhì shēn biān lái tàn qīn

落花不为流水尽，痴情付与天边人。
luò huā bù wèi liú shuǐ jìn chī qíng fù yǔ tiān biān rén

　　在这幅诗意的画卷中，我们仿佛能看到一位才情出众的诗人深情地凝视着远方。夕阳的余晖照在她的身上，她与风相依相伴，但神情中难掩丝丝惆怅。时光流水般逝去，但生命中璀璨的记忆似水面漂浮的落英寄送到远方，那里将会有一个人伸手将落花拈起。这首诗令人联想起人生的无常，但即使时光荏苒，痴情也永不消失。角蒿，产于中国且分布区域广泛。叶子优雅，粉红色钟状花朵美感十足。干燥全草为传统中药材。物语：田野疏影，与月同明。

金柑
jīn gān

水晶宝宝雪花房，长大穿件黄衣裳。
shuǐ jīng bǎo bǎo xuě huā fáng   zhǎng dà chuān jiàn huáng yī shang

不高不矮约三丈，丈量天下金橘香。
bù gāo bù ǎi yuē sān zhàng   zhàng liáng tiān xià jīn jú xiāng

　　一颗颗圆润的果实好似黄水晶雕琢，它们从洁白的花朵中孕育而出，脱胎换骨，穿上锦绣华裳。当隆冬的寒风令人战栗，它们已经显露出春的模样。沁人心脾的清甜香气从碧绿的枝叶中溢出，飘荡到四面八方，带着所有人对未来的美好期许，祝愿亲朋好友幸福绵长。金柑，别名：金橘。产于中国亚热带地区。金柑为岭南当地的时令水果。广东多将金柑矮化后栽培成市场上的年花，在春节期间上市寓意大吉大利。物语：圆中有强，强中要香。

jīn yú diào lán
金鱼吊兰

四季过渡风云知，不负岁月不负己。

金鱼吊兰不客气，宣告大度胜天时。

　　寒暑流转，四季更迭。风云注意到时光丝滑地流逝，一去不复返。诗人笔下的金鱼吊兰具有鲜明的个性，它热烈地拥抱自己的生命，要在世界的舞台上尽情展示自己。诗人还从它酷似金鱼的外形延伸开来，用"宣告大度胜天时"这句诗强调了具有宽广胸怀的重要性。金鱼吊兰，原产于哥斯达黎加和巴拿马，中国引进栽培观赏。植株美感十足，矮化型可以制作优雅盆景，盛开时金灿灿的花朵像一只只小金鱼。物语：肚子空空，吸海纳虹。

金嘴蝎尾蕉

jīn zuǐ xiē wěi jiāo

宇宙神秘无限好，送出金嘴蝎尾蕉。
yǔ zhòu shén mì wú xiàn hǎo　　sòng chū jīn zuǐ xiē wěi jiāo

美得天地都不要，线上线下试领跑。
měi de tiān dì dōu bù yào　　xiàn shàng xiàn xià shì lǐng pǎo

　　这首诗以广阔无垠的宇宙为背景，表达出诗人对美的热忱。金嘴蝎尾蕉在诗中象征着美好的事物，它仿佛是天地送给人类的珍贵礼物，美轮美奂，难以用言语形容。而"线上线下试领跑"的表述，则又体现出它在万花丛中独树一帜的风采。这首诗启迪我们用崭新的视角去探索自然之美，激发人们对美好事物的追求和对生活的热爱。金嘴蝎尾蕉，分布于秘鲁等地，中国亚热带及多地引进栽培观赏。花朵形似小鸟展翅欲飞。物语：神造之物，朱雀如许。

锦绣苋
jǐn xiù xiàn

yōu yōu hóng yè fēng chuī xiǎng
悠悠红叶风吹响，

juàn juàn yún luó guò xiāo xiāng
卷卷云罗过潇湘。

liǎng liǎng xiāng sī zěn dǎ yàng
两两相思怎打烊，

wǔ sè cǎo huā dài kāi zhāng
五色草花待开张。

　　"悠悠红叶风吹响"，这一句先是将风中飘荡的红叶与悠扬的情感相结合，形成了一幅生动的画面；"两两相思怎打烊"，是用略带风趣的笔触描绘相思之苦。当静谧的巷道中四下无人，唯有月光拖曳出孤独的身影。五色草默默地舒展，似乎在无声地抚慰大地寂寥的心情。锦绣苋，别名：五色草。原产于巴西，广泛分布于热带及亚热带地区，中国各地均有栽培。叶子灿烂夺目，嫩叶芽可食用，全草入药。物语：叶上彩蛋，欲碎还圆。

九里香

jiǔ lǐ xiāng

tiān dì měi jǐng yún bù kāi　qiān lǐ xiāng huā pū miàn lái
天地美景匀不开，千里香花扑面来。

chūn hóng qiū lù ruò bù zài　xiù dào míng nián zài jiǎn cái
春红秋绿若不在，秀到明年再剪裁。

　　这首诗以天地为画布，以美景为颜料，挥洒出诗人心中的浪漫情怀。不仅在视觉上呈现出鲜艳的色彩，也在嗅觉上带来了清新的气息。"春红秋绿若不在，秀到明年再剪裁"这两句诗洋溢着自信和乐观。在没有春红秋绿的对比下，九里香独自美丽，洁白的小花也能焕发出独特的风采。九里香，别名：千里香。产于中国台湾、福建、广东、海南等地，分布于亚热带国家。开花时恰如"漫天飞雪映日来，浓香飘流万里外"。物语：雪花盛开，香飘天外。

榉 树
jǔ shù

hū jiàn sī zì sì gè kǒu wěn wěn dāng dāng zuò xīn tóu
忽见思字四个口，稳稳当当坐心头。

jǔ shù zì cǔn zhī zhèng yòu qià dào hǎo chù zài chū shǒu
榉树自忖枝正幼，恰到好处再出手。

通过拆字来婉转地表达所思所想，是中国文人墨客喜爱的传统文字游戏。诗人借对"思"字的拆分，表达出深思熟虑、从容不迫的态度。"榉树自忖枝正幼，恰到好处再出手"这两句是以榉树为喻，传递出把握时机、恰到好处的智慧。同时也启示我们要在正确的时间做出正确的抉择。榉树，产于中国及周边国家。榉树集观赏、生态、文化、经济价值于一身，夏季树姿美观遮风挡雨，秋季叶子变成褐红，十分壮观。物语：敢于畅想，性格豪放。

咖啡黄葵
kā fēi huáng kuí

月宫玉人倚栏杆，近赏当离三步远。
yuè gōng yù rén yǐ lán gān　　jìn shǎng dāng lí sān bù yuǎn

秋葵花开不灿烂，却因帝色胜天仙。
qiū kuí huā kāi bù càn làn　　què yīn dì sè shèng tiān xiān

　　秋风清露之中，秋葵彷如月宫玉人凭栏远望，风姿曼妙，令人可远观不可亵玩。虽然它的花朵并不像牡丹芍药那般灿烂夺目，但以其清丽脱俗的姿态，高贵典雅的风度，比天上的仙女更加悸动人心。诗中所用"帝色"一词，不仅赋予了这首诗浓厚的文化内涵，也突显出诗人独特的审美追求。咖啡黄葵，别名：黄秋葵。原产于印度，分布于热带和亚热带地区，中国河北、山东、江苏、浙江、湖南、云南等地引进栽培种植。物语：夏花夏果，功劳多多。

苦瓜

tiān xià hé chù wú fēng yǔ　　qīng kuáng suì yuè zhèng chéng shú
天 下 何 处 无 风 雨，轻 狂 岁 月 正 成 熟。

kǔ guā huā kāi mèng huàn lù　　zhí shǒu xié lǎo zuì xìng fú
苦 瓜 花 开 梦 幻 路，执 手 偕 老 最 幸 福。

　　这首诗表达了岁月沉淀后的生活感悟，既有无尽的追思，又有对未来的憧憬。诗人以宽广的胸怀看待世间的风云变幻，用简洁的笔触描绘出所经历的寒暑人生。"苦瓜花开梦幻路"，这里的苦瓜花寓意着生活的甘甜与苦涩，也象征着人生的高潮与低谷。诗人用"执手偕老"形象地表达出对爱情和平淡幸福的追求。苦瓜，广泛栽培于世界热带到温带地区，中国南北方均普遍栽培。鲜黄色花朵秀气别致，花和果实均为健康食品。物语：锦瑟年华，源自盛夏。

腊肠树

là　cháng　shù

dà dì cuī shēng huáng jīn yǔ　　zhī tóu chūn yì duī dié chū
大地催生黄金雨，枝头春意堆叠出。

jí mù yún zhōng là cháng shù　　qiān tiáo wàn tiáo zhào tiān wǔ
极目云中腊肠树，千条万条照天舞。

　　这首诗描绘了大自然的美丽和丰饶，表达出诗人的无限赞叹和敬仰。诗人先是用"黄金雨"营造出一派富丽绚烂的氛围，接着用"春意堆叠"更近一步渲染春天繁花似锦的热烈景象。腊肠树仿佛幻化成春的源头，它恣意地舞动如成群金蝶，似乎是在向天地展示自己无穷的生命力。腊肠树，原产于印度、缅甸及斯里兰卡，中国南方广泛栽培，种植历史悠久。树型美观高挑，开金黄色小花朵，如同小蝴蝶悬挂于枝头，欲飞不飞。物语：人心不古，仁者致富。

辣椒

红云绿轩天下奇，含羞楚楚胜西施。
妖艳辣子谁得似，咬上一口就着迷。

　　在诗人的眼中，平凡的辣椒显露出唯美的姿态和鲜明的个性。它们居住在碧玉砌成的雅舍，累累硕果鲜艳夺目，仿佛天降红云。诗人还以中国四大美人之一的西施为喻，强调了自然之美无与伦比。比起西施的淡雅，世人更着迷于辣椒火热奔放的性格，它们是如此动人心魄，以不可阻挡的魅力攻陷了人们的心田。辣椒，原产于墨西哥以及南美洲等地，中国引进栽培历史悠久。嫩叶片能够食用，干辣椒多为调味品。物语：读物万卷，无辣不欢。

狼杷草

寒月不照白日霜，农闲百草偷闲长。
天若包容路通畅，山里开花山外香。

寒月当空，不会融化白日形成的严霜；农闲时节，野草趁势疯狂地生长。诗的前两句表达的是天地间的万物总会获得生存的机遇，这是大自然的恩泽。它以博大的胸襟照看所有生灵，因此地球才会如此生机盎然。狼杷草得以绽放多彩的生命，它的芳香飘过四野，传递到山外的远方。狼杷草，产于中国吉林、辽宁、河北、山西、四川、宁夏、甘肃、青海、山东等地。生命力顽强，长于荒野山坡，全草入药。物语：心心念念，平平安安。

藜芦
_{lí lú}

彼此珍惜家美满，常笑奔向两百年。
心中若是无杂念，福寿就在好运间。

    这首诗以家庭幸福为主题，充满了对美好生活的向往和祝福。诗人以"彼此珍惜家美满"寓意家庭的繁荣昌盛；"常笑奔向两百年"，表达了乐观豁达能长寿的理念；诗的后两句主题更加鲜明，表明只要心无杂念，积极向上，好运将会随之而来。这首诗鼓励人们保持积极乐观的态度，以纯净的心灵谋求幸福。藜芦，产于中国，周边国家和欧洲中部均有分布。花朵黑紫色，根状茎有毒，可制作杀虫剂。藜芦为传统中药材。物语：天使意念，丈量时间。

荔枝草
lì zhī cǎo

垂钓总有羡鱼情，荔枝草丑也有功。
chuí diào zǒng yǒu xiàn yú qíng　lì zhī cǎo chǒu yě yǒu gōng

药食同源都搞定，清热止渴受欢迎。
yào shí tóng yuán dōu gǎo dìng　qīng rè zhǐ kě shòu huān yíng

　　临渊垂钓，总会对自由自在游动的鱼儿生出歆羡。荔枝草相貌毫不出众，但它独特的药性令同类望尘莫及。它不仅可以药用，还能成为人们餐桌上的美味佳肴，堪称大自然中的宝藏植物。诗人热情地赞美了荔枝草的价值，也启迪我们深入探索大自然的奥秘。荔枝草，分布于中国绝大部分地区及周边国家。荔枝草抽出细长花茎，上部分抱茎开淡红、淡紫、紫、紫蓝或蓝、稀白色花，样子优雅讨喜。全草入药。物语：草中黄金，尽得人心。

栗

dàn yún qīng yān xiǎo yuè hán　　gāo shù kāi huā zhī tóu huān
淡云轻烟晓月寒，高树开花枝头欢。
zhāo yáng guāng máng bù zhēng yàn　　níng jù chéng lì gèng gān tián
朝阳光芒不争艳，凝聚成栗更甘甜。

　　这首诗以淡云、轻烟、晓月开篇，展现出一幅清新宁静的自然
景色。高树开花枝头欢腾，仿佛在春风中畅快地嬉笑。朝阳的光芒
并不争艳，而是柔和而温暖，它凝聚在栗树枝头，化为甘甜饱满的
果实。这首诗展现出诗人对自然的热爱，以及她看待栗树温暖细腻
的视线。栗，广布于中国南、北方各地区。栽培历史悠久，为世界
知名的食用坚果。栗有多个品种，以辽宁丹东所产的最为著名，香
甜软糯，为中国国家地理标志产品。物语：自我沉淀，勇往直前。

liàn

楝

xuě juǎn bái yún tīng yǔ mián　　kōng gǔ yōu lán bù yè tiān
雪卷白云听雨眠，空谷幽兰不夜天。

míng yuè yù shí chūn fēng miàn　　bù jiào liàn shù jìn hóng yán
明月欲识春风面，不教楝树近红颜。

　　雪卷白云去，有人听雨眠，这是一幅充满诗情画意的景象。繁星点点，如尘世灯火，照得深夜如昼。楝树绽放出如瀑花朵，芳香如兰。诗的前两句给人以无尽的遐想空间。接下来诗人笔锋一转，皎洁的明月想要获得春风的青睐，又唯恐春风先注意到楝树的风华，忙不迭地挡在它们之间。这样的小心思令整首诗显得趣味盎然。楝，产于中国黄河以南地区，簇生淡紫色或白色花朵，香味浓郁。叶子、树皮、根皮均为中药材。物语：生于世间，志存高远。

凉粉草

liáng fěn cǎo

yún ruò chū xiù xū qīng fēng liǎng fēn máng lù bā fēn chéng
云若出岫须清风， 两分忙碌八分成。

liáng fěn cǎo shì tiān fèng sòng wú sī jìn zài tián yě zhōng
凉粉草是天奉送， 无私尽在田野中。

　　这首诗开篇描绘了云从山岫中冉冉升起的景象，暗示了事物需
要清新的空气和优良环境来成长。接着，"两分忙碌八分成"，表
达出努力付出与收获成果之间的比例关系，鼓励人们要勤奋努力，
争取更大的成就。诗中的主角凉粉草是天赐的美食，而大自然的馈
赠还远不止于此，我们应当以感恩的心情和勤勉的态度加以利用。
凉粉草，中国南部地区广泛分布。凉粉草洗净晒干后与米浆混合煮
熟，即可制成美味清爽的凉粉。物语：月上轻舟，细风挽留。

裂叶荆芥
liè yè jīng jiè

不争鲜艳不夺红，纤细长成流翠星。
bù zhēng xiān yàn bù duó hóng　xiān xì zhǎng chéng liú cuì xīng

小茴香籽满一秤，花开之时再无穷。
xiǎo huí xiāng zǐ mǎn yī chèng　huā kāi zhī shí zài wú qióng

　　诗中的前两句以平和的态度描述了小茴香的美丽，它不追求张扬夺目，却散发出宛如翠星流转的芬芳和魅力。它纤长的形态和细小的花朵宛如星光点点，细腻而璀璨。诗的后两句描述它籽粒充盈，蕴含了无尽生机。等到来年花朵盛开，又将迎来新一轮丰收的喜悦。裂叶荆芥，别名：小茴香。中国黑龙江、辽宁、河北等地有野生种，浙江、江苏等地有栽培，朝鲜有分布。中国的裂叶荆芥以宁夏海原县出产的最为著名。物语：天之大道，以学为要。

流苏树

明知不用春妆点，白云偏叫清风还。
流苏树知花纷乱，欣然爱上四月天。

　　清风拂面，轻盈自然。流苏树繁花似锦无需任何妆点，但是白云沉迷于它在风中招展的迷人风姿，特意呼唤清风回来。看那满树繁花在风中摇曳，纷纷如雨，这如梦似幻的景象令人陶醉。流苏树似乎也知道自己的美色在四月达到极致，从此爱上了这个时节。流苏树，别名：四月雪。产于中国多个地区，少量分布于日本和朝鲜。流苏树的树冠上下铺满洁白如玉的流苏花团，其壮观程度绝对不亚于玉树琼枝。物语：春留冬住，香雪满树。

柳穿鱼

liǔ chuān yú

shēn qiū tuī kāi yuè liàng mén　　shí guāng róu ruǎn yī rén xīn
深秋推开月亮门，时光柔软伊人心。
liǔ chuān yú huā qíng wèi jìn　　wò xiāng zào jǐng zhuī fēng yún
柳穿鱼花情未尽，卧香造景追风云。

　　晚霞初落，月上中天，云层穿梭而过，半遮半掩。恰似诗中所说："深秋推开月亮门，时光柔软伊人心。"月亮通常指代爱情，给人以无限的美好遐想。此时的月光倾泻如银，散发出一种宁静温柔的唯美气息，令天地为之陶醉，也因此而牵动软化了无数伊人的拳拳之心。后两句则是借花抒情，鼓励我们勇于追求心中所爱，努力实现个人梦想。柳穿鱼，因枝叶纤细如柳，花朵形似金鱼草，故而得名。物语：时光老去，唯爱永驻。

漏芦
lòu lú

lòu lú wú yì jù xiāng zǐ　　què yǐ rě de fēng dié chī
漏芦无意聚香紫，却已惹得蜂蝶痴。
gù jiāng xiāng sī jì liè rì　　shèng kāi xuǎn zài wǔ yuè dǐ
故将相思寄烈日，盛开选在五月底。

　　漏芦不经意间绽放出紫色花朵，炫丽而不张扬，但这种自然流露的魅力足以吸引蜂蝶倾心。不过漏芦早已心有所属，它将这份相思之情寄托在炽热的夏日之中，也许是因为它的心上人将伴随盛夏的烈日，一同归来。这首诗展现了诗人对爱情的忠贞与热切期待。漏芦，分布于中国黑龙江、吉林、陕西、甘肃、青海等地。野生漏芦在肥沃和贫瘠的生存环境中，风貌大不相同，种子和蒲公英的种子一样会随风飞翔。物语：春的踪迹，无声流逝。

陆地棉
<small>lù dì mián</small>

<small>gè lǐng fēng sāo qí yíng chūn</small>　<small>yuán yě dào chù yǒu gù rén</small>
各领风骚齐迎春，原野到处有故人。
<small>mián huā rú cháng xī yuán fèn</small>　<small>zhī tóu zhàn fàng níng xuě yún</small>
棉花如常惜缘分，枝头绽放凝雪云。

　　诗中的"各领风骚齐迎春"形象地描述了春天如歌的景象，花卉争相开放，犹如一场绚丽的盛宴。而"原野到处有故人"则寓意着春天的到来让人们重逢，营造出一派温馨和谐的氛围。棉花珍惜重聚的缘分，洁白柔软的棉桃仿佛白雪凝聚在枝头，暗示着它以纯洁真挚的情感对待有缘之人。陆地棉，别名：棉花。原产于美洲墨西哥，世界各地均有栽培。明朝在中国南北方大部分地区普遍种植。花朵极为美丽，其制品比比皆是。物语：温暖治愈，共襄盛举。

鹿蹄草

lěng xiāng kě yǐ xiāo rén shǔ　　shèng guò tóu shàng yǔ chuàn zhū
冷香可以消人暑，胜过头上雨串珠。

lù tí cǎo huā yě kāi wù　　zhǎng de měi lì yào lì zú
鹿蹄草花也开悟，长得美丽药力足。

夏日骤雨，檐间垂下珠串般的雨滴。鹿蹄草清冷的香气就像这雨景能消去人们的暑热，抚慰躁动的心灵。它们生长在天地之间，在风雨之中领悟到自身独特的价值和生命的意义。它们竭尽所能地绽放花朵，不仅令观者心旷神怡，更能以深厚的药力拯救人类摆脱病痛。鹿蹄草，产于中国南北方多个地区。椭圆形的叶片上纹路精美，夏季长出红色花葶，渐次向上开出一朵朵白色或淡红色小花。全草可入药。物语：药中碧绿，竞相追逐。

罗布麻

luó bù má

wàn shuǐ liáng tòu sān fú tiān　　qiān shān xiāng bàn fēi niǎo huán
万水凉透三伏天，千山相伴飞鸟还。
luó bù má huā huán xīn yuàn　　zhǎng chéng wèi rén tiān qīng huān
罗布麻花还心愿，长成为人添清欢。

　　这首诗以简洁而优美的词句描绘了夏日的景象，展现出诗人对大自然的独特感悟。炎热的夏季，水流清凉，给人一种沁人心脾的清爽。飞鸟回归，千山相伴，营造出一派和谐共生的景象。罗布麻花心中蕴含着美好的心愿，它期待长成之后，能为人类带去欢愉，于平淡之中体现真善美。罗布麻，分布于中国新疆、青海、甘肃、陕西、河北、江苏等地。罗布麻被称为天然降压宝，嫩叶蒸炒揉制后当茶叶饮用。物语：镜花水月，自娱自乐。

罗勒

罗勒乳名九层塔，七月偷开小紫花。
美味行中常称霸，喜欢入驻海鲜家。

    七月时，罗勒偷偷绽放小紫花，娇嫩可人，如同一缕清风，给人带来清新与宁静。不仅如此，它还以独特的香气和口感称霸美味行。它的香味能够渗透到每一口食物中，使得菜肴更加诱人。尤其是与海鲜的搭配完美无瑕，相得益彰。这样美貌与才华并重的尤物，又怎能不得到人们的钟爱。罗勒，产于中国新疆、吉林、河北、广西、广东等地。罗勒叶为东南亚、中国台湾以及广东制作海鲜时最常用的芳香作料，俗名九层塔。物语：花的秘密，香之心事。

萝卜
luó bo

春抛翠玉入土中，含情不止两万重。
chūn pāo cuì yù rù tǔ zhōng　hán qíng bù zhǐ liǎng wàn chóng

绿浪若有相思梦，当可出来迎冬红。
lǜ làng ruò yǒu xiāng sī mèng　dāng kě chū lái yíng dōng hóng

　　诗人以精妙的构思讲述了一个爱情故事。春之神将翠玉抛入泥土，同时也埋藏了自己深厚的情意。她寄希望于将这段情感暂时隐藏起来，期待它能经过岁月的沉淀而历久弥新。当碧绿的缨叶钻出大地，在风中舒展开来，也许就意味着这段情感终于迎来开花结果的一天。萝卜，原始种野萝卜的栽培驯化起源于欧亚大陆温暖地区，中国栽培历史悠久。当下生吃口感清脆味美的水果萝卜非山东潍坊市（潍县）萝卜莫属。物语：全心付出，从未索取。

络石
luò shí

清寒过后天新晴，枝头三二黄鹂声。
qīng hán guò hòu tiān xīn qíng　　zhī tóu sān èr huáng lí shēng

山峰之下络石静，空谷只有溪云行。
shān fēng zhī xià luò shí jìng　　kōng gǔ zhǐ yǒu xī yún xíng

　　流翠枝头传来鸟啼声，山峰之下的络石花静谧如雪。空谷中只有溪流蜿蜒流动，形成云雾般的景象。诗中清寒过后的新晴天气给人一种清新明亮的感觉，仿佛冬天的苦寒已经过去，春阳正温暖大地。络石花香如同春风拂面，带来了新的希望和生机。络石静静地守望着，让人感受到大自然的厚重与坚毅。络石，分布于中国南北方各地，日本、越南以及朝鲜亦有。络石为观花观叶植物，花朵优雅，芳香浓郁。物语：源于喜欢，冷暖相伴。

落花生

luò　huā　shēng

夏风飞来结成果，花生蔓上顾盼多。

青春气息照明月，就此美得天地合。

夏风停驻在枝头，凝聚成饱满的果实。青青藤蔓翠绿婀娜，让人感受到了大自然的生命力。落花生洋溢着灵动的气息，同明月遥相呼应，纯净且美好。这样的描写使整首诗充满了活力。天下最美的不是植物本身，而是它们显现出的勃勃生机，一如我们每个人都曾拥有的青春。落花生，原产于南美洲，中国栽培历史悠久。植株地下的果实通常称为花生，因其营养丰富，尤其植物蛋白在煮熟后全部析出，因而被称为长生果。物语：星月交融，天地作用。

落 新 妇
luò xīn fù

春分约定风和雨，欲为百花破迷局。
chūn fēn yuē dìng fēng hé yǔ   yù wèi bǎi huā pò mí jú

卓尔不凡落新妇，六七八九都占足。
zhuó ěr bù fán luò xīn fù   liù qī bā jiǔ dōu zhàn zú

　　春天的气息降临，风雨如约归来，大地万物迎来一场绚丽的破晓。诗人以华丽的辞藻，赞美了百花绽放的美丽景象。落新妇以卓尔不凡的姿态傲然挺立在万花丛中，娇艳欲滴，浪漫迷人。它们不仅占据着整个春天的空间，在接下来的盛夏至深秋，都挥洒着自己唯美的风采。落新妇，大多生于高海拔的山谷、溪边或者林荫树下。六月，城市园林的落新妇枝头有无数细小花朵开放，花穗张扬开来，花团锦簇，五彩缤纷。物语：沉淀情感，留住花颜。

驴蹄草

lú tí cǎo

jǐn xiù duī lǐ nán qīng bié　　lú tí cǎo huā yě kě gē
锦绣堆里难轻别，驴蹄草花也可歌。

jí shí xíng lè mò shī luò　　guò jìn fāng fēi yě lè hē
及时行乐莫失落，过尽芳菲也乐呵。

　　在诗人的眼中，大自然的生灵都各有魅力，难分伯仲。驴蹄草虽然名字并不文雅，但它楚楚动人的姿态也别有风韵。接着，诗人还强调了及时享受快乐的重要性。人生苦短，我们应该珍惜每一刻。即使是年华逝去，花朵凋谢，我们也要继续保持乐观向上的心态。驴蹄草，分布于中国西藏东部、云南西北部、四川、浙江西部等地区。叶子形状各异优美有纹路。单瓣碗状花朵黄色，花蕊细密，迎风摇曳魅力十足。物语：五至九月，开花结果。

绿豆

lǜ dòu

cháng tīng lǎo gē huàn xīn shēng　　zǒng jiàn xīn qíng bié jiù qíng
常听老歌换新声，总见新情别旧情。

lǜ dòu sī xià àn qìng xìng　　wú xū gǎi chéng yān zhi hóng
绿豆私下暗庆幸，无须改成胭脂红。

　　这首诗巧妙地运用了"常听老歌换新声"和"总见新情别旧情"的现象，形容了人们在追求新鲜感的同时，对过往的决绝。"绿豆私下暗庆幸，无须改成胭脂红"这两句更是妙趣横生，诗人用绿豆的自然色彩和胭脂红的浓艳对比，形象地传递出无需改变自己去迎合他人的期待这一理念。绿豆，中国南北方各地均有分布，世界各热带、亚热带地区广泛栽培。因其属性寒凉广受炎热地区欢迎，常被制成绿豆糕、绿豆冰沙等食品。物语：闪烁个性，生命充盈。

马鞭草
mǎ biān cǎo

kù rè yān yún zhē qián biān mǎ biān cǎo huā nán rù mián
酷热烟云遮前边，马鞭草花难入眠。
hū wén ěr hòu fēng shēng biàn xǐ tiān hǎo yǔ dào yǎn qián
忽闻耳后风声变，洗天好雨到眼前。

　　广袤的大地上热浪滚滚，风掀起的烟云遮蔽了视线。马鞭草眷恋晴朗幽凉的夏夜，这样酷暑的天气令它难以入眠。忽然，身后传来一阵异响，那是狂风呼啸，携带着浓厚的雨云从天边席卷而来。这场期待已久的大雨将洗去一切燥热，天空将恢复澄碧的色泽，万物继续向阳而生。马鞭草，产于山西、陕西、甘肃、江苏、湖北等地区。植株直立，底部叶子翠绿，茎秆高挑美观，顶端小分枝上缀满细小的粉紫色花朵，美艳绝伦。物语：观赏之花，中药世家。

马　瓟　瓜
mǎ　bó　guā

草木扶疏自然景，绮丽何须天加工。
cǎo mù fú shū zì rán jǐng　　qǐ lì hé xū tiān jiā gōng

既然越瓜可减重，放手一搏花倾城。
jì rán yuè guā kě jiǎn zhòng　　fàng shǒu yī bó huā qīng chéng

　　自然中的草木绮丽夺目，浑然天成，无需任何人为的雕琢。就像我们每个人，也许生而不同，但都有其独到之处，无需妄自菲薄。诗人还以谐趣的笔法描绘马瓟瓜适合作为糖尿病患者和减肥者辅食的特性，表示爱美之人不妨借助它去展现更加美好的姿态。马瓟瓜，别名：越瓜。中国南北各地有少许栽培，普遍逸为野生，朝鲜也有。营养近似甜瓜，为传统中药材，具有清热解毒、降血压等功效。物语：言而有信，坦荡塑身。

马利筋

mǎ lì jīn

yíng yíng qiū shuǐ dǎ zhāo hu　　dàn dàn chūn shān wú tǎn tú
盈盈秋水打招呼，淡淡春山无坦途。
zhǐ guǎn fēng suǒ lái shí lù　　mǎ lì jīn huā tiān zuò zhǔ
只管风锁来时路，马利筋花天作主。

　　这首诗以唯美的意象和独特的表达方式展现了自然美景，同时也蕴含了一种坚定而自信的态度。盈盈秋水和淡淡春山都唯美缥缈而遥不可及。但不论风雨如何阻挡，只要心中坚定就能克服困难，驾驭自己的命运。这种积极向上的信念和乐观的态度给人以勇气和力量。马利筋，原产于拉丁美洲西印度群岛，世界各热带和亚热带地区广泛分布，中国广东、广西、四川、云南、贵州等地均有种植。全株有毒，不适合种植于家中。物语：芸芸众生，日日春风。

<ruby>马<rt>mǎ</rt></ruby> <ruby>铃<rt>líng</rt></ruby> <ruby>薯<rt>shǔ</rt></ruby>

<ruby>土<rt>tǔ</rt></ruby> <ruby>豆<rt>dòu</rt></ruby> <ruby>出<rt>chū</rt></ruby> <ruby>自<rt>zì</rt></ruby> <ruby>地<rt>dì</rt></ruby> <ruby>球<rt>qiú</rt></ruby> <ruby>村<rt>cūn</rt></ruby>，<ruby>物<rt>wù</rt></ruby> <ruby>美<rt>měi</rt></ruby> <ruby>价<rt>jià</rt></ruby> <ruby>廉<rt>lián</rt></ruby> <ruby>天<rt>tiān</rt></ruby> <ruby>下<rt>xià</rt></ruby> <ruby>闻<rt>wén</rt></ruby>。

<ruby>自<rt>zì</rt></ruby> <ruby>此<rt>cǐ</rt></ruby> <ruby>连<rt>lián</rt></ruby> <ruby>接<rt>jiē</rt></ruby> <ruby>春<rt>chūn</rt></ruby> <ruby>有<rt>yǒu</rt></ruby> <ruby>信<rt>xìn</rt></ruby>，<ruby>大<rt>dà</rt></ruby> <ruby>家<rt>jiā</rt></ruby> <ruby>都<rt>dōu</rt></ruby> <ruby>是<rt>shì</rt></ruby> <ruby>共<rt>gòng</rt></ruby> <ruby>享<rt>xiǎng</rt></ruby> <ruby>人<rt>rén</rt></ruby>。

　　土豆普遍生长，不分国界。它不仅美味而且物美价廉，这也是它被全世界所熟知的原因之一。诗中还提到土豆连接了春天的信息，这是因为土豆是一种四季常见的蔬菜，无论是寒冷的冬天还是温暖的春天，它都能生长和丰收，促进人与人之间的交流和共享。马铃薯，原产于热带美洲的山地，最早由华侨从东南亚地区引入中国种植，如今中国马铃薯种植面积已位居世界第一，以甘肃定西市出产的最佳。物语：不疾不徐，简单如初。

马蓝

mǎ lán

fēng liú wú yǔ qǐ sāng tián mù duàn dāng yáng bù yè tiān
风流无语起桑田， 目断当阳不夜天。

shí guāng rèn yóu měi chén diàn kāi duǒ xiǎo huā sòng rén jiān
时光任由美沉淀， 开朵小花送人间。

　　这首诗以流畅优美的词句，表达了时光流转造成的变幻无常和人生的短暂。时光带来的变迁如潮水般汹涌，而远方的辉煌令人目眩神迷。虽然岁月的沉淀让青春的容颜逐渐褪色，但我们身边依然充满盎然生机。你看，即便是一朵微不足道的小花，也在竭力绽放自己生命的色彩。马蓝，原产于波斯国（今伊朗），传入中国历史悠久，各地均有分布。叶子翠绿，开淡紫色花朵。自古迄今都是重要的天然染料，也为传统中药材。物语：倒影含水，靛蓝之美。

麦仙翁
mài xiān wēng

lǎo le suì yuè wàn bù néng　　chūn tiān zhuī zhú mài xiān wēng
老了岁月万不能，春天追逐麦仙翁。

niǎo nuó fǎng fú chāi tóu fèng　　áng yáng zhǎo huí huā shēn qíng
袅娜仿佛钗头凤，昂扬找回花深情。

　　这首诗表达了老年人追求青春活力的美好愿望。诗中的"老了岁月万不能"暗示诗人对时光流逝的不甘，她渴望在春天追随麦仙翁，寻找逝去的青春。钗头凤是古代女性的发饰，被用以形容麦仙翁袅娜的姿态一如少女般动人。诗人鼓励人们在岁月流转中保持激情，追逐爱与美好。麦仙翁，产于中国黑龙江、吉林、内蒙古、新疆，分布于欧洲、亚洲、非洲北部和北美洲。因其茎、叶和种子有毒，故而不要在家中栽培观赏。物语：独学孤陋，寡闻无友。

蔓荆

màn jīng

chūn fēng chuī jìn xiāng mián qíng　jiāng hé liǎng àn màn jīng shēng
春风吹尽香绵情，江河两岸蔓荆生。

huā kāi měi de tiān rù dìng　yuè yuán zhào liàng wàn qiān chéng
花开美得天入定，月圆照亮万千城。

　　这首诗以极富情感的描写，展现了春天的美妙景象，以及自然界的和谐。诗人将春风拟人化，赋予其浓郁的情感。接着诗中又描绘了大自然万物的繁茂，给人以丰富的想象空间。"花开美得天入定，月圆照亮万千城"这两句则将花开和月圆两个意象融入其中，极言蔓荆之美令天地凝滞，这样的描写具有很强的艺术感染力。蔓荆，产于中国南方地区，分布于周边热带和亚热带国家。开淡紫色的花朵，芳香浓郁，果实入药。物语：紫花如梦，古井有情。

máng guǒ
杧果

xīn huā nù fàng shào nián láng
心花怒放少年郎，

bù shì tài yáng yě fā guāng
不是太阳也发光。

tiān dì xiāng yù bù shāng liang
天地相遇不商量，

xiāng hù jiāo fù máng guǒ xiāng
相互交付杧果香。

　　诗人借杧果塑造了一个动人心魄的少年郎形象。他心花怒放的样子像太阳一般放射光芒，这是青春独有的姿态。诗的后两句似乎是象征在人生的旅途之中，我们总会邂逅美妙的风景和故事，又或者是结识有缘之人，双方相互交融，彼此交付馨香与美好。杧果，产于中国云南、广西、广东、福建等地，分布于印度、中南半岛、马来西亚等地，栽培历史超过四千年。已被列入《世界自然保护联盟濒危物种红色名录》。物语：堆金之情，如痴如梦。

<ruby>美<rt>měi</rt></ruby> <ruby>丽<rt>lì</rt></ruby> <ruby>胡<rt>hú</rt></ruby> <ruby>枝<rt>zhī</rt></ruby> <ruby>子<rt>zǐ</rt></ruby>

<ruby>咳<rt>ké</rt></ruby><ruby>不<rt>bù</rt></ruby><ruby>容<rt>róng</rt></ruby><ruby>缓<rt>huǎn</rt></ruby><ruby>君<rt>jūn</rt></ruby><ruby>须<rt>xū</rt></ruby><ruby>知<rt>zhī</rt></ruby>，<ruby>早<rt>zǎo</rt></ruby><ruby>检<rt>jiǎn</rt></ruby><ruby>早<rt>zǎo</rt></ruby><ruby>查<rt>chá</rt></ruby><ruby>早<rt>zǎo</rt></ruby><ruby>隔<rt>gé</rt></ruby><ruby>离<rt>lí</rt></ruby>。

<ruby>本<rt>běn</rt></ruby><ruby>想<rt>xiǎng</rt></ruby><ruby>远<rt>yuǎn</rt></ruby><ruby>离<rt>lí</rt></ruby><ruby>传<rt>chuán</rt></ruby><ruby>播<rt>bō</rt></ruby><ruby>季<rt>jì</rt></ruby>，<ruby>不<rt>bù</rt></ruby><ruby>舍<rt>shè</rt></ruby><ruby>美<rt>měi</rt></ruby><ruby>丽<rt>lì</rt></ruby><ruby>胡<rt>hú</rt></ruby><ruby>枝<rt>zhī</rt></ruby><ruby>子<rt>zǐ</rt></ruby>。

　　这首诗以简洁而富有节奏感的语言，传达了一个重要的健康观念。诗人以"咳不容缓君须知，早检早查早隔离"直接点出了治疗咳嗽疾病的紧迫性和必要性。诗人呼吁人们及早进行检查、诊断和隔离，以阻断疾病的传播。接下来的"本想远离传播季，不舍美丽胡枝子"则展现了诗人对美的向往和对生活的热爱。美丽胡枝子，产于中国，南北方各地均有栽培种植。种子可提炼高级食用油，木材坚韧，可作家具，亦可药用。物语：别情无极，相思如是。

mí dié xiāng
迷 迭 香

shuǐ zhōng dào yǐng dà bù tóng　　shuí yǔ míng yuè gòng chūn fēng
水中倒影大不同，谁与明月共春风。

mí dié xiāng cǎo zhī qīng zhòng　　rì yè zhuī gǎn wèi xiāng féng
迷迭香草知轻重，日夜追赶为相逢。

　　这首诗通过简洁而富有意象的语言，展现了人生的多样性和复杂性。它让人联想到每个人都有自己的命运和境遇，就像水中的倒影各不相同。同时，它也呼应了中国传统文化中"人各有志"的观念，鼓励人们坚持自己的理想和追求，不要沉溺于虚幻的表象。迷迭香，原产于欧洲及北非地中海沿岸，为日常香料作物，中国引进栽培。从迷迭香的花和叶子中可以提炼抗氧化剂和芳香油，新鲜叶子制作菜肴，可药用。物语：风云初见，留恋万千。

密花豆

mì huā dòu kāi liáo cháng kōng qiè qiè sī yǔ huà duō qíng
密花豆开撩长空，窃窃私语话多情。

hé chù méi yǒu líng huó xìng huā xiāng niǎo yǔ gè fēi shēng
何处没有灵活性，花香鸟语各飞声。

　　这首诗以美丽的意象和流畅的语言展现了大自然的魅力。密花豆绽放，如同一位佳人，眉眼含笑之间便撩动长空。它似乎和大自然窃窃私语，传达着脉脉的情感。诗人笔下的天地间充盈着自由的空气，花香鸟语，让人感受到无限的活力。这首诗凝结了诗人对大自然的热爱和赞美，让人仿佛身临其境。密花豆，中国特产，分布于中国广东、广西等地区。密花豆枝条折断会流出红褐色汁液，故而得名鸡血藤。可药用。物语：适当独处，心有归宿。

^{mù yóu tóng}

木油桐

人不计较天地宽，春上枝头秀内涵。
_{rén bù jì jiào tiān dì kuān} _{chūn shàng zhī tóu xiù nèi hán}

木油桐上雪花乱，豪迈之气开成伞。
_{mù yóu tóng shàng xuě huā luàn} _{háo mài zhī qì kāi chéng sǎn}

　　心胸开阔，不计较个人得失，就会拥有广阔的天地，正如中国俗语所说，"退一步海阔天空"。等到将身心都沉浸在大自然之中，就会发觉美好无处不在。这首诗的前两句显示了诗人对于崇高品质的追求。四月初夏，木油桐绽放如雪，这种豪迈的气质和生活态度给予人们深刻的启迪。木油桐，分布于中国广东、海南、浙江、江西、福建、广西、贵州、湖南等地。绽放出一大簇一大簇的洁白色小花，花蕊粉红色，极为俏丽。物语：地大物博，春秋迎接。

南瓜

nán guā

shùn téng chě wàn xiàng qián pá　　tóu shàng zhǎng chū jīn lǎ ba
顺藤扯蔓向前爬，头上长出金喇叭。
chuī chuī dǎ dǎ mǎn tiān xià　　kāi kāi xīn xīn nán guā huā
吹吹打打满天下，开开心心南瓜花。

　　这首诗中的前两句明为描写南瓜生长的姿态，实则暗示了人们在追求梦想的道路上不畏艰辛，不停探索的精神。而"吹吹打打满天下，开开心心南瓜花"这两句，是用欢快的节奏和愉悦的心情，形容人们享受成功的喜悦时的状态。诗人通过简洁、形象的语言，将积极向上、乐观开朗的生活态度传递给读者。南瓜，原产于墨西哥至中美洲一带，明代传入中国，现在世界各地均有栽培。果实作肴馔，亦可代粮食。全株可药用。物语：金瓜一芽，誉满天下。

牛角瓜
niú jiǎo guā

夏日花草任潇洒，身边长出牛角瓜。
xià rì huā cǎo rèn xiāo sǎ　shēn biān zhǎng chū niú jiǎo guā

留点药用遍天下，价值高于芳邻家。
liú diǎn yào yòng biàn tiān xià　jià zhí gāo yú fāng lín jiā

　　夏日暖阳普照大地，花草葱茏自由招展。其中牛角瓜更是令人惊叹，它因为药用特性被广泛地应用于医药领域，这使得它的价值远高于一般的花草。这首诗通过简洁而朴实的文字，展现了夏日的美丽景象和大自然的神奇，也启迪我们用崭新和探索的视角看待自然界中那些外貌看似普通的生灵。牛角瓜，产于中国广东、广西等地，分布于东南亚热带和亚热带国家。全年开花结果，花朵淡紫色，结出状似牛角的瓜，故而得名。物语：美好不多，请勿挥霍。

牛膝

极简绿叶流翠长，牛膝发出淡淡香。
玄关钩上挂欲望，欲叫天地都安康。

　　这首诗以优美的文字勾勒出了一幅清新的画面。绿叶流翠代表了生命的繁茂。牛膝是一种草药，它的淡淡香气让人感到清新宜人。"玄关钩上挂欲望"这句生动而别致，玄关本义是指建筑物入口处的空间。诗人表示人们将牛膝挂在日常生活的居所之中，寄寓了"欲叫天地都安康"的美好祝愿。牛膝，产于中国南北方各个地区，分布于周边国家。茎秆如竹，老叶子处长有类似牛膝盖的粗大关节，故而得名。为传统中药材。物语：甘为桑田，不曾改变。

欧 石 南

握紧阳光欧石南，花姿尽与冰雪间。
情深不信情会断，相互取暖不孤单。

　　欧石南纤细如指，握紧阳光，如同抓住生命的温暖。它们在冰雪间舞蹈，尽情绽放。寒冷的冬日里，欧石南相互拥抱取暖，共同抵御孤单寂寥。诗人希望自己也如同欧石南那样，能够找到那份温暖和依靠。这首诗借欧石南描绘出生活中真挚而珍贵的情感，传递出对温情的向往。欧石南，原产于欧洲、非洲等国家，是挪威的国花。枝秆纤细稚嫩，细小翠绿的叶子，柔美至仙的小花，在挪威的冰天雪地里顶着寒风傲然绽放。物语：苦与不苦，自己做主。

胖大海

胖大海树上云天，清梦装满月牙船。
此时大地无杂念，深吸一口回甘甜。

　　胖大海树高耸入云，似乎与天空融为一体。它的形象庄重而壮丽，象征着力量与希望。云天浩渺无边，月牙船悄然漂浮，带着美好的清梦，让人们在无尽的想象中徜徉。大地隔绝了纷扰喧嚣，人们可以纵情享受大自然的恩赐。深吸一口气，满口回甘甜。仿佛在呼吸之间，我们都能感受到生活的美好滋味。胖大海，分布于印度和马来西亚等东南亚国家，中国海南和广东栽培种植。为传统中药材，泡水喝具有润喉利咽等功效。物语：荣于春风，坐待秋成。

佩 兰

花开十里香风飘，佩兰不忍离去早。
促织附耳轻声道，未来一切更静好。

　　花开十里，香风四溢，这幅美景引人入胜。佩兰娇嫩的花朵是这个季节最美丽的注脚，它颤巍巍地随风摇曳，格外惹人爱怜。眼见花期将过，它看向大地的目光中充满眷恋。善解人意的促织在它的耳畔殷勤挽留：未来的岁月更加静美，不妨停下脚步，多做停留。这句话如同一束明亮的阳光，照亮了前方的道路，带给人们乐观和希望。佩兰，产于中国南北多个地区。全株及花揉之有香味，似薰衣草。全草可药用。物语：芳香魔法，延伸无涯。

瓶子草

píng zǐ cǎo

沧海桑田暗香消，天翁造出瓶子草。
cāng hǎi sāng tián àn xiāng xiāo   tiān wēng zào chū píng zǐ cǎo

花叫昆虫着了道，蜜罐之中尽活宝。
huā jiào kūn chóng zháo le dào   mì guàn zhī zhōng jìn huó bǎo

　　沧海桑田，是历史的长河带来的变迁，让人感叹时光的飞逝，但也展示了生命的不息。瓶子草是一种神奇的生灵，天地赐予它炫丽而独特的外形，充满诱惑，真是自然界不折不扣的"美丽杀手"。昆虫被引诱进入其中，奋力挣扎之时一定会在懊恼自己禁受不住美丽的诱惑吧。瓶子草，原产于美国东岸五大湖区和加拿大南方。叶子进化成分泌香甜物质的瓶子状，阳光照射背面时会折射出琉璃般的光泽，诱使昆虫进入仙境。物语：芳心勿动，动则要命。

牵牛
qiān niú

草金铃花贴地长，影影绰绰生罗香。
cǎo jīn líng huā tiē dì zhǎng　yǐng yǐng chuò chuò shēng luó xiāng

凝聚力量抢开放，开完月亮开太阳。
níng jù lì liàng qiǎng kāi fàng　kāi wán yuè liang kāi tài yáng

　　草木繁茂、牵牛花如金铃低垂，仿佛在向大地唱响婉转的颂歌。它们在微风中飘荡，影影绰绰，芳香绵长。在每一个黑夜将近，晨光熹微之时，牵牛花便凝聚力量，争先恐后地绽放。它们的花期只有短暂的一天，也许正因为生命苦短，它们才会如此不遗余力地登上舞台，想让世界看到自己的模样。牵牛，中国除西北和东北部分地区外都有分布。生命力旺盛，野生野长，叶子翠绿。种子为传统的中药材，有一定毒性，须慎用。物语：追随热情，逆袭成功。

芡
qiàn

zhuàng pò hòu yún yǔ wèi tíng　　qiàn shí kāi huā zǐ yùn shēng
撞破厚云雨未停，芡实开花紫韵生。
bǎo jié nì zhuǎn shuǐ huán jìng　　qià sì hán dōng sòng chūn fēng
保洁逆转水环境，恰似寒冬送春风。

　　一道阳光穿透厚重的云层，但暴雨并没有立刻止歇，这幅将晴未晴的景观令人感慨自然的复杂和壮丽。芡实顶风冒雨绽放紫色的花朵，仿佛湖面溅落浪漫的圆晕。它们努力将水环境恢复到了原本的清澈，宛如在寒冷的冬天里突然吹来和煦的春风，让人们由衷喜悦。芡，别名：芡实。产于中国，生长于淡水池塘湖沼中，栽培历史悠久。芡带刺开玫瑰紫花，种子富含淀粉可以食用，以江西省上饶市余干县所产最为著名。物语：轻身佳物，有理有据。

茜草

qiàn cǎo

精彩岁月不染尘，细雨洗得茜草新。
二月长至年关近，药力十足可轻身。

　　这首诗描绘了岁月的精彩和生命的洗礼。诗中的"精彩岁月不染尘，细雨洗得茜草新"勾勒出茜草历经时光磋磨而依旧保留着光彩和魅力，象征人们在岁月洗礼中不断成长。茜草的生长几乎贯穿全年，显现出强韧的生命力。而"药力十足可轻身"则是赞美它具有独特的药效，足以令人摆脱病痛疾苦，焕发生机。茜草，产于中国，周边国家也有分布。生性粗放，干燥根为传统中药材，具有轻身益气和活血化瘀等功效。物语：真理天地，追求开始。

荞麦

<ruby>星<rt>xīng</rt></ruby><ruby>落<rt>luò</rt></ruby><ruby>柳<rt>liǔ</rt></ruby><ruby>梢<rt>shāo</rt></ruby><ruby>风<rt>fēng</rt></ruby><ruby>送<rt>sòng</rt></ruby><ruby>爽<rt>shuǎng</rt></ruby>，<ruby>荞<rt>qiáo</rt></ruby><ruby>麦<rt>mài</rt></ruby><ruby>花<rt>huā</rt></ruby><ruby>开<rt>kāi</rt></ruby><ruby>大<rt>dà</rt></ruby><ruby>地<rt>dì</rt></ruby><ruby>香<rt>xiāng</rt></ruby>。

<ruby>飞<rt>fēi</rt></ruby><ruby>蛾<rt>é</rt></ruby><ruby>欲<rt>yù</rt></ruby><ruby>吻<rt>wěn</rt></ruby><ruby>倾<rt>qīng</rt></ruby><ruby>城<rt>chéng</rt></ruby><ruby>浪<rt>làng</rt></ruby>，<ruby>逗<rt>dòu</rt></ruby><ruby>得<rt>de</rt></ruby><ruby>月<rt>yuè</rt></ruby><ruby>亮<rt>liang</rt></ruby><ruby>也<rt>yě</rt></ruby><ruby>轻<rt>qīng</rt></ruby><ruby>狂<rt>kuáng</rt></ruby>。

　　这首诗以细腻的笔触描绘了荞麦花盛开的美景，展现出浪漫的情怀。星星如同落在柳树上的霓虹，点缀着夜空。微风拂过柳树的梢头，带来清新的气息。大地上的荞麦花绽放开来，芬芳扑鼻，飞蛾想要吻上这倾城的波浪，它们炙热的恋情让月光也变得轻狂起来。荞麦，种植历史悠久，世界各地分布广泛，中国为主要发源地之一。生于荒地、路边，种子含丰富的淀粉，供食用。荞麦是蜜源植物，全草入药。物语：奉献无悔，舍我其谁。

雀麦 què mài

莫负年华莫别离，相思泉涌无人知。
mò fù nián huá mò bié lí xiāng sī quán yǒng wú rén zhī

雀麦托付北方地，误了秋季待春时。
què mài tuō fù běi fāng dì wù le qiū jì dài chūn shí

　　诗人借雀麦表达了对青春年华的珍惜以及对相聚的珍视。"莫负年华莫别离"一句意味深长，警示人们要珍惜时间，不要辜负青春年华，也不要轻易与爱人别离。"相思泉涌无人知"一句传递出相思之苦，深深触动了读者的心弦。雀麦秋季在中国北方地区茁壮生长，即使误了丰收的季节也不用畏惧，只需安心静待春天的来临。雀麦，产于中国辽宁、内蒙古、甘肃、河南、江苏、河北、山西等地，欧亚温带广泛分布。物语：珍惜良田，体恤寒川。

秦艽
qín jiāo

紫衣罗袍铺地头，消解世间万民忧。
zǐ yī luó páo pū dì tóu　　xiāo jiě shì jiān wàn mín yōu

硬土再深也穿透，秦艽奉献永不休。
yìng tǔ zài shēn yě chuān tòu　　qín jiāo fèng xiàn yǒng bù xiū

　　在中国传统文化中，紫色罗袍象征着尊贵。诗人借此比喻秦艽华丽的外形和尊崇的地位，显示出她对秦艽极高的赞许。这种美丽的药草穿透硬土，根植于大地，以其独特的药性成为世间万民的慰藉和解忧之源。而"秦艽奉献永不休"一句，则更进一步歌颂了高尚的奉献精神。秦艽，产于中国北方多个地区，俄罗斯和蒙古国也有分布。秦艽根须力量强大扭结成索深入地下，干燥根茎为传统中药材。物语：流云无影，沉寂初晴。

青甘杨
qīng gān yáng

春夏秋冬四大景，杨树独摇天下风。
chūn xià qiū dōng sì dà jǐng　　yáng shù dú yáo tiān xià fēng

夜深月明临其境，远近都能闻其声。
yè shēn yuè míng lín qí jìng　　yuǎn jìn dōu néng wén qí shēng

　　一年四季，春夏秋冬，杨树高高矗立于天空之下，枝叶翩翩起舞，展示着自己的飘逸与豪迈。夜晚来临之时，明亮的月光洒落大地，与杨树的婆娑姿态相得益彰。此时，我们可以聆听到杨树的声响随风传播，似乎在和我们窃窃私语。无论是近距离欣赏还是遥远望去，杨树之美都足以触动心灵。青甘杨，产于中国青海、甘肃、内蒙古一带。青甘杨品种多，生长迅速，为北方城市主要行道树之一。物语：昂然挺立，做回自己。

瞿麦
qú mài

qiān mò zhī shàng qú mài xiāng　　shì yǔ qiáo chǔ zhēng huā wáng
阡陌之上瞿麦香，试与翘楚争花王。
tián jiān chù chù yǒu xī wàng　　shèng què gāo fēng dǒu qiào guāng
田间处处有希望，胜却高峰陡峭光。

　　阡陌之上，瞿麦翻滚如浪，散发出馥郁的芬芳。它跃跃欲试，要与其他美艳的花朵争夺王者之位。乡野田间无处不洋溢着希望的气息，相比之下，那些高耸陡峭的山峰虽然别有风光，却无法与田野间随处可见的花草相媲美。这是一种对生命力量的礼赞，也是对人们辛勤努力的颂扬。瞿麦，原产于中国多个地区，周边国家分布广泛。盛开粉紫色或者粉红色流苏花，丝丝缕缕极有特色。全草可入药。物语：相互取暖，春尽秋欢。

肉苁蓉
（ròu cōng róng）

芳泽无加百花生，大地长出肉苁蓉。
（fāng zé wú jiā bǎi huā shēng　dà dì zhǎng chū ròu cōng róng）

超凡脱俗心笃定，坚持不懈必成功。
（chāo fán tuō sú xīn dǔ dìng　jiān chí bù xiè bì chéng gōng）

　　诗人将美丽与生命力融合在一起，传达出骄傲的心态与坚定的信念。我们身处于这个多姿多彩的世界，无论是花朵的绚烂盛开，还是山水的秀美壮丽，都给人们带来了无尽的美好感受。诗中的肉苁蓉象征着坚韧的生命力，它们顽强地生长在艰苦的环境中，以超凡脱俗的心态与坚持不懈的精神，不断追求卓越。肉苁蓉，产于中国内蒙古等地。肉苁蓉独立生长呈鳞甲宝塔状，好像一根根神仙花柱。药用价值极高。物语：迎风吐艳，珍惜流年。

三花莸

sān huā yóu

xì fēng chuī fú sān huā yóu　　bǐ bìng ér kāi bǐ bìng xiū
细风吹拂三花莸，比并而开比并羞。

cháng é jiě jiě ruò děng hòu　　kě fǒu cì bēi cháng qíng jiǔ
嫦娥姐姐若等候，可否赐杯长情酒。

　　细风轻轻吹拂绽放的三花莸，将它远远地送上天穹之上的醉神楼。诗人借此表达了对自然之美的赞美与敬畏，同时也描绘出三花莸对嫦娥姐姐的深情寄托。它提出了一个热忱的请求，希望得到她的青睐，赐予一杯长情的美酒。这首诗文辞优美，委婉地表现出对美的追求和对爱情的向往。三花莸，分布于中国陕西、甘肃、江西、河北等地。开形状奇特带有时尚斑纹的淡紫色小花，三朵比并而开，故名三花莸。全株可入药。物语：拨动心弦，绽放灿烂。

三七
sān qī

三七草花美如初，指望风云成眷属。
sān qī cǎo huā měi rú chū / zhǐ wàng fēng yún chéng juàn shǔ

若是邀来天涯住，牵手无须费功夫。
ruò shì yāo lái tiān yá zhù / qiān shǒu wú xū fèi gōng fu

　　三七绽放花蕾，恍如天地初开。它纯真唯美的姿态，似乎能承受住岁月的磋磨。这首诗以三七草花展现了诗人对美好未来的期许。诗中描述了三七希望能和风云结成眷属的愿望，若能邀请它一同漫游天涯，无需费尽心力追求，彼此便可情定一生。这首诗将爱情的美妙之处展现得淋漓尽致。三七，产于中国南部地区，主产于云南、广西等地。地下根茎干燥后就为传统中药材三七，以种植三到七年的宿根为最佳品，故名三七。物语：药中之宝，合适就好。

三叶木通

春来吹得数峰青，百鸟叫出天下景。
三叶木通顺势动，开花结果送人情。

　　春光熠熠，照拂大地，一片生机盎然的景象展现在我们眼前。山峦青翠欲滴，仿佛被春风唤醒，焕发出青春的气息。百鸟欢快的歌声回荡在天空，似乎在呼应着大自然的美妙景色。三叶木通也随风摇曳，粉红的花朵盛开，结出圆润的果实，它无私地将自己的成果送给人们，传递着浓浓的情谊。三叶木通，产于中国多个地区。藤蔓会缠绕于树干或者支撑物上，开淡紫色花朵，果肉似香蕉，可食用。根、茎和果均可入药。物语：花叶奇特，格外出色。

散尾葵

北风相思留南云，散尾葵生思春心。
千丝万缕思不尽，天下罕见思秋人。

　　北风看似凛冽，实则怀揣满腔缱绻的情意。它眷恋南云的温柔，希望对方能多做停留。散尾葵不由得也萌动春心，它纤长散漫的枝叶仿佛无尽的情思，期盼有情人能早日来到它的身边。诗人通过细腻的描绘，营造出浪漫温馨的氛围，使读者能够深切感受到诗人对春天的向往与对缘分的渴求。散尾葵，原产于非洲马达加斯加，中国南方广泛栽培。树形优美，多种植于园林街道和校园庭院，有吸附粉尘净化空气的作用。物语：绿意绵绵，春光无限。

sāng

桑

树高挂果倒影香，盛夏品个透心凉。
桑园净土留几丈，自此涂鸦不上墙。

　　道劲茂盛的桑树伫立在天地之间，见惯风云流转，日夜变迁。它记录下人类历史的兴衰，所有过往都如流星闪耀。在盛夏之时，人们静观桑树，纵览历史，只觉心地澄澈，满身清凉。这座桑园就是人间净土，身在其中就能领悟大道，探求美的至高境界。桑，原产于中国北部和中部地区，朝鲜、日本、蒙古国、中亚各国、俄罗斯、欧洲、越南、印度等地有分布。桑是经济树种，叶子养蚕制作丝制品，亦可药用。物语：天之恩物，大地所出。

沙 参
shā shēn

夜听花丛夏虫声，沙参藤上摇风铃。
yè tīng huā cóng xià chóng shēng   shā shēn téng shàng yáo fēng líng

疑是接了绽放令，喜悦开在七月中。
yí shì jiē le zhàn fàng lìng   xǐ yuè kāi zài qī yuè zhōng

　　深夜的小园夏虫呢喃，沙参藤上飘荡的风铃声，清脆悠扬。诗中的"疑是接了绽放令"，构思颇为巧妙。诗人似乎是在描绘茫茫天地间有着神灵主宰，他对沙参颁下绽放的敕令。沙参迅疾地开花吐蕊，让艳丽的淡紫色花海铺天盖地而来。这是一曲令人陶醉的诗篇，让我们在喧嚣的世界中感受到大自然灿烂盛大的力量。沙参，产于中国江苏和浙江等地。植株直立，花蓝紫色。挖去根茎晒干后就成为滋补药材沙参。物语：月光清凉，呼唤遐想。

砂仁

shā rén

tiān xià hé chù wú zhēn qí   shā rén jiù dì qǐ gāo zhī
天下何处无珍奇，砂仁就地起高枝。

jīng yàn bù fèi chuī huī lì   càn làn guò hòu jiē guǒ shí
惊艳不费吹灰力，灿烂过后结果实。

　　天下随处可见珍奇宝物，诗人在开篇就展现了世界无尽的美妙和奇迹。砂仁貌似平凡实则不凡，它生长在高枝，无需花费力气即能令人惊艳。这种美丽不需要华丽的言辞来宣扬，匆匆一瞬便令人心醉神迷。它还能结出神秘的果实，这种实实在在的回报让人们感受到美的内在与价值。砂仁，产于中国福建、广东、广西等地。叶子大而飘逸，充满热带风情。国产砂仁以广东阳春最为有名，香气浓郁，为烹调鱼肉类的重要香料。物语：药食同源，花中典范。

山麻杆

yún shōu yǔ guò hán liáng tiān　　　bàn mǔ tián zhòng shān má gǎn
云收雨过寒凉天，半亩田种山麻杆。

tóu dǐng shàng biān chūn lái yàn　　sòng lǚ nuǎn fēng dào yǎn qián
头顶上边春来燕，送缕暖风到眼前。

　　这首诗以工笔画法展现了春天的美好景象，同时又传递出乐观和温馨的生活态度。诗中"云收雨过寒凉天"描绘了雨过天晴的清爽感觉；"半亩田种山麻杆"则表达了勤劳耕作的农民乐天知足的心态；春天到来时燕子飞舞，它们携带春风降临到千家万户的庭中檐间。山麻杆，产于中国南北各地。叶子红如花朵，鲜艳漂亮。山麻杆全身是宝，茎皮纤维类似亚麻，可以制造高级服装，枝叶可作青饲料，果实可炼油。物语：月照影清，高雅象征。

山木兰

有种意念叫修行，心灵感应如清风。
山玉兰需幽雅境，日夜学禅望成功。

　　禅寺清幽，僧窗半明。优昙花树枝叶婆娑，芳香四溢，陪伴学禅之人凝心清修。山间的轻风吹拂心灵，启迪人们探索无上的智慧。诗人用简洁的语言将修行者的愿景表达出来，诗意在风中飘荡，似有似无。这首诗向我们展示了修行的意义，也暗示即使伟大的智慧遥远而深奥，但只要持之以恒，终能抵达真理的彼岸。山木兰，别名：优昙花、山玉兰。分布于中国云贵川三省。云南昆明市曹溪寺现存一株古老的优昙花树。物语：春景秋驻，天地彻悟。

shān hú yīng

珊 瑚 樱

枝头尚挂昨夜雨，珊瑚樱花已结庐。

邀请八千学子住，来日长成夜明珠。

　　诗人陶渊明曾有名句："结庐在人境，而无车马喧"。在中国传统文化中，"结庐"往往有避开红尘喧嚣，寻求学问和智慧的含义。诗人笔下的珊瑚樱仿佛一位智者，它于偏僻之处建造茅舍，因主人的高尚德操和学识吸引了万千学子纷至沓来。假以时日，他们都将学成入世，焕发出夜明珠般的光华。珊瑚樱，原产于南美洲，分布于中国河北、陕西以及中部、西部和南部等地。多为北方寒冷地区的家庭矮化盆栽观赏植物。物语：云来雾去，时光富庶。

商陆

dié liàn huā shí huā hài xiū　　fēng lái yīn yīn wèn qù liú
蝶恋花时花害羞，风来殷殷问去留。

shāng lù gāo yǎ bù qiān jiù　　hóng chén nán rǎn líng bō tóu
商陆高雅不迁就，红尘难染凌波头。

　　蝶儿恋花，花面生霞，如此细腻婉约的景象令人心生赞叹。微风轻拂，询问花儿是否愿意停留，这种殷殷的期盼让人感受到大自然的温柔。然而商陆品性高雅，不愿随波逐流。它以自己独特的姿态傲然生长，不受凡尘的染指。它宛若清泉之中的一颗明珠，纯洁无瑕。商陆，中国除东北、内蒙古、青海、新疆外广泛分布。植株健壮，生命力极度旺盛，多野生于山脚林间田头地角，嫩茎叶可以食用。为传统中药材。物语：草木精华，丰盛仲夏。

蛇鞭菊
shé biān jú

门前长出蛇鞭菊，映日晨光洒满屋。
mén qián zhǎng chū shé biān jú　yìng rì chén guāng sǎ mǎn wū
田头绿碧惜春路，屋后红透百花渠。
tián tóu lǜ bì xī chūn lù　wū hòu hóng tòu bǎi huā qú

　　晨光熹微，温暖的阳光逐渐透过窗棂照进屋内，又是愉悦宁静
一天的开始。田间阡陌纵横，路上铺满翠草，宛如一条春意盎然的
小径。蛇鞭菊在门前绽放，屋后更是百花成渠，它们彼此呼应，殷
勤挽留春天不再离去。诗人通过对自然景观的勾描，表达了对春天
的热爱和对生命的赞美。蛇鞭菊，产于东欧及北美，世界各地广泛
种植，中国多地也有分布。在原产地野生野长，生命力极其旺盛。
盛开时紫雾升腾，绚丽夺目。物语：长路漫漫，任重道远。

肾茶
shèn chá

百鸟朝凤红树林，深圳河畔风开春。
bǎi niǎo cháo fèng hóng shù lín　　shēn zhèn hé pàn fēng kāi chūn

猫须草花当陪衬，三分推辞七分肯。
māo xū cǎo huā dāng péi chèn　　sān fēn tuī cí qī fēn kěn

　　红树林中绿荫茂密，风吹叶动，宛如百鸟朝凤。深圳河畔春光乍泄，灿烂盛大。诗人以充满想象力的描写，将读者带入充满生机的春天世界。猫须草花的出现则给人以惊喜，它们作为陪衬，为整个景色增添了一抹不同的色彩。诗人笔法诙谐，让人不禁对这种植物产生了更深的兴趣。肾茶，分布于中国广西南部、海南、云南南部、福建等地。花蕊横倒，细长飞扬形似猫须，故而得名猫须草。又因其可治疗肾病被称为肾茶。物语：日月张罗，往来如梭。

肾 形 草
shèn xíng cǎo

石缝宽放两三分，矾根立见精气神。
shí fèng kuān fàng liǎng sān fēn　　fán gēn lì jiàn jīng qì shén

用叶妆点花风韵，一年四季都是春。
yòng yè zhuāng diǎn huā fēng yùn　　yī nián sì jì dōu shì chūn

　　坚硬的岩石只需宽放一点缝隙，矾根就能见缝插针地破土而出，展现出极其昂扬艳丽的姿态。诗的前两句热情赞颂了矾根坚韧不拔，寻求生命高光时刻的精神。它们虽然没有绝美的外形和芳香的气息，却能独树一帜，五彩缤纷的叶片盖过无数花朵的姿色，令人不禁赞叹自然生灵的神奇。肾形草，别名：矾根。原产于美洲中部，为中国少数地区栽培观赏植物。肾形草叶形优美，原生于岩石缝或乱石荒漠之中，生命力极其旺盛。物语：收藏阳光，身心明亮。

蓍
shī

送行时光曾少年，　至今杯中酒未干。
sòng xíng shí guāng céng shào nián　zhì jīn bēi zhōng jiǔ wèi gān

千叶蓍花一大片，　花如人面不落单。
qiān yè shī huā yī dà piàn　huā rú rén miàn bù luò dān

　　年少的时光灿烂也不乏伤感，我们带着青春的憧憬和梦想踏上
了征程。如今岁月流逝，蓦然回首间，杯中的酒未干尽，而当初意
气风发的伙伴已经不知踪迹。千叶蓍花如海一般汹涌澎湃，它们彼
此依偎，散发出强大而温暖的力量。生命中的辉煌如此短暂，只有
相聚时的欢愉才最为珍贵。蓍，别名：千叶蓍。中国各地庭院常有
栽培，广布于欧洲、非洲北部等地，生于湿草地、荒地及铁路沿
线。花朵艳丽芳香浓郁。全草入药。物语：晚抹红霞，绿染罗袜。

十万错
shí wàn cuò

风来吹得月倾斜，繁星化作满天雪。
fēng lái chuī de yuè qīng xié　　fán xīng huà zuò mǎn tiān xuě

夏夜阡陌十万错，流云与花相皎洁。
xià yè qiān mò shí wàn cuò　　liú yún yǔ huā xiāng jiǎo jié

　　晚风徐来，月亮被吹得微微倾斜。满天的繁星仿佛化作了雪花，纷纷扬扬，飘洒到人间。夏夜的田野，十万错淡雅的花朵蔚然成海，与天上皎洁的流云相映成趣。诗人将风、月、星、雪、云、花等元素巧妙地融合在一起，为读者铺设了一幅唯美的画卷。十万错，产于中国广东、广西等地，分布于印度东北、缅甸、泰国、中南半岛等地。植株强健叶片油绿，花形单薄而奇特，别致优雅。全株可药用。物语：知者是药，不识叫草。

石龙芮

lián tiān xiāng sī luàn fēn fēn　xìng dé fēng lái xiàn yīn qín
连天相思乱纷纷，幸得风来献殷勤。

shí lóng ruì huā wù chūn xìn　chà diǎn nán dǎo cǎi yào rén
石龙芮花误春信，差点难倒采药人。

　　烟雨迷蒙之中，石龙芮楚楚动人。它周身萦绕的忧郁，不正像我们少年时偶尔会涌现的春愁？不知来由，不辨去向。幸亏有和煦的春风前来慰藉，吹散烟云，眼前又是一派澄明。也许是石龙芮过于眷恋春风的温柔，不知不觉便误了花期。这可让前来采药的人犯了难，但是面对如此娇弱可人的生灵，谁又真忍心和它生气呢？石龙芮，分布于世界多地，生性强健，叶子翠绿色，盛开金黄色小花。整株有毒，全草可入药。物语：生而平凡，不留遗憾。

石 楠
shí nán

绿叶石楠雪浪涌， 瑰丽来自外太空。
lǜ yè shí nán xuě làng yǒng　guī lì lái zì wài tài kōng

草木皮实最茂盛， 安之若素地包容。
cǎo mù pí shi zuì mào shèng　ān zhī ruò sù dì bāo róng

石楠花开，如雪浪翻涌。它们一直延伸到天边，与彤红的霞光相连。它们在春风的吹拂下恣意生长，仿佛在诉说着大自然的奇妙。风云温柔地张开臂膀，将石楠抱入怀中。它们喜爱石楠花坚韧的生命力和淡泊从容的心态，愿意给予更多的机遇和宽容。这首诗令我们意识到自由和坚韧的可贵，内涵丰富，发人深省。石楠，产于中国多个地区，日本和印度尼西亚也有分布。生命力旺盛，盛花时满树洁白如云。叶和根可药用。物语：花叶争辉，各有其美。

手参
shǒu shēn

fēng liàn bái yún qíng àn shēng　　liù yuè shǒu shēn chū shuì xǐng
风恋白云情暗生，六月手参初睡醒。
yè yè yuè yuán huā yǔ gòng　　rì rì hǎo mèng tiān xià tóng
夜夜月圆花与共，日日好梦天下同。

　　这首诗以清新的意境和优美的语言，表达了对自然和情感的赞美。"风恋白云情暗生"描绘了风云之间相互吸引的浪漫，展现了自然界中美妙情愫的流动；而"六月手参初睡醒"则呈现了夏日清晨的宁静与温暖。无论是月圆的夜晚还是日出的清晨，手参花都沉浸在美梦之中，启迪我们去探索自然和生活中的美妙。手参，产于中国东北三省、甘肃等地，分布于朝鲜、日本、俄罗斯和欧洲国家。根茎为滋补药材。物语：大地精华，养生天下。

绶草

shòu cǎo

míng mèi shòu cǎo yìng tiān zhǎng　lǎn jìn xīng hé kāi fàng xiāng
明媚绶草应天长，揽尽星河开放香。

xì xiǎo mèi lì cái yùn niàng　biàn jiàn fēng liú wèi chūn máng
细小魅力才酝酿，便见风流为春忙。

　　明媚的阳光俯视众生，绶草在天空的映衬下显得格外优雅婀娜。星河的闪烁，犹如绶草的花瓣，散发出迷人的芬芳。细小的能量在绶草身上酝酿，它们渐渐展露出独特的魅力。春天的脚步近了，绶草感受到了春风的吹拂。还来不及完全长成，它便舒展枝叶，忙着追逐春光。绶草，产于中国各省区，广泛分布于亚洲多个地区，澳大利亚也有分布。盛开极小的粉红色与白色小花，抱茎螺旋成盘龙戏凤的形状。全草入药。物语：美至心底，不忍采食。

薯蓣
shǔ yù

宜雨宜晴宜美容，自古山药好名声。
yí yǔ yí qíng yí měi róng　　zì gǔ shān yao hǎo míng shēng

多食生命更旺盛，做个潇洒不老松。
duō shí shēng mìng gèng wàng shèng　　zuò gè xiāo sǎ bù lǎo sōng

　　这首诗的前两句描述了山药的普适性和在中华传统中草药学的重要地位，它被广泛认可为一种具有丰富养分和药用价值的食材。"多食生命更旺盛"这句直白地赞誉了山药对健康的积极作用，人们通过食用山药可以增强身体的抵抗力，长久地保持年轻活力，展现自信和潇洒的风采。薯蓣，别名：山药。分布于中国东北、河北等地。中国栽培薯蓣历史悠久，亦食物、亦蔬菜。尤以河南焦作地区的铁棍山药为当今之最。物语：怀古之才，热风凉解。

水葱
_{shuǐ cōng}

水葱连天雨渺渺，青山接云风潇潇。
十里春田多精妙，托起壮观冲天草。

　　诗人以淡雅的笔墨，将水葱与风雨、天空、山脉相融合，形成了一幅清新而宏大的水墨画。细细品味，我们仿佛能感受到水葱与大自然水乳交融的和谐氛围。十里春田，每一寸土地都细腻且美妙。而壮观冲天的草木根植于大地，茁壮而茂盛。这首诗给人一种宽广和纯净的感受，也唤起了人们对自然环境的保护与珍惜之心。

　　水葱，别名：冲天草。产于中国黑龙江、山东、山西等地，分布于朝鲜半岛、日本等亚洲地区及欧洲。物语：风流天下，终归回家。

水蓼

shuǐ liǎo

pái míng bǎng shàng bù tài gāo　　yào shí tóng yuán shuō shuǐ liǎo
排名榜上不太高，药食同源说水蓼。
líng yún zhī zhì zhōng yǒu bào　　huí tiān zhuǎn rì kōng qián hǎo
凌云之志终有报，回天转日空前好。

　　这首诗以深刻的语言，表达了一种追求卓越、勇往直前的精神。虽然排名榜上不太高，但水蓼并没有因此而气馁，它自信自己具有独特的价值。诗人告诉我们，即使处于不被看好的位置，也要像水蓼一样积极进取。正如诗中所言，"凌云之志终有报"，只要我们坚持不懈，追求卓越，最终会获得丰硕的成果。水蓼，分布于中国南北各省区，朝鲜等地区也有分布。水蓼嫩茎叶可以食用，种子可以当作调味料。全草可药用。物语：依心而行，无愧今生。

水石榕

shuǐ shí róng

zhí wù shēng cún wǎn rú gē　shuǐ shí róng guà làng huā xuě
植物生存宛如歌，水石榕挂浪花雪。
dēng lín fāng zhī nán fēi yuè　dàn jiàn duì àn qiān guà duō
登临方知难飞越，但见对岸牵挂多。

　　时光如水，生命如歌。水石榕繁花绽放，如涌浪飞雪，壮丽澎湃。只有登上高山，才能真正体会到自身的渺小；临近海边，才能体会到生命的脆弱。正如知识越广博之人越谦逊低调。令人欣慰的是，我们在生命的旅途中，总有温暖的阳光抚慰寂寥的心灵，给予我们源源不断的支持和力量。水石榕，产于中国海南、广西等地，分布于越南和泰国。枝条张扬细长柔软，洁白色花朵成大簇悬挂于枝头，摇曳生姿，芳香四溢。物语：碧云乱卷，白浪滔天。

水 苏

shuǐ sū chén qǐ zhā duī huān　yí shì tài yáng huǎng huā yǎn
水苏晨起扎堆欢，疑是太阳晃花眼。
kāi huā jiē guǒ fēn jiē duàn　wán chéng rèn wù yǎng tiān nián
开花结果分阶段，完成任务养天年。

　　晨曦初现，万物欢庆，水苏簇拥在一起，仿佛霞光闪耀。它们按部就班地开花结果，不疾不徐地履行生命每一个阶段的职责。正如我们的人生，每个阶段都面临艰巨的任务，却也为我们带来了无尽的喜悦。大自然中没有哪一种生灵像人类这样毕生都要承担责任，直至放下重担，颐养天年。水苏，产于中国、日本、俄罗斯。生长于海拔低的水甸子或湿地类环境。叶子碧绿色，抱茎开粉紫色小花。全草或根为传统中药材。物语：丰富人生，无限风景。

sī guā
丝 瓜

cāng làng yán jìn yì wú qióng　　yuè rán zhǐ shàng wèn chūn fēng
沧浪言尽意无穷，跃然纸上问春风。

hé gù tiān luó wú shǐ mìng　　piān dào fán jiān bàn rén xíng
何故天罗无使命，偏到凡间伴人行。

　　这首诗仿佛是一则童话，描刻了丝瓜独特的价值。沧浪之水默默无语，但对于丝瓜充满好奇。它向春风发出疑问：为什么丝瓜的纤维本可以织成天罗，却没有承担起这个使命，而是纵身跳入红尘之中，陪伴万家灯火？诗人用巧妙的构思赞美了丝瓜的作用，同时显现出对于生活中温暖陪伴的赞许。丝瓜，中国南北各地普遍栽培，广布于世界温带、热带地区。丝瓜以浙江宁波慈溪所产的最为著名。物语：个性创新，秋可胜春。

丝毛飞廉
sī máo fēi lián

sī máo fēi lián huā wēn róu　　xiāng sāi lín chūn rú zuì jiǔ
丝毛飞廉花温柔，香腮临春如醉酒。
hài xiū bù kěn rén qián xiù　　qiū lái yào háng qù jìn xiū
害羞不肯人前秀，秋来药行去进修。

　　丝毛飞廉恍如一位温柔的丽人，它的香腮晕红如醉酒，羞怯内敛，规行矩步，不肯在人前抛头露面。诗人只用寥寥数语，便将丝毛飞廉的情态刻画得楚楚动人。但是等到秋天来临，它就投身于药行开始修行的道路。这段情节的描写深刻地展现出丝毛飞廉秀外慧中的魅力，令人倾心。丝毛飞廉，野生野长于山坡荒原河旁及林下，有时候会生长于花岗岩石缝。叶子布满锐刺，淡紫色绒球花含羞带怯，是非常好的天然蜜源花卉。物语：花意未尽，春之神韵。

松蒿
sōng hāo

天边飞来太阳雨，清凉足下小火炉。
tiān biān fēi lái tài yáng yǔ　qīng liáng zú xià xiǎo huǒ lú

松蒿顾及花情绪，邀来云彩避三伏。
sōng hāo gù jí huā qíng xù　yāo lái yún cai bì sān fú

　　浩渺的天边飘来细雨，阳光映照雨珠，折射出瑰丽的光芒。松蒿花朵如火，自身却具有清热解毒的药力，看似矛盾的现象在它的身上却令人惊奇地和谐统一。它照顾到其他花卉不耐酷暑的体质，特意邀来云彩遮蔽烈日，这种温柔体贴令人更增喜爱，也展现出大自然的和睦温馨。松蒿，分布于中国除新疆、青海以外各地，朝鲜、日本及俄罗斯远东地区也有。野生松蒿枝条张扬，粉紫色的小花犹如龙头。全草可入药。物语：绿野芳郊，可爱小草。

溲 疏

sōu shū

míng yuè hé xū huí tiān rǎng   yín hé sòng lái shuǐ jiǔ xiāng
明月何须回天壤，银河送来水酒香。

sōu shū měi méi chū zhàn fàng   gòng zhěn chūn fēng rù mèng xiāng
溲疏美眉初绽放，共枕春风入梦乡。

　　江山如此多娇，引得明月流连忘返。善解人意的银河水特意送来美酒，为它助兴。"溲疏美眉初绽放，共枕春风入梦乡"，这两句诗将溲疏塑造成一位娇媚的少女，她如清晨的露珠纯洁晶莹，深深触动明月的心灵。他们不知不觉沉浸在爱河之中，共享春风的款待。整首诗字字珠玑，勾勒出一幅浪漫的画卷。溲疏，原产于中国长江流域等地。主要栽培于园林庭院，美化环境和净化空气。叶片翠绿，花团锦簇，仙气满满。物语：回归天然，大美至简。

苏木
sū mù

昨日风光到眼前，候鸟归来夕阳晚。
zuó rì fēng guāng dào yǎn qián　hòu niǎo guī lái xī yáng wǎn

按下云头定睛看，苏木长有春笑脸。
àn xià yún tóu dìng jīng kàn　sū mù zhǎng yǒu chūn xiào liǎn

　　夕阳西下，候鸟归来，它们像是一群迎接温暖春风的使者。昨日的风光今日犹存，令人不再忐忑，心思安定。鸟儿在云头俯视大地，看那苏木纤长优美的枝叶，宛如俏丽的眉眼，绽放出春光般的笑颜。诗人似乎在告诉我们，只要用心观察，就能发现生活之中的美好无处不在。苏木，原产于印度及东南亚国家，分布于中国南部及西南部地区。自唐代苏木已经在民间入药或者当作天然染料。为传统中药材。物语：平平淡淡，素中有艳。

苏 铁

梯山航海谁不知，飞天细雨从云集。
苏铁若遇开花季，当是千年风流时。

苏铁强壮坚韧的枝叶能够编织成天梯，人们可以借此攀越高山；又能组成巨船，跨越沧海。就连风云都不由得为它赞叹。诗人借前两句诗，极力渲染了苏铁的强悍。它寿命长久，看惯了岁月流转，人世浮沉。等到它终于开花那一刻，那一定寓示着人间正值无比繁盛昌隆的时代。苏铁，产于中国南部地区，日本、菲律宾和印度尼西亚也有分布。苏铁寿命长，是世界上最古老的物种之一，生长速度缓慢，故而被称为铁树。物语：无暮天下，铁树开花。

酸 豆
suān dòu

liáng yù shēng yān měi jǐng tiān　　suān jiǎo shù guà yuè yá chuán
良玉生烟美景天，酸角树挂月牙船。

guà le yī chuàn yòu yī chuàn　　zhuō bù dào yú bù huí huán
挂了一串又一串，捉不到鱼不回还。

　　天空中浮现出的细碎烟雾，仿佛是轻纱笼罩蔚蓝的天穹。酸角树扶摇而上，挂在了月牙船边。它们的果实如同一颗颗明珠，垂入浩瀚的银河。希望能引诱鱼儿上钩，捉不到鱼绝不回还。这首诗充满浪漫的想象力，诗人的笔触诙谐而富有童趣，拟人化的酸角树也显得活泼动人。酸豆，别名：酸角。原产于非洲，世界热带地区均有栽培，中国台湾、福建、广东、广西及云南常有栽培或野生。酸豆经加工后味道更酸甜可口。物语：处处相逢，时时不同。

suān zǎo
酸 枣

kū mù féng chūn xiù yú lín　　huā yù shèng xià ài qīng xīn
枯木逢春秀于林，花遇盛夏爱清新。
suān zǎo zì yǒu suān zǎo yùn　　shān zhōng cù yì yě xiāo hún
酸枣自有酸枣韵，山中醋意也销魂。

　　这首诗以自然景色为背景，展现了枯木逢春和花遇盛夏的美丽景象。当寒冬过去，酸枣如枯木复苏，重新焕发生机。诗中的酸枣似乎幻化成一个艺术形象，它酸甜的口感就像一个爱吃醋的少女，即使轻嗔薄怒的神情也格外动人。诗人巧妙地将自然景物与人类情感相结合，令读者感到趣味盎然。酸枣，产于中国辽宁、山西、江苏等地。多为野生野长，生性强健耐贫瘠。叶子翠绿有光泽，小酸枣紫红色，种仁为中药材。物语：神秘色彩，缓缓盛开。

蒜

大蒜生来就是宝，食材之中地位高。
dà suàn shēng lái jiù shì bǎo　　shí cái zhī zhōng dì wèi gāo

带皮烤熟治腹啸，更有抗病千般好。
dài pí kǎo shú zhì fù xiào　　gèng yǒu kàng bìng qiān bān hǎo

　　大蒜生来就是宝贵的食材，其独特的味道、口感和疗效令人叹为观止。无论是煎、炒、煮还是炸，大蒜的作用都不可取代。带皮烤熟后，它更能治愈感冒，同时具备抗病的众多好处。大蒜仿佛是大自然馈赠给人类的宝藏，令我们受益良多。蒜，原产于亚洲西部或欧洲地区，秦汉时引入中国，栽培历史悠久。蒜为调味品，其嫩茎叶和蒜薹为时令蔬菜。山东兰陵县（原苍山县）的大蒜最为有名。物语：白玉月牙，作用奇大。

<ruby>昙<rt>tán</rt></ruby><ruby>花<rt>huā</rt></ruby>

<ruby>含<rt>hán</rt></ruby><ruby>露<rt>lù</rt></ruby><ruby>琼<rt>qióng</rt></ruby><ruby>瑶<rt>yáo</rt></ruby><ruby>未<rt>wèi</rt></ruby><ruby>曾<rt>céng</rt></ruby><ruby>夸<rt>kuā</rt></ruby>，<ruby>相<rt>xiāng</rt></ruby><ruby>思<rt>sī</rt></ruby><ruby>明<rt>míng</rt></ruby><ruby>月<rt>yuè</rt></ruby><ruby>又<rt>yòu</rt></ruby><ruby>飞<rt>fēi</rt></ruby><ruby>霞<rt>xiá</rt></ruby>。

<ruby>美<rt>měi</rt></ruby><ruby>轮<rt>lún</rt></ruby><ruby>美<rt>měi</rt></ruby><ruby>奂<rt>huàn</rt></ruby><ruby>美<rt>měi</rt></ruby><ruby>如<rt>rú</rt></ruby><ruby>画<rt>huà</rt></ruby>，<ruby>美<rt>měi</rt></ruby><ruby>破<rt>pò</rt></ruby><ruby>红<rt>hóng</rt></ruby><ruby>尘<rt>chén</rt></ruby><ruby>叫<rt>jiào</rt></ruby><ruby>潇<rt>xiāo</rt></ruby><ruby>洒<rt>sǎ</rt></ruby>。

　　这首诗的前两句充盈着浪漫唯美的氛围。诗人笔下的昙花仿佛琼瑶含露，晶莹清纯；又好似明月含羞，面染霞晕。她运用这些美丽的意象将昙花之美烘托到极致。这样的美，既破碎了尘世的纷扰，又上升到洒脱通透的精神境界，令人叹为观止。昙花，原产于墨西哥、危地马拉、洪都拉斯、尼加拉瓜、苏里南和哥斯达黎加。只在夜间开放，持续1～4个小时就收拢花瓣，故有"月下美人"之称。物语：享受思念，等待明年。

<ruby>檀<rt>tán</rt></ruby> <ruby>香<rt>xiāng</rt></ruby>

浓墨重彩西风软，皎洁明月照新欢。
<ruby>nóng<rt></rt></ruby>墨重彩西风软，皎洁明月照新欢。

檀香冷落百花苑，独将美好给人间。

　　这首诗以精巧的字句描绘了檀香"任是无言也动人"的风姿。诗中的"浓墨重彩西风软"形容了金秋时节，百花怒发的盛况，浓厚的色泽令这幅画卷更具震撼力。而"皎洁明月照新欢"则暗示明月对于檀香的偏爱。然而，檀香对于在百花苑中争奇斗艳毫无兴致，它将自己最美好的一面留给了人间。檀香，原产于太平洋岛屿，印度种植最多，被称为黄金树，中国南部多个地区引种栽培。檀香里外是宝，芳香宜人，百毒不侵。物语：不可忽视，浩然正气。

糖 胶 树
táng jiāo shù

糖胶树高二十米，遮天蔽日人皆知。
táng jiāo shù gāo èr shí mǐ zhē tiān bì rì rén jiē zhī

繁花似锦若入市，须待仰天长啸时。
fán huā sì jǐn ruò rù shì xū dài yǎng tiān cháng xiào shí

　　糖胶树身姿巍峨，遮天蔽日，仿佛将整个世界都庇佑在它的绿荫下。它的满树繁花要想闪耀在世人面前，需等到长成参天大树之时。这首诗内涵丰富，正如我们要想登上人生的舞台，先要默默修炼，积蓄能量。假以时日，一定会迎来自己的高光时刻。糖胶树，分布于尼泊尔等地区，中国广东、湖南等地有栽培，广西南部等地区有野生。糖胶树枝叶轮生，层层叠叠往上长，逐渐形成巨型伞状，豪气干云。物语：张扬心情，云海风轻。

物语集

植物类

H

黄芩	物语：无私奉献，暖意弥漫。
茴香	物语：出门见山，心静则闲。
火棘	物语：个小功高，健康保镖。

J

荠	物语：清浅时光，初春模样。
蓟	物语：科技进步，野草开悟。
姜	物语：高汤美食，护卫加持。
豇豆	物语：热爱蔬菜，与己无害。
角蒿	物语：田野疏影，与月同明。
金柑	物语：圆中有强，强中要香。
金鱼吊兰	物语：肚子空空，吸海纳虹。
金嘴蝎尾蕉	物语：神造之物，朱雀如许。
锦绣苋	物语：叶上彩蛋，欲碎还圆。
九里香	物语：雪花盛开，香飘天外。
榉树	物语：敢于畅想，性格豪放。

K

| 咖啡黄葵 | 物语：夏花夏果，功劳多多。 |
| 苦瓜 | 物语：锦瑟年华，源自盛夏。 |

L

腊肠树	物语：人心不古，仁者致富。
辣椒	物语：读物万卷，无辣不欢。
狼杷草	物语：心心念念，平平安安。
藜芦	物语：天使意念，丈量时间。
荔枝草	物语：草中黄金，尽得人心。
栗	物语：自我沉淀，勇往直前。
楝	物语：生于世间，志存高远。
凉粉草	物语：月上轻舟，细风挽留。

裂叶荆芥　　　　　物语：天之大道，以学为要。

流苏树　　　　　　物语：春留冬住，香雪满树。

柳穿鱼　　　　　　物语：时光老去，唯爱永驻。

漏芦　　　　　　　物语：春的踪迹，无声流逝。

陆地棉　　　　　　物语：温暖治愈，共襄盛举。

鹿蹄草　　　　　　物语：药中碧绿，竞相追逐。

罗布麻　　　　　　物语：镜花水月，自娱自乐。

罗勒　　　　　　　物语：花的秘密，香之心事。

萝卜　　　　　　　物语：全心付出，从未索取。

络石　　　　　　　物语：源于喜欢，冷暖相伴。

落花生　　　　　　物语：星月交融，天地作用。

落新妇　　　　　　物语：沉淀情感，留住花颜。

驴蹄草　　　　　　物语：五至九月，开花结果。

绿豆　　　　　　　物语：闪烁个性，生命充盈。

M

马鞭草　　　　　　物语：观赏之花，中药世家。

马胶瓜　　　　　　物语：言而有信，坦荡塑身。

马利筋　　　　　　物语：芸芸众生，日日春风。

马铃薯　　　　　　物语：不疾不徐，简单如初。

马蓝　　　　　　　物语：倒影含水，靛蓝之美。

麦仙翁　　　　　　物语：独学孤陋，寡闻无友。

蔓荆　　　　　　　物语：紫花如梦，古井有情。

杧果　　　　　　　物语：堆金之情，如痴如梦。

美丽胡枝子　　　　物语：别情无极，相思如是。

迷迭香　　　　　　物语：风云初见，留恋万千。

密花豆　　　　　　物语：适当独处，心有归宿。

木油桐　　　　　　物语：地大物博，春秋迎接。

N

南瓜　　　　　　　物语：金瓜一芽，誉满天下。

牛角瓜	物语：美好不多，请勿挥霍。
牛膝	物语：甘为桑田，不曾改变。

O

欧石南	物语：苦与不苦，自己做主。

P

胖大海	物语：荣于春风，坐待秋成。
佩兰	物语：芳香魔法，延伸无涯。
瓶子草	物语：芳心勿动，动则要命。

Q

牵牛	物语：追随热情，逆袭成功。
芡	物语：轻身佳物，有理有据。
茜草	物语：真理天地，追求开始。
荞麦	物语：奉献无悔，舍我其谁。
雀麦	物语：珍惜良田，体恤寒川。
秦艽	物语：流云无影，沉寂初晴。
青甘杨	物语：昂然挺立，做回自己。
瞿麦	物语：相互取暖，春尽秋欢。

R

肉苁蓉	物语：迎风吐艳，珍惜流年。

S

三花莸	物语：拨动心弦，绽放灿烂。
三七	物语：药中之宝，合适就好。
三叶木通	物语：花叶奇特，格外出色。
散尾葵	物语：绿意绵绵，春光无限。
桑	物语：天之恩物，大地所出。
沙参	物语：月光清凉，呼唤遐想。
砂仁	物语：药食同源，花中典范。
山麻杆	物语：月照影清，高雅象征。
山木兰	物语：春景秋驻，天地彻悟。

珊瑚樱	物语：云来雾去，时光富庶。
商陆	物语：草木精华，丰盛仲夏。
蛇鞭菊	物语：长路漫漫，任重道远。
肾茶	物语：日月张罗，往来如梭。
肾形草	物语：收藏阳光，身心明亮。
薯	物语：晚抹红霞，绿染罗袜。
十万错	物语：知者是药，不识叫草。
石龙芮	物语：生而平凡，不留遗憾。
石楠	物语：花叶争辉，各有其美。
手参	物语：大地精华，养生天下。
绶草	物语：美至心底，不忍采食。
薯蓣	物语：怀古之才，热风凉解。
水葱	物语：风流天下，终归回家。
水蓼	物语：依心而行，无愧今生。
水石榕	物语：碧云乱卷，白浪滔天。
水苏	物语：丰富人生，无限风景。
丝瓜	物语：个性创新，秋可胜春。
丝毛飞廉	物语：花意未尽，春之神韵。
松蒿	物语：绿野芳郊，可爱小草。
溲疏	物语：回归天然，大美至简。
苏木	物语：平平淡淡，素中有艳。
苏铁	物语：无暮天下，铁树开花。
酸豆	物语：处处相逢，时时不同。
酸枣	物语：神秘色彩，缓缓盛开。
蒜	物语：白玉月牙，作用奇大。

T

昙花	物语：享受思念，等待明年。
檀香	物语：不可忽视，浩然正气。
糖胶树	物语：张扬心情，云海风轻。

花鸟物语

新韵诗歌（珍藏版）

美月冷霜　著

第三辑

中国财富出版社有限公司

图书在版编目（CIP）数据

花鸟物语：新韵诗歌：珍藏版．第三辑 / 美月冷霜著 . —北京：中国财富出版社有限公司，2024.9

ISBN 978-7-5047-8058-4

Ⅰ.①花… Ⅱ.①美… Ⅲ.①诗集—中国—当代 Ⅳ.① I227

中国国家版本馆 CIP 数据核字（2024）第 017099 号

策划编辑 朱亚宁 责任编辑 贾紫轩 蔡 莹 版权编辑 李 洋
责任印制 梁 凡 责任校对 庞冰心 责任发行 杨恩磊

出版发行 中国财富出版社有限公司
社　　址 北京市丰台区南四环西路 188 号 5 区 20 楼 邮政编码 100070
电　　话 010-52227588 转 2098（发行部） 010-52227588 转 321（总编室）
　　　　 010-52227566（24 小时读者服务） 010-52227588 转 305（质检部）
网　　址 http://www.cfpress.com.cn 排　　版 河北佳莹文化发展有限公司
经　　销 新华书店 印　　刷 三河市天润建兴印务有限公司
书　　号 ISBN 978-7-5047-8058-4/I·0372
开　　本 710mm×1000mm　1/16 版　　次 2024 年 9 月第 1 版
印　　张 38.75 印　　次 2024 年 9 月第 1 次印刷
字　　数 521 千字 定　　价 188.00 元（全 5 辑）

诗人的话

我把诗意种在大地上，叶子碧绿，花朵芬芳。
我邀诗意在枝头成长，果实丰硕，鸟儿歌唱。
我将诗意化成万千阳光，照耀万物，春风荡漾。
我渴望诗意之水尽情流淌，让星河的诗行滚烫之后，
再冷却下来奔向远乡，奔向远方，奔向远方……

蓝色海洋忽搁浅
喜林草花起云帆
赏美攻略别添乱
否则悦目水不干

横跨亘古韶华长

回望奢侈谢上苍

优雅华美高质量

亚麻贵为时尚王

天下美艳秀成堆

不如晶莹叶上水

雪割草花惹春醉

长伴地脚未后悔

世界不大也不小
云若有志天地高
风流羞于花中笑
太阳拜别月见草

序 言

周 敏

古往今来，日月盈昃。无数人俯仰天地，探索无尽的宇宙；他们试图跨越时光长河，为人类命运寻觅良方。寂寞沙洲，秋鸟唧啾，人类的情绪从来便与自然紧密相连。

山川异域，风月同天。东西方所有伟大的文学著作，无一不是观照现实社会，剖析人性本能，辩证道德秩序。而这些作者几乎都需要从大自然中获得感悟，找到答案。

繁华喧嚣的现代社会，容易让人迷失方向，忘记自己的根源，但也有少数清醒之人会选择回归自然。正如幼儿于母亲温暖的怀抱中寻求庇护，他们也是从自然的血脉中汲取力量。

花与鸟是大自然的使者，它们能够反映天地的表情，链接人类的精神。诗人以花鸟为媒介，反思社会现实，关注人类命运。她期待用种种唯美灵动的自然元素，为人们拂去遮望眼的浮云，启迪我们的智慧，滋养我们的心灵。

《花鸟物语》同样是一部优秀的文学艺术作品。诗人的创作灵感源于中国文人雅士的审美情趣。无论是形式还是内容，都富有深厚的文化底蕴和强烈的艺术感染力。

诗人秉持无限的想象力和艺术才华，以独特的视角和细致入微的描写，将自然之美与人类的情感交织在一起。她以新古典主义七言诗的形式，包罗世间万象，将敏锐的思想触角伸向滚滚红尘中的各个角落；她以或含蓄典雅、或华丽绚烂、或诙谐风趣的语言，描绘了花开花谢的律动、鸟儿飞翔的自由、鱼虫游弋的轻盈，以及四季更迭的魔力；她的诗歌中透露出一种宁静与平和，让读者在喧闹的尘世中沉淀内心；诗歌的字里行间充盈着积极乐观和款款深情，引领读者发现生命之美，鼓舞我们不懈前行。

《花鸟物语》还是一部具有广泛且深刻社会意义的杰作。诗人通过描绘自然界瑰丽神秘的山川风貌、花鸟鱼虫，向读者传递了珍

惜自然、保护环境的重要性。她呼唤人们感恩大地母亲的馈赠，实现人与自然的和谐共存。

在这个充满雨露风霜的世界里，在起伏跌宕的人生旅途中，我们的心灵在不断寻找一种与自然的共鸣。《花鸟物语》如同一道清新的风景线，缓缓展开在我们眼前。诗人以花为镜，映射出人世的喜乐悲欢；诗人以鸟为歌，吟唱出宇宙缤纷多彩的旋律。

最后，谨以此书，献给所有热爱自然，享受生命的朋友。

愿我们能停下匆忙的脚步，触摸自然的脉搏。

愿每一个人都能用心去感受那些悠然自得的花鸟，用爱去聆听它们的物语。

目 录
contents

2

新韵七言话花鸟

天 麻
tiān má

天麻本是多情种，落尽红尘爱春风。
如今被挖难清净，硬起头皮当医生。

　　在诗人想象的世界中，天麻仿佛是一位谪仙。它因多情而被贬，但在万丈红尘中依然不改本色。它眷恋尘世的烟火，热爱包括春风在内的所有生机勃勃的美丽事物。然而，随着被人们不断挖掘，它也难得清净。于是勇敢地承担起治病救人的重任，为人类的健康贡献力量。这首诗通过对天麻的赞美，歌颂了它高贵的品质和无私奉献的精神。天麻，产于中国大部分地区，分布于印度等周边国家。天麻为传统名贵中药材。物语：风月有缘，美景无限。

天仙子

tiān xiān zǐ

lǜ le bā jiāo zuì le rén　hóng le yīng táo luàn le xīn
绿了芭蕉醉了人，红了樱桃乱了心。

làng dàng dé le kāi huā xìn　kāi dé yī kè zhí qiān jīn
莨菪得了开花信，开得一刻值千金。

　　这首诗的前两句，似乎化用了南宋蒋捷的名句"流光容易把人抛，红了樱桃，绿了芭蕉"。芭蕉的绿意润泽了春天，大地都为之沉醉，而樱桃则勾起人们心底缱绻的情意。莨菪接到天帝的旨令，绽放出令人难以置信的美丽。这一刻价值千金，弥足珍贵。这首诗通过对自然景物的描绘，令人们更加热爱和珍惜大自然的恩赐。天仙子，别名：莨菪。分布于中国及周边国家。开钟状花，花冠明黄，花筒深紫红。全株有一定毒性。物语：高挂云帆，登高望远。

tián zǐ cǎo

田 紫 草

méi yǒu shén me kě yǒng héng　　liú nián qīng qiǎn ài zhòng shēng
没有什么可永恒，流年清浅爱众生。
tián zǐ cǎo huā wú dà yòng　　fèng xiàn què zhàn dì yī míng
田紫草花无大用，奉献却占第一名。

　　世间万物无时无刻不在变化当中，没有什么会永恒不变。相对于宇宙而言，生物的寿限更如白马过隙。正因如此，情感就显得极其珍贵。田紫草笃信这个真理，将自己有限的生命和微末的力量全部奉献。诗人在启迪我们：生命的价值在于关怀和奉献。小小的善举，一个微笑，都能给他人带去温暖和慰藉。田紫草，分布于中国东北三省、江浙鄂皖以北地区，俄罗斯及周边国家也有。叶丛中心顶端开淡紫色或白色小花。物语：闲居田野，蜂蝶有约。

铁包金
_{tiě bāo jīn}

bù xiàng chūn fēng zhàn xiào liǎn　　tiě bāo jīn kāi xuǎn xià tiān
不向春风绽笑脸，铁包金开选夏天。
gè xìng shǐ rán jiào zhí niàn　　zhí niàn gāo guò wàn chóng shān
个性使然叫执念，执念高过万重山。

　　这首诗以简洁有力的语言，传递出坚持与个性的力量。诗中的"不向春风绽笑脸，铁包金开选夏天"两句，表达了诗人不愿随波逐流，追求独立与坚定的信念。她不被常规所束缚，展现出崇高的精神追求。这首诗的力量在于它简明扼要地表达了对"执念"的赞美，激发了人们的力量与勇气。铁包金，产于中国南部地区，分布于印度、越南、日本等地。小果子有甜甜的味道。秋季时，广西山里的孩子常常把嘴巴吃得黑黑的。物语：欣然留住，家乡细语。

铁筷子

tiě kuài zi

万里寻春曾少年，催老却是百花天。
wàn lǐ xún chūn céng shào nián　cuī lǎo què shì bǎi huā tiān

铁筷子花铁定艳，物是人非又一年。
tiě kuài zi huā tiě dìng yàn　wù shì rén fēi yòu yī nián

　　少年时，我们曾万里寻春，百花盛开的仙境美妙却虚幻。时光无情流逝，蓦然回首间，只留下记忆陪伴身边。铁筷子花年复一年地绽放，在每个春天如约归来。只可惜少年鬓边已染飞雪，令人感慨看似脆弱的花草其实比人类更加强韧。诗人通过描述铁筷子花艳丽盛开的景象，传递出对人生的感慨。铁筷子，分布于中国四川西北部、甘肃南部、陕西南部和湖北西北部。茎秆笔直，叶子稀少，花朵开在筷子顶端，故名铁筷子花。物语：高峰品雨，花木接福。

铁皮石斛
tiě pí shí hú

悬崖峭壁不胜收，冷艳偏要高一筹。
xuán yá qiào bì bù shèng shōu　　lěng yàn piān yào gāo yī chóu

细藤流翠玉绡透，石斛花开山尽头。
xì téng liú cuì yù xiāo tòu　　shí hú huā kāi shān jìn tóu

　　悬崖峭壁之间，铁皮石斛绽放冷艳的风姿，美不胜收。它的细藤如翡翠雕琢，花朵似玉绡裁就。它生长在清幽荒僻的山间，摇曳于春风之中，清冷孤高的姿态给人无限的遐想和憧憬。读者在阅读时，仿佛置身于这样的景色中，感受到大自然的魅力与力量，令人心驰神往。铁皮石斛，产于中国云南、安徽、浙江、福建、湖南等地。野生石斛多附着于人迹罕至的悬崖峭壁上或石缝之间。食用品多为人工培育，茎秆可药用。物语：新绿娇娆，流翠宝草。

铁草鞋
tiě cǎo xié

huá ruò níng zhī rùn rú sū
滑若凝脂润如酥，
měi zhì xīn dǐ jīng hóng rú
美至心底惊鸿儒。

tiān xià duō shǎo chūn qiū fù
天下多少春秋赋，
zì lǐ háng jiān huā zhī chū
字里行间花之初。

　　铁草鞋的花朵滑若凝脂，它的美丽就连鸿儒也无法描绘。古往今来，文人墨客曾挥毫撰写无数诗词歌赋，表达自己的情感和志向。他们借异花初胎来自喻，传递出不为世俗玷污，追求崇高精神境界的理想。这首诗的精妙之处在于通过描述花朵，将人类的情感完美地融入其中。铁草鞋，产于中国云南、广东、广西等地。花朵细小丰腴，晶莹如玉，盛开时形成极美的白玉红蕊大花球，悬垂于枝蔓上。物语：春垂秋千，兰解画船。

透骨草
tòu gǔ cǎo

chūn fēng chūn yǔ chūn guāng hǎo shān yě xīn lǜ xì huā yáo
春风春雨春光好，山野新绿细花摇。
dài dào qiū yuè dāng kōng zhào zài lái cǎi shōu tòu gǔ cǎo
待到秋月当空照，再来采收透骨草。

　　春风化雨，万物复苏，大地焕发勃勃生机。轻柔的风吹拂着山野，新绿的细花摇曳欢舞。待到秋季，皓月升高，大自然恩赐的丰收季节就要到来。农夫们踏着月色再次来到田野，开始采收透骨草做药材，收获着辛勤劳作的成果。秋高气爽的天空中，月亮高悬，照耀着人们丰收的喜悦。透骨草，产于中国南北各地区，分布于俄罗斯等周边国家。茎叶翠绿，开细小粉中透红的小花，为传统中药材。物语：传播本草，黏住就好。

蕹 菜

wèng cài

tiān dì dōu shuō chūn yǒu fú　　lù hé hóng tíng xiāng xié chū
天地都说春有福，绿荷红蜓相携出。
wèng cài àng rán guān bù zhù　　qīng chǎo yào jiā dòu fǔ rǔ
蕹菜盎然关不住，清炒要加豆腐乳。

　　这首诗以春天为底色，描述了大自然盎然的景象。诗人借天地为证，赞扬春天给予人们福气和美好。绿荷和红蜓相互陪伴，蕹菜生长茂盛，象征着生命的力量和勃发的活力。在烹饪方面，清炒蕹菜时加入豆腐乳，增添了口感和味道的丰富性，同时展现出诗人热衷享受生活中的平淡幸福。蕹菜，原产于中国，分布于热带亚洲、非洲和大洋洲。蕹菜在岭南地区约定俗成叫通菜，因其发音有通财之意，广受欢迎。可制作常见菜肴。物语：翠云烟波，与月诉说。

乌　柏
<small>wū　jiù</small>

<small>qiū ruò jiāo xiū fēng zháo jí</small>　<small>níng cuì yè xià shēn hū xī</small>
秋若娇羞风着急，凝翠叶下深呼吸。
<small>wū jiù yíng lái biàn sè jì</small>　<small>měi mù qiè wù gù pàn chí</small>
乌柏迎来变色季，美目切勿顾盼迟。

　　秋色明媚，乌柏树宛若娇羞的少女。风儿对它倾心不已，唯恐它寻觅到心上人。这首诗以意境悠远的描写，展现了乌柏树叶颜色变幻的特质，给人以美的享受。而"乌柏迎来变色季，美目切勿顾盼迟"则是在提醒我们，美好的时光短暂易逝，要及时把握机会，追求爱情。乌柏，分布于中国黄河以南各省区。树叶可变化颜色，7月由翠绿变成红色，再渐变成金黄色，在树顶形成红云金雾。乌柏根皮和叶子均为传统中药材。物语：绿叶占春，绛雪红云。

乌 柿
wū shì

水里春色无量尺，山外秋有霞光衣。
shuǐ lǐ chūn sè wú liáng chǐ　shān wài qiū yǒu xiá guāng yī

山高水长想如意，种上几株金弹子。
shān gāo shuǐ cháng xiǎng rú yì　zhòng shàng jǐ zhū jīn dàn zǐ

　　这首诗以凝练优美的语言，描绘了大自然的美丽景色，充满了诗意和浪漫情怀。水中春色无边无际，绵延不绝，给人以无限遐想。遥远的山外秋色渐近，仿佛披上霞光彩衣。诗人对山高水长寄寓了美好的心愿，种上几株乌柿，那如金弹子一般的果实象征着幸福和财富，一定会让生活更加充实美好。乌柿，产于中国多个地区。绿叶婆娑，枝条开展，开五瓣淡黄色小花。乌柿的果子营养成分高，根和果可入药。物语：花有出路，柿有前途。

wū tóu

乌 头

kāi chūn dà dì xū hǎo yǔ　　jiāo guàn yào cái wàn qiān zhū
开春大地需好雨，浇灌药材万千株。
huā hóng bù dǐ cháng nián lǜ　　rì yè wèi ài fèi gōng fu
花红不抵常年绿，日夜为爱费功夫。

　　春天的脚步渐近，大地散发出期待的气息。这首诗以"开春大地需好雨"开篇，形容了春天的大地渴望着雨水的滋润，以哺育万千药材。接着，诗人将焦点转移到了"花红不抵常年绿"上。红花虽美丽，但稍纵即逝，而绿树枝叶却代表着生命的延续。诗人通过这样的对比，赞美了生命的坚韧与恒久。乌头，分布于中国云南东部、四川、湖北、贵州、湖南、江西等地。花朵形状独特，拥有专职授粉蜂群。块根可药用。物语：自我强大，天下为家。

梧桐
wú tóng

tài yáng zǎo qǐ guǎn tiān cháng　　yuè liang wǎn shuì yuè fēng guāng
太阳早起管天长，月亮晚睡阅风光。

wú tóng chén liàn jiǎn huā yàng　　xìn shǒu pō chū zǐ mò xiāng
梧桐晨练剪花样，信手泼出紫墨香。

　　太阳早起，执掌天长，它的光芒给大地带来无尽的温暖和活力。而月亮则晚睡，静静地阅览风光，它的清辉遍布夜空，为人们带来宁静与祥和。诗中提到的梧桐象征着高洁和坚韧，而信手泼出的紫墨香，则以其灵动的姿态展示着生命的韵味，也显现出诗人的才情和艺术创造力。梧桐，产于中国南北各省区，分布于周边国家。现世界各地广泛引种栽培为观赏树。法国梧桐被誉为行道树之王。花、种子、茎和叶均为传统中药材。物语：关注脉络，开阔视野。

<ruby>五<rt>wǔ</rt></ruby><ruby>味<rt>wèi</rt></ruby><ruby>子<rt>zǐ</rt></ruby>

<ruby>五<rt>wǔ</rt></ruby><ruby>味<rt>wèi</rt></ruby><ruby>子<rt>zǐ</rt></ruby><ruby>名<rt>míng</rt></ruby><ruby>不<rt>bù</rt></ruby><ruby>老<rt>lǎo</rt></ruby><ruby>丹<rt>dān</rt></ruby>，<ruby>酸<rt>suān</rt></ruby><ruby>甜<rt>tián</rt></ruby><ruby>苦<rt>kǔ</rt></ruby><ruby>辣<rt>là</rt></ruby><ruby>味<rt>wèi</rt></ruby><ruby>道<rt>dào</rt></ruby><ruby>全<rt>quán</rt></ruby>。

<ruby>花<rt>huā</rt></ruby><ruby>与<rt>yǔ</rt></ruby><ruby>红<rt>hóng</rt></ruby><ruby>果<rt>guǒ</rt></ruby><ruby>都<rt>dōu</rt></ruby><ruby>耐<rt>nài</rt></ruby><ruby>看<rt>kàn</rt></ruby>，<ruby>美<rt>měi</rt></ruby><ruby>如<rt>rú</rt></ruby><ruby>天<rt>tiān</rt></ruby><ruby>仙<rt>xiān</rt></ruby><ruby>问<rt>wèn</rt></ruby><ruby>君<rt>jūn</rt></ruby><ruby>安<rt>ān</rt></ruby>。

　　五味子被誉为不老丹，酸甜苦辣味道俱全。这首诗赞美了五味子的卓越之处，它不仅在味觉上给人以丰富的体验，让我们尽享世间百味，丰富我们的人生阅历，更因其悬垂的花朵和艳丽的红果而引人入胜。诗人还以"问君安"的方式，表现了五味子对人类的祝福。五味子，产于中国黑龙江、河北、宁夏、山东、甘肃等地。野生种生长于山林沟谷，缠绕在杂木上，花朵悬垂，极为漂亮。五味子为著名中药。物语：宝若仙丹，力可回天。

勿忘草

wù wàng cǎo

yuè guāng rú shuǐ bái yún piāo　　tiān bù diāo xiè wù wàng cǎo
月光如水白云飘，　　天不凋谢勿忘草。
cóng wèi dāng guò pèi jué liào　　cháng qíng zhī huā zuì měi hǎo
从未当过配角料，　　长情之花最美好。

　　这首诗以绚丽的意象描绘了月光的柔美与天空的浩渺，展现出一种幻化的美感。诗中的"天不凋谢勿忘草"寓意坚韧不拔的品质，它们默默生长，不畏风雨，不放弃自己的价值。这种顽强的精神令人钦佩，也让人感受到了生命的勃发与生机；"从未当过配角料"这句则展示出坚强自信的人生态度。勿忘草，产于中国云南、四川、江苏、华北、西北、东北等地。花朵细小精致，以湛蓝色最为罕见，常被当作传递情感之花。物语：爱在心头，不肯屈就。

西 葫 芦

xī hú lu

后院一架西葫芦，静思乘凉扫酷暑。
hòu yuàn yī jià xī hú lu   jìng sī chéng liáng sǎo kù shǔ

风雨无端乱心绪，解缆银河深几许。
fēng yǔ wú duān luàn xīn xù   jiě lǎn yín hé shēn jǐ xǔ

　　夏日黄昏，绿荫小憩。诗人以一架西葫芦作为背景，描绘出在炎热的夏日中享受凉爽的愉悦。诗中提到的风雨无端扰乱心绪，也许是由于大地仰望逐渐显现的银河，联想起被隔绝在两岸的牛郎和织女。如果银河没有那么浩瀚深厚，彼此相思的一家人早就可以相聚。这是身处于幸福生活之中的人对于不幸之人报以深切的同情。西葫芦，世界各地广泛栽培，中国清朝时从欧洲引入种植。西葫芦营养丰富，炒食做馅都很美味。物语：芬芳热烈，纯洁柔和。

喜林草
xǐ lín cǎo

bā qiān lǐ lù huā lián tiān　　guī háng shēng lǐ míng yuè yuǎn
八千里路花连天，归航声里明月远。

zěn kě xǔ xià hǎi zhī liàn　　jiǎo de fēng yún yě shī mián
怎可许下海之恋，搅得风云也失眠。

　　这首诗以充满想象力的笔触展现了壮丽的景色，于节奏流畅的句子中，传递出深邃的情感。"八千里路花连天，归航声里明月远"这两句描绘了蓝天下花朵飘扬，远处明月静静照耀，使人不禁沉醉于自然之美；而"怎可许下海之恋，搅得风云也失眠"则表达了诗人对于浪漫爱情的憧憬。诗中字字洋溢着壮美与情思，让人不禁产生共鸣。喜林草，原产于北美西部，中国引进栽培观赏。可形成海天相连的蓝色花海，十分震撼。物语：绝色天书，心底之物。

细辛
xì xīn

山水相思无尽期，矛盾形成结合体。

生命之旅有意义，细辛解表触手及。

　　"山水相思无尽期"这句传递出对自然山水之美的思念和渴望，同时也描绘了人们对于心灵与自然之间的相互牵引和无尽的情感纠葛；"矛盾形成结合体"则以形象的方式表现了矛盾的存在与融合，启示我们寻求平衡与和谐的智慧。同时，诗人也传达出生命中矛盾与统一、对立与和谐的复杂关系，启迪人们深入思考生命的意义。细辛，分布于中国东北地区。开紫红色花，可观赏。全草入药，具有镇痛、止痛等功效。物语：曲折过去，尽是坦途。

夏 枯 草

xià kū cǎo

shí guāng bù lǎo yù chuán qíng xià kū cǎo shàng chuī jìng fēng
时光不老欲传情，夏枯草上吹劲风。

hóng chén ruò bù suí xīn xìng shùn qí zì rán xíng de tōng
红尘若不随心性，顺其自然行得通。

　　诗人巧妙地运用了"时光不老欲传情，夏枯草上吹劲风"的意象，将时光与情感相结合，诉说了爱情的坚韧和忠贞。红尘世界虽然繁杂，但只要我们顺从内心的真实感受，随遇而安，顺其自然，再艰难的路径也能畅通无阻。这种积极乐观的人生态度，给人以无限勇气与希望。夏枯草，产于中国，世界各地广泛分布。生性强健，野生野长不拘生长环境，细茎上可轮番开出一串串风车似的粉紫色小花，为传统中药材。物语：大风起兮，婉约流逝。

仙茅

不慌不忙不沸腾，阳光无形叶有影。
草木细节初萌动，便似玉树初临风。

　　春天到来，万物呈现出从容淡定的姿态。阳光无形，却给枝叶带来荫翳，这种细腻的描绘使人感受到大自然的奇妙。仙茅萌发新芽，微妙而生动，仿佛玉树在风中舞动，展现出春天的勃发与生机。这首诗用简短的语句勾勒出春天的细腻之美。既给人带来愉悦感受，又启迪我们放低姿态，去亲近无声的草木。仙茅，产于中国，亚洲地区分布广泛。仙茅仙气飘飘，黄色小花鲜艳亮丽。长相如人参的根茎为传统中药材。物语：逐梦春光，自由飞扬。

仙人掌果

浓浓绿意淡淡风，仙人掌果盈盈红。
沙漠涌动难安静，热烈尽在不言中。

　　这首诗描绘了一幅沙漠临春的喜人景象，以及其中蕴含的浓烈情感。浓浓绿意和淡淡风交织在一起，带给人清新愉悦。仙人掌果娇嫩可人，我们仿佛能想象其甜脆的口感。它们如同点缀在沙漠中的宝石，给人们带来无尽的温暖和希望。静默的沙丘下其实蕴含了澎湃的热情，融入了大自然的律动之中。仙人掌果，原产于墨西哥等多个热带地区，中国栽培历史十分悠久。仙人掌耐干旱、耐贫瘠，仙人掌果营养尤为丰富。物语：放下执念，必得圆满。

香椿

<ruby>香<rt>xiāng</rt></ruby> <ruby>椿<rt>chūn</rt></ruby>

田野芳径回春时，万物复苏花染衣。

香椿赶上发芽季，寸短胜过万千尺。

　　大地苏醒，生机勃发，春天的气息温柔地染遍每一寸土地。花朵绚烂绽放，仿佛为天地更换上彩衣。香椿树也跟随着春天的脚步迎来了发芽的季节，盈盈寸许的嫩芽比高耸入云的巨树更有魅力。香椿的勃发，不仅是对春天的致敬，更是对生命的礼赞，启迪我们学会品味生活中的幸福点滴。香椿，产于中国南北多个地区，山东栽培数量多且历史悠久。高大笔直，绿叶婆娑。春季其嫩芽可制菜肴，根皮及果可药用。物语：春之细雨，香飘江湖。

香蒲

xiāng   pú

píng àn yuǎn shuǐ tiào wàng duō　　fēng gāo xiāng pú piāo fēi xuě
凭岸远水眺望多，风高香蒲飘飞雪。

lín xíng zǒng zài tián biān zuò　　yī diǎn xiāng sī wú cóng jué
临行总在田边坐，一点相思无从绝。

　　离人凭岸远眺，水天相接，景色无边。随着风儿的吹拂，香蒲飘舞，犹如飞雪一般。离人临行前总喜欢在田边坐下，这是一种对大自然的亲近与沉思。田野的静谧与广阔，让人感受到岁月静好。但是，即使在这样优美的环境中，离人仍然无法割舍对家乡的牵挂。相思点点，无从断绝。香蒲，产于中国黑龙江、吉林、辽宁、内蒙古、河北、山西、江西等地。水中嫩茎可作蔬菜，营养丰富，味道清香。花粉可入药。物语：晨为少年，晚是苍颜。

<ruby>香<rt>xiāng</rt></ruby> <ruby>青<rt>qīng</rt></ruby>

香青入海难为水，天上人间待风吹。
此生虽然不妩媚，轰轰烈烈活一回。

　　曾经沧海难为水，除却巫山不是云。香青繁花如雪飘入汪洋，却不甘心就此化为水滴。虽然在万花丛中，香青的姿色并不出众，它缺乏惹人爱怜的妩媚，也不知该如何倾诉衷肠，但是它自由潇洒的气质也别有韵味。当和煦的春风将它托起，世人自会见识到它独特的魅力。香青，产于中国，分布于朝鲜、日本，生于低山或亚高山灌丛、草地、山坡和溪岸。植株健壮，生命力极旺盛。夏季开花时如雪团般纯美，迎风飞扬。物语：寥寥数语，送走悲苦。

xiāng rú
香薷

gòng qíng zhī qián xiān líng tīng　　chén mò zhī zhōng yǒu rèn tóng
共情之前先聆听，沉默之中有认同。
kāi fàng xū yào hǎo huán jìng　　xiāng rú xuǎn zé shān yě fēng
开放需要好环境，香薷选择山野风。

　　这首诗以巧妙的艺术构思，传达了共情与理解的重要性。它提醒我们要学会倾听和理解对方的观点和感受。在沉默中，我们能够真正体会到彼此的精神境界。同时，诗人还强调了良好环境对于我们实现人生价值的重要性。正如香薷选择在山野绽放，我们每个人也许无力改变周遭的环境，但都有择地而处的自由。香薷，产于中国除新疆、青海外的南北方多个地区，分布于俄罗斯、蒙古国、朝鲜、日本、印度及中南半岛等地。物语：甘之如饴，苦中甜蜜。

xiǎo lì kā fēi
小 粒 咖 啡

bù yào rù mèng bù yào xiān zhǐ xū chén zuì yuè guāng qián
不要入梦不要仙，只须沉醉月光前。
qīng shēng hū huàn wàn qiān biàn tiān dǐ měi wèi dào chún biān
轻声呼唤万千遍，天底美味到唇边。

　　"对酒当歌，人生几何？譬如朝露，去日苦多。"正如曹操在《短歌行》中所言，时光短暂，稍纵即逝。我们应在有限的生命中，远离虚妄的幻想，专注于现实世界中的美好事物。这首诗中"不要入梦不要仙，只须沉醉月光前"就是这个寓意。诗人以小粒咖啡为喻，传递出脚踏实地的人生态度。小粒咖啡，中国福建、广东、海南、四川等地均有栽培。结红色果实，采摘后烘制成咖啡豆，再经研磨后用于饮品。物语：沉浸其中，风影惊鸿。

小麦
xiǎo mài

爱花人写花风光，切勿入腹用尺量。
ài huā rén xiě huā fēng guāng   qiè wù rù fù yòng chǐ liáng

小麦到处都兴旺，一寸香味万丈长。
xiǎo mài dào chù dōu xīng wàng   yī cùn xiāng wèi wàn zhàng cháng

　　诗人以"爱花人写花风光，切勿入腹用尺量"，表达了爱花之人将花的美丽写入诗篇，而不是用功利实用的心态去衡量花的价值。就像人们往往只注意到小麦是重要的粮食作物，而鲜少有人知道它的花朵也洁白娇嫩；接下来的"小麦到处都兴旺，一寸香味万丈长"描绘了小麦的蓬勃生长，它散发出的香气使人们感受到丰饶和生机。小麦，广泛分布于世界各地。小麦是重要农作物，人类栽培时间久远。物语：草木从容，五谷丰登。

<ruby>小<rt>xiǎo</rt></ruby> <ruby>天<rt>tiān</rt></ruby> <ruby>蓝<rt>lán</rt></ruby> <ruby>绣<rt>xiù</rt></ruby> <ruby>球<rt>qiú</rt></ruby>

<ruby>花<rt>huā</rt></ruby><ruby>外<rt>wài</rt></ruby><ruby>有<rt>yǒu</rt></ruby><ruby>花<rt>huā</rt></ruby><ruby>花<rt>huā</rt></ruby><ruby>有<rt>yǒu</rt></ruby><ruby>情<rt>qíng</rt></ruby>，<ruby>不<rt>bù</rt></ruby><ruby>施<rt>shī</rt></ruby><ruby>粉<rt>fěn</rt></ruby><ruby>黛<rt>dài</rt></ruby><ruby>恨<rt>hèn</rt></ruby><ruby>迟<rt>chí</rt></ruby><ruby>生<rt>shēng</rt></ruby>。

<ruby>来<rt>lái</rt></ruby><ruby>年<rt>nián</rt></ruby><ruby>未<rt>wèi</rt></ruby><ruby>雪<rt>xuě</rt></ruby><ruby>先<rt>xiān</rt></ruby><ruby>约<rt>yuē</rt></ruby><ruby>定<rt>dìng</rt></ruby>，<ruby>同<rt>tóng</rt></ruby><ruby>匀<rt>yún</rt></ruby><ruby>胭<rt>yān</rt></ruby><ruby>脂<rt>zhi</rt></ruby><ruby>共<rt>gòng</rt></ruby><ruby>驭<rt>yù</rt></ruby><ruby>风<rt>fēng</rt></ruby>。

　　小天蓝绣球是如此绚烂多彩，其浓郁的柔情，艳丽的姿态散发出迷人的魅力。它们不需要修饰，自然而生，让人遗憾为何不早一点出现。"来年未雪先约定，同匀胭脂共驭风"这两句诗表达了早春唯恐再错失花期的心理。她与花儿约定，在来年雪花飘落之前，一同分享红颜和青春。小天蓝绣球，原产于北美洲墨西哥，中国引进栽培观赏。植株健美大方，花冠淡红、深红、紫、白或淡黄色。可以净化空气，点亮心情。物语：相思如梦，花开无冬。

薤 白
xiè bái

冷月暗存梅花雪，薤白迎春娇羞多。
lěng yuè àn cún méi huā xuě　xiè bái yíng chūn jiāo xiū duō

斜阳绕山从头越，组合加入寒烟帖。
xié yáng rào shān cóng tóu yuè　zǔ hé jiā rù hán yān tiě

　　凌寒绽放的梅花，香气浸染了覆盖其上的白雪。冷月偷偷将香雪收藏起来，待到来年春天，将它们幻化成薤白娇羞的花朵。斜阳洒在山脉，勾勒出壮丽的美景，仿佛要穿越山头，与薤白共同书写大自然的魅力。诗人将冷月、梅花、薤白、春天、斜阳等元素巧妙地组合在一起，展现出独特的意境和美感。薤白，产于中国除新疆、青海外各省区，分布于俄罗斯、朝鲜和日本。薤白有点像是葱、蒜、韭菜的结合体，具有药用价值。物语：薤白出生，鱼水之情。

荇 菜
xìng cài

木秀于林风打扰，水归大海变波涛。
mù xiù yú lín fēng dǎ rǎo　shuǐ guī dà hǎi biàn bō tāo

荇菜从来不高调，自在湖中乐逍遥。
xìng cài cóng lái bù gāo diào　zì zài hú zhōng lè xiāo yáo

　　木秀于林风必摧之，水归大海难得平静。这首诗的开篇两句传递出诗人对人生的思考。她认为行事高调张扬的人容易招惹是非，难以维持平静的生活和心态。而荇菜低调内敛的性格深得诗人的赞许。它们自由自在地漂浮在水中，看日升月落，品人间清欢，这种潇洒不羁的人生态度令人歆美。荇菜，中国各地区湖泊、池塘的一种水生植物。荇菜绿叶和花朵漂浮于水面，不仅可以观赏，其根茎还是江南常见蔬菜。物语：江南水乡，风韵悠长。

熊耳草

xióng ěr cǎo huā qíng yě chī
青山烟雨暗闲时，熊耳草花情也痴。

yōu yōu suì yuè cháng gēng tì měi měi huí yì xū zhēn xī
悠悠岁月常更替，美美回忆须珍惜。

　　青山烟雨，如梦似幻，给人以恬静宁神的感受。我们仿佛置身于山野之间，远离尘嚣。熊耳草花以自己独特的美丽和纯真诉说着对生命的热爱。时光荏苒带来无尽的变化，但美好的回忆值得永远珍藏。它们如同一串串珍珠，串联起我们生命的点滴。熊耳草，原产于墨西哥及毗邻地区，分布区域较广，中国栽培种植大约有150年历史。熊耳草茎直立，叶子似心形又有点像熊的耳朵，故而得名。物语：芳香缕缕，花团簇簇。

雪铁芋

<small>xuě tiě yù</small>

<small>hóng yán bù lǎo zhòng jīn qián</small>　<small>kuò qì pū pái tiān dì jiān</small>
红颜不老种金钱，阔气铺排天地间。
<small>zhī zhī yè yè chán wàn guàn</small>　<small>huā huā lù lù guò dà nián</small>
枝枝叶叶缠万贯，花花绿绿过大年。

　　雪铁芋是著名的观叶植物，它四季常青的树叶仿佛不老的容颜。人们对于它寄寓了荣华富贵的美好憧憬。诗中的"枝枝叶叶缠万贯，花花绿绿过大年"则象征着富足生活的无穷延伸与丰盈，犹如枝叶繁茂，花朵盛开，为人们营造出热闹喜庆的新年氛围。雪铁芋，别名：金钱树。原产于非洲东部，中国广东等地区引进栽培观赏。雪铁芋依靠吸收二氧化碳来强大自己，树前来往的人越多，叶片越油绿丰腴。物语：金钱进门，空气清新。

亚 麻

天马行空显精神，日月连线可回春。
亚麻也有新理论，上网吸引未来人。

　　这首诗以天马行空、日月连线等意象描绘了一种超越现实的精神境界。它似乎告诉我们，只有拥有一颗豁达的心灵，才能在无限的想象中找到真正的自由。同时，诗中提到的亚麻上网也呈现了时代的变革与进步。这首诗给人以一种开阔的视野和积极向上的心态。亚麻，原产于地中海地区，分布于世界各地。亚麻油富含人体所需要的亚麻酸，对于保护心血管有很好的作用。其纤维制品吸汗透气性好，可以保护皮肤。物语：守拙田园，珠落玉盘。

延胡索
yán hú suǒ

夏夜天外风凉爽，延胡索丛蟋蟀忙。
xià yè tiān wài fēng liáng shuǎng yán hú suǒ cóng xī shuài máng

就着月光听个唱，信手拈来几缕香。
jiù zhe yuè guāng tīng gè chàng xìn shǒu niān lái jǐ lǚ xiāng

　　夏夜的天空，微风轻拂，凉爽宜人。延胡索花丛中，蟋蟀在欢快地鸣叫，仿佛为美妙的夏夜增添音乐的节奏。人们静静地坐在月光下，聆听着天籁之音。那清脆的音符令人陶醉其中。随意地嗅闻芬芳的花朵，闭上眼睛静静享受。这几缕香气，为美妙的生活增添了几分闲适。延胡索，产于中国多个地区。为具有代表性的止痛活血药材，其块茎是天然植物中的止痛之王，历经千年变迁，仍被推崇备至。物语：从头到脚，止痛灵药。

芫荽

yuán suī

借扇小窗望云天，春暖冬寒在眼前。
预防白发早出现，无物更比芫荽鲜。

　　这首诗集中体现了诗人对芫荽的赞美。诗中，"借扇小窗望云天"，显示出渺小的生物对于远方广阔天地的向往，使人感受到自然的伟大和无垠。尽管芫荽的视野有限，但它却拥有世间独特的风味。这让我们联想到现实生活中总有各种羁绊令我们无法奔赴远方，但也可以凭借自身的特质与努力赢得荣誉。芫荽，原产于欧洲地中海，中国于汉代开始栽培种植。芫荽主要为新鲜调味香料作物，不仅是调味品，还有一定药用价值。物语：一物一用，天道可行。

燕麦
yàn mài

kāi chūn qiān guà fēng nián qiū
开春牵挂丰年秋，

zhǐ yīn shōu huò zài zhè tóu
只因收获在这头。

yàn mài suī shuō bǐ huā shòu
燕麦虽说比花瘦，

què bǐ jīng yàn shèng yī chóu
却比惊艳胜一筹。

　　新春伊始，农人们已经开始牵挂秋天的丰收，因为只有收获了足够的农作物，才能在这个世界上生存和发展。诗人笔下的燕麦虽比不上花儿娇美，但纤瘦的身材却胜过花朵的丰腴。这首诗赞美了燕麦普通平凡的外表下蕴含着浑厚的力量，不容忽视。燕麦，为世界广泛栽培的农作物，主要集中于北半球温带地区。中国燕麦主产地，以内蒙古自治区中部阴山北麓所产最为优质，因高寒干燥且温差大，故成为世界黄金燕麦主产区。物语：追求高远，奉献人间。

洋桔梗

yáng jié gěng

山高不阻万里风，深海轮渡照航行。

自然景色多生动，天外飞来洋桔梗。

　　山势高耸，挡不住风的奔流；海洋广袤，轮渡照旧乘风破浪。洋桔梗璀璨如星，照耀前路。冥冥之中，万事万物总会遇到天险，但也总会有破解的办法。正如我们短暂的人生之旅，即使路途多艰，也总会有人迎难而上，在危机之中寻找机遇，将独木小桥走成康庄大道。洋桔梗，原产于美国，世界各地广泛种植。为国际插花市场的流行花卉，近年来中国引进栽培观赏。洋桔梗花色丰富，飘逸如仙子。物语：人间甘霖，花中清新。

耀眼豆

yào yǎn dòu

上古射日落西山，时光风流不肯还。
耀眼豆到后庭院，找个桩子拴九天。

　　这首诗恍如神话般壮丽，又不乏谐趣。上古后羿射落金乌，它们纷纷坠落西山，不料被时光魅惑，乐而忘返。耀眼豆与落日嬉戏，度过无数快乐时光。它担忧终有一天，落日会萌生思乡之情，离它而去，便偷偷地跑到后庭院，抛出绳索将时光拴牢，让这幸福的时刻凝固成永恒。耀眼豆，原产于澳大利亚，中国南部引进栽培。鹦鹉嘴状的猩红色花瓣绽放后，花瓣基部的紫黑色斑块如同鸟的眼睛，活灵活现。物语：张开望眼，一飞冲天。

野火球
yě huǒ qiú

dà xīng ān lǐng xī jīn qiū　　liú yún zuò xiǎng yǎn xīn lóu
大兴安岭惜金秋，流云作响掩新楼。
měi jǐng yī bǐ nán huà jiù　　miáo shàng jǐ zhū yě huǒ qiú
美景一笔难画就，描上几株野火球。

　　大兴安岭怀抱着秋天的宝藏，令人陶醉。金秋的阳光洒遍大地，流云在天空中编织出美妙的旋律。云烟浩渺之处，掩藏着几幢新楼，那是有人寻芳而至，在此安居。眼前的美景如此绚烂，令人无法用几笔就描绘而成。不妨再增添几株野火球，它们一定会为这幅画卷增添更多灵气。野火球，产于中国东北、内蒙古等地，周边国家有分布。野生于林缘和山坡等地，绿色叶片如车轮般环绕紫色花球。全草入药，有镇静安神等功效。物语：花之风韵，前程似锦。

野葵

村头门前小溪水，用瓢舀来洗野葵。

曾是儿时最美味，如今唯余彩云飞。

　　这首诗以儿时的美好回忆为主题，通过描绘在村头门前的溪水中洗濯野葵的场景，唤起了读者对童年时光的深刻记忆。诗中的小溪水清澈见底，溪水中洗净的鲜嫩野葵曾是儿时的美味，而如今却难觅踪迹，只余下彩云飞逝，给人一种深深的唏嘘之感。野葵，产于中国黑龙江、吉林、山东、江苏等地。嫩苗可以烫一下，凉拌、清炒或做馅均可。花朵洗净鲜食，美容养颜。种子、根、叶均为中药材。物语：月下美人，田野之春。

野蔷薇

yě qiáng wēi

黄昏收起陌上风，静卧云中花未醒。
huáng hūn shōu qǐ mò shàng fēng　jìng wò yún zhōng huā wèi xǐng

营实也有少女梦，美如春燕呢喃中。
yíng shí yě yǒu shào nǚ mèng　měi rú chūn yàn ní nán zhōng

　　黄昏时分，陌上风停，野蔷薇如卧云中，香梦沉酣。此情此景，宛如一幅静谧而美丽的画卷，令人心驰神往。"营实也有少女梦，美如春燕呢喃中"这两句诗，让人感受到自然生灵同人类一样具有丰富的情感，对生命和未来同样充满期待。这种表达为整首诗增添了一份柔美的情韵。野蔷薇，别名：营实墙蘼。产于中国南北方各地区。枝叶茂盛，攀缘能力极强，花朵娇艳，色彩丰富。野蔷薇以白花的果实为上品，亦为传统中药材。物语：绽放洒脱，花有着落。

一年蓬
yī nián péng

一年蓬开艺术感，月轮朦胧转清欢。
yī nián péng kāi yì shù gǎn　　yuè lún méng lóng zhuàn qīng huān

不想雅至无伙伴，分享几分到人间。
bù xiǎng yǎ zhì wú huǒ bàn　　fēn xiǎng jǐ fēn dào rén jiān

　　皎洁的明月高悬夜空，周身笼罩着柔和的光晕，呈现出朦胧浪漫的美感。它是如此清高雅致，令人向往又无法靠近。也许明月也难耐孤寒，不愿因自己的清高而陷入没有知己的寂寥。它洒下几许光辉，到人间幻化成一年蓬娇俏的花瓣，尽情享受人世间的丰富情感。一年蓬，产于北美洲，中国驯化历史悠久，南北方各地区分布广泛。常生于路边、旷野或山坡、荒地。花瓣精致极耐观赏，全草入药。物语：祥和素净，处世之风。

依兰
yī lán

独特香味填空白，香水树获满堂彩。
dú tè xiāng wèi tián kòng bái   xiāng shuǐ shù huò mǎn táng cǎi

温馨时刻消失快，请将美好收起来。
wēn xīn shí kè xiāo shī kuài   qǐng jiāng měi hǎo shōu qǐ lái

　　诗人满怀热忱地赞美了依兰馥郁而独特的芬芳，它填补了香水王国的空白，赢得世人的推崇和追捧。然而，温馨时刻却消失得很快，这句话传递出生命短暂的哲理，引发共鸣。诗人劝诫人们要珍惜生命中每一个美好的瞬间，将记忆臻藏起来。依兰，别名：香水树。原产于东南亚部分国家，广泛分布于热带地区，中国南方地区有栽培。依兰可提炼香料和定香剂。初闻好似茉莉花香，两三天以后变成晚香玉之香。物语：香花冠军，迷醉凡人。

薏苡
yì yǐ

泰山压顶照立足，透过云层看日出。
tài shān yā dǐng zhào lì zú   tòu guò yún céng kàn rì chū

薏苡要铺蜜源路，哪朵芬芳肯服输。
yì yǐ yào pū mì yuán lù   nǎ duǒ fēn fāng kěn fú shū

　　这首诗以泰山压顶开篇，呈现出豪迈的气势。接着诗人描述了透过云层看日出的景象，展示出立足高位，奔向未来的自信。随后，诗中提到"薏苡要铺蜜源路，哪朵芬芳肯服输"，暗示即使前路坎坷，依旧要凭借坚韧且骄傲的姿态勇于克服。薏苡，产于中国，分布于亚洲东南部与太平洋岛屿等地。薏苡去壳后洁白如米，可以煲汤或酿酒。外壳厚而坚硬的叫菩提子，多用于制作串珠。为传统中药材。物语：蕙草绽放，不香也芳。

茵芋
yīn yù

燕子剪出早春景，柳哨吹出嫩芽情。
yàn zi jiǎn chū zǎo chūn jǐng　　liǔ shào chuī chū nèn yá qíng

茵芋驾风欲圆梦，无奈根在泥土中。
yīn yù jià fēng yù yuán mèng　　wú nài gēn zài ní tǔ zhōng

　　春天的脚步正在临近，燕子剪风而过，柳哨悠扬，催生嫩芽。这种细腻的描写让人仿佛置身于春日的美妙时刻。同时，诗人笔下的茵芋也蕴含着一种渴望和憧憬。它驾驭着春风，试图圆梦，却无奈根植在泥土中。这种意象使人联想到人们心中的向往和追求，以及现实和理想之间的落差。茵芋，产于中国，菲律宾也有。茵芋枝叶具有柑橘的芳香，早春三月在枝头盛开大簇大簇的顶生小花，秀丽耐看，芳香浓郁。全株均可药用。物语：不知轻重，切勿使用。

银边翠

yíng tí liù yuè xià shí jié　　yín biān cuì yè piāo fēi xuě
莺啼六月夏时节，银边翠叶飘飞雪。
bīng zī bù róng huā rè liè　　zhēng xiāng yǒng shàng cháo yáng gé
冰姿不溶花热烈，争相涌上朝阳阁。

　　这首诗描绘了银边翠的美丽风姿，展现了大自然的繁荣和生机。夏日，莺鸟的歌声格外动听。银边翠的叶子镶上银边，如雪花飘落其上，永不消融。它皎洁的姿态比花儿更加热烈，迎着旭日光辉，竞相生长。这首诗充满了对大自然的赞美和对美丽生命的讴歌，让人们在炎炎夏日中获得清凉的享受。银边翠，原产于北美洲，中国引进栽培观赏。叶片绿色镶有美丽白边，花朵洁白无瑕，为观叶观花植物。全草可入药。物语：风茗无情，云何以动。

银杏

yín xìng

jiāng nán yín xìng shù tǐng bá　tiān mù wú biān jī qíng fā
江南银杏树挺拔，天幕无边激情发。

bàn shēng bù shě chūn qiān guà　qiū lái bái guǒ sòng dà jiā
半生不舍春牵挂，秋来白果送大家。

　　江南的银杏树挺拔而傲然，高高地矗立在天幕之下。它如同激情的火焰，燃烧着自己的灵魂。每当春天即将离去，它的枝叶婆娑，似乎在殷勤挽留；当金秋到来，它又捧出一颗颗洁白如明珠的果实，馈赠给大家。这首诗不仅令我们欣赏到银杏树的壮丽与激情，还体会到诗人对江南美景的深深眷恋。银杏，是中国特有的古老树种，现已经被世界多个国家引种栽培观赏。银杏果实在宋朝被当作贡品，为常见传统药材。物语：合抱之木，源于起步。

yīng sù kuí 罂 粟 葵

花草树木有寄托，阳光雨露找快活。
huā cǎo shù mù yǒu jì tuō yáng guāng yǔ lù zhǎo kuài huo

罂粟葵花很不错，可惜名字是非多。
yīng sù kuí huā hěn bù cuò kě xī míng zi shì fēi duō

　　这首诗以深情款款的笔触描绘了大自然中的罂粟葵之美。阳光和雨露象征着天地的恩泽，包括罂粟葵在内的亿万生灵根植于大地，招摇于春风，过得无忧无虑，潇洒快活。罂粟葵纤薄娇弱的花朵简约不简单，自带一种风流态度。只可惜它的名字容易引来是非，也许为它取名之人只是想赞美它的魅力令人沉迷。罂粟葵，原产于美国，近年来中国引进栽培观赏。生命力极旺盛，单薄的花朵足以令周围的五彩缤纷黯然失色。物语：过度惊艳，喜忧参半。

鹰嘴豆

心动分明爱开始，此刻牵手正当时。
鹰嘴豆花若无计，且将春色装心里。

有意伴春归，无计留春住。诗人笔下的鹰嘴豆就像一位沉默讷言的君子，虽然怀揣着满腔爱意，却无从表述。整首诗以简洁的笔触勾勒出爱情的韵味，尤其是心动的瞬间细腻动人。诗人没有使用华丽的文辞，却给人以深深的共鸣。这种简约而深刻的表达方式，使得诗中的情感更加真挚纯粹。鹰嘴豆，分布于地中海、亚洲、非洲、美洲等地，中国引种栽培。鹰嘴豆嫩叶、嫩苗、嫩豆荚均可当蔬菜食用，果实常被制成罐头。物语：万里濯足，超越世俗。

鱼尾葵

有云有雨有天晴，鱼尾葵有四季风。
大地保有永续性，谢了春红有秋成。

　　云朵的飘逸，雨水的滋润，天空的晴朗，诸般变幻莫测的景象让人感受到大自然的无穷魅力。这首诗不仅展示了自然界的丰盛，还传达出一种永恒不变的哲理。无论是云雨的变幻，还是四季的轮回，它们都是自然界的表情。而正是这种永续性让世界充满了生机与活力。鱼尾葵，产于中国广东、海南等地。在海南生活的苗族人把鱼尾葵叫干冻干，砍下根茎剥去外皮，最里面的白色嫩心如同香蕉鲜甜可口。物语：根茎药用，无所不能。

榆　树

银钩不挂星辰天，榆树枝头春风还。
寻常人家千千万，哪个不想有余钱。

繁星璀璨的夜空，月光黯淡。榆树葱郁，仿佛在迎接春风的到来。"寻常人家千千万，哪个不想有余钱"，这两句诗以榆钱的谐音"余钱"比喻了人们对于财富的追求，寄托了人们对于富裕生活的美好期许。整首诗风格雅致，主题直白，诗人借此传递出对人们朴素愿望的理解和祝福。榆树，分布于中国北方各地区，周边国家也有分布。榆叶、榆树皮都可以直接制成食物果腹。榆钱是榆树的花朵，呈嫩黄绿色，鲜甜润滑。物语：理想钥匙，绕指成诗。

虞美人
yú měi rén

lěng xiāng bù céng dòng dì hún　　*huí móu yǐn dé tiān shēng chūn*
冷香不曾动地魂，回眸引得天生春。
měi dào hǎo chù jiǎo yuè wèn　　*wǒ xīn kě fǒu huàn nǐ xīn*
美到好处皎月问，我心可否换你心。

　　这首诗以细腻的文字勾描出虞美人艳丽的外形和热情的内在。它的一个回眸便能使大地生春，这种神奇的力量大概只有天神才具有。皎洁的月光沉醉在虞美人无穷的魅力之中，情不自禁地表露爱意，希望彼此能够心心相印。读完这首诗，我们仿佛置身于春天的花海，回忆起曾经怦然心动的感觉。虞美人，原产于欧洲，中国栽培观赏历史悠久。大片的虞美人含羞盛开，细细的花茎，单薄的花瓣，风姿绰约。全株可入药。物语：轻柔如梦，神韵生动。

羽衣甘蓝

和风细雨存高远，兰桂齐芳白云天。
羞将羽衣当花瓣，怕丑名叫似牡丹。

　　诗中的"和风细雨"暗喻柔和的气质，展现了主人公内心的温润与恬静。这种气质在"兰桂齐芳白云天"的描写中得到进一步的升华。诗人将内心的情感与自然景物完美地融为一体，而"羞将羽衣当花瓣，怕丑名叫似牡丹"这两句则是借羽衣甘蓝仿佛花瓣一样的叶片展示了自谦和对美的敬畏之情。羽衣甘蓝，中国引进栽培，常见于大城市公园。口感好、味道清香，富含叶酸和多种维生素，是不可多得的优质绿色食品。物语：非花胜花，健康为大。

玉蜀黍

千载色谱覆盖全，执手迷翻欲火天。
玉米挺拔迎风站，黄金穗上结连环。

　　大自然中的生物衍变神秘而深奥，玉蜀黍历经沧桑，终成如今的模样。它们成熟之际，仿佛千万支火炬，赋予天地厚重的热力。黄金般的丝穗之下，是一颗颗晶莹饱满的果实，紧密簇拥，好似连环结。它们将生命的力量在阳光下舒展，呈现出坚毅和顽强的精神，闪烁着丰收的喜悦。玉蜀黍，别名：玉米。原产于拉丁美洲，中国各地均有栽培。玉蜀黍是全世界最为重要的粮食作物之一，中国栽培历史悠久。物语：人间至宝，试领风骚。

玉 竹

红尘紫陌分两头，一头春色一头秋。
玉竹长在老屋后，弥足珍贵染乡愁。

　　诗中的"红尘紫陌"象征着人世间繁华的景象，一头是春色，充满了生机和活力；而另一头则是秋光，充盈着成熟和收获的气息。诗人笔下的玉竹生长在老屋后，这种具象的场景瞬间将读者带入记忆中熟悉的画面，浓郁的家的味道扑面而来。这种罕见的植物不仅令人惊叹，更引发了我们对故乡的思念和怀旧之情。玉竹，湖南邵东县为中国玉竹之乡，所产玉竹被列为国家农产品地理标志产品。玉竹在广东日常汤品中最为常见。物语：春秋不老，永享热闹。

郁李
yù lǐ

拾阶可见清露长，郁李花开忘忧香。
shí jiē kě jiàn qīng lù cháng　yù lǐ huā kāi wàng yōu xiāng

夫移别院没商量，径自生出红面郎。
fū yí bié yuàn méi shāng liang　jìng zì shēng chū hóng miàn láng

这首诗似乎讲述了一个充满生活谐趣的故事。清晨时分，主人公踏上山间石径，清澈的露水润湿了草木。郁李花馥郁的香气令她心旷神怡，忘却忧愁。兴许是家人见她如此钟爱郁李，便移植了一棵花树栽入庭院。而郁李也没有辜负人们的希冀，很快便舒枝展叶，绽放出红润如孩儿面一般的花朵。郁李，分布于华北、华中及华南等地。春天紫褐色的细枝条朝天张扬开去，长出绿叶芽和粉红色或近白色花苞。核仁可药用。物语：芙蓉寒江，冷艳芳香。

远志

yuǎn　zhì

sì shí bù tóng dōng xī fēng　　nán běi liǎng jí gèng fēn míng
四时不同东西风，南北两极更分明。
yuǎn zhì zòng yǒu wàng yuǎn jìng　　nán yǐ kàn jìn měi wú qióng
远志纵有望远镜，难以看尽美无穷。

　　季节的变幻带来了不同的风，南方的温暖和北方的寒冷形成了鲜明的对比，暗示我们所生活的地球具有极其丰富的自然景观。远志这种花草纵然拥有望远镜，也难以看尽大自然的美景。或许正如此诗所言，美是无法被完全捕捉和理解的，人类穷其一生也难以窥见全部。远志，产于东北、华北、西北、华中及四川，分布于朝鲜、俄罗斯等国家。优雅知性，美若兰花，再配上凌空飞扬、豪气干云的名字，让人一见钟情。物语：随意天涯，美之升华。

月桂
yuè guì

香叶太香天欲闻，可惜芳香入林深。
xiāng yè tài xiāng tiān yù wén　　kě xī fāng xiāng rù lín shēn

月上高枝有一问，可否长颗添香心。
yuè shàng gāo zhī yǒu yī wèn　　kě fǒu zhǎng kē tiān xiāng xīn

　　月桂的芬芳超出寻常，以至于天帝都要将其禁止。也许是惧怕上天的惩罚，它们隐藏到密林深处，却依然吸引了无数人前来寻觅芳踪。诗的末句似乎引用了"红袖添香"的典故，这是中国古典文化中隽永浪漫的意象，也暗含陪伴的意思。诗人借此颂扬了月桂之美，同时也流露出对美好情感的向往。月桂，原产于地中海一带，中国台湾、浙江、江苏、福建、四川等地引种栽培，以广西玉林市出产的最为有名。为常用香料。物语：光阴似箭，又是一年。

月见草
yuè jiàn cǎo

rén shuō wǎn gōng dāng wǎn qiáng yuè jiàn cǎo shàng kàn fēng guāng
人说挽弓当挽强， 月见草上看风光。
qīng lǐ xuè guǎn dì yī bàng bǎi huā zhī zhōng kě chēng wáng
清理血管第一棒， 百花之中可称王。

　　挽弓当挽强，用药当用长。月见草盛开之际，漫山遍野如同生命摇曳的花海。它所具有的"清理血管"的独特药效令它在药草的王国中享有盛名，而它娇嫩飘逸的风姿即使只凭美色也足以登上花卉之王的宝座。这首诗也可以引申理解为只要独具特长，就能够脱颖而出，成为人们仰慕的对象。月见草，原产于北美洲，中国早期引进栽培观赏，分布于多个地区。月见草可制月见草油胶囊，具有软化血管、防止动脉硬化等功效。物语：美如天仙，降福凡间。

云 实

yún shí

长情当用长情还，云实开出繁花天。

平原丘陵任性转，缤纷不忘谢流年。

　　长情是一种珍贵的品质，代表着坚守和执着，就像云实开花胜过幽兰，它们以芬芳回馈人类的偏爱，并且长久相伴。纵然风云流转，山陵变平原，它们始终展现出缤纷的色彩。这首诗以简洁而意境悠远的语言，表达了对长情的赞美，鼓励我们珍惜每一个美好瞬间，感恩岁月的恩赐。云实，产于中国南北方各地区，分布于亚热带和温带地区。野生于山坡灌丛中及丘陵等地，羽状叶子翠绿，宝塔似的金黄色小花令人眼前一亮。物语：春接秋开，参差有态。

枣 (zǎo)

孤烟落日知路遥，鸢飞鱼跃任天高。
小花小得看不到，却有本事结红枣。

　　夕阳余晖，大漠孤烟，映衬得天地无比宽广。鸢飞鱼跃，恣意遨游，享受生命的自由。这种壮丽景色使人感叹自然的伟大和生灵们蕴含的强大力量。枣树也不例外，别看它绽放的花朵细小得近乎微不足道，却能孕育出饱满红润如玛瑙的果实。这首诗给予人们鼓舞和启示，不宜妄自菲薄。枣，原产于中国北方各地区，栽培历史悠久，以山西省运城市稷山县的最为著名，稷山板枣扁圆形味道甘美，种植历史悠久，曾为皇室贡品。物语：以己心花，艳人年华。

獐耳细辛
zhāng ěr xì xīn

四至五月春已晚，风叫紫韵美上天。
sì zhì wǔ yuè chūn yǐ wǎn   fēng jiào zǐ yùn měi shàng tiān

与花相处虽短暂，瞬间胜过一百年。
yǔ huā xiāng chǔ suī duǎn zàn   shùn jiān shèng guò yī bǎi nián

　　春已迟暮，然而此时的景观仍然美得让人叹为观止。诗中的
"风叫紫韵美上天"，形象地描绘了春风吹过獐耳细辛的美景，仿
佛是天上的绝妙乐章。我们与花相处的时间虽然短暂，但一瞬也能
成为永恒。诗人通过细腻的描绘启迪我们的认知：美好事物的价值
不能以拥有的时间长短为衡量。獐耳细辛，分布于中国浙江、安徽
等地区，朝鲜半岛亦有分布。因其在冰雪中发芽生长，4月开花，故
而成为与日本樱花齐名的春草花卉。物语：柔而纤细，心存感激。

芝 麻
zhī ma

芝麻开花有节点，创意无限看电玩。
zhī ma kāi huā yǒu jié diǎn   chuàng yì wú xiàn kàn diàn wán

线上欣赏争霸战，传统文化面面观。
xiàn shàng xīn shǎng zhēng bà zhàn   chuán tǒng wén huà miàn miàn guān

　　中国有俗谚"芝麻开花节节高"，寓意学业、事业有成，不断提升。诗人以此为引，展现出日新月异的现代科技给人类带来更多幸福。主人公欣喜地享受科技进步衍生的成果，同时也提醒我们，即便身处于数字化的时代，我们也不能遗忘传统文化的魅力。芝麻，原产于印度，汉朝时引入中国，古时称为胡麻，南北各地区栽培种植历史悠久。河南平舆县所产的芝麻最为著名，国家原产地域保护产品。物语：不偏不倚，天地支持。

栀子
zhī zi

仲春伊始飞雨丝，蘸金香浓黄栀子。
zhòng chūn yī shǐ fēi yǔ sī zhàn jīn xiāng nóng huáng zhī zi

欲用三生烟火气，换得日月不分离。
yù yòng sān shēng yān huǒ qì huàn dé rì yuè bù fēn lí

　　仲春伊始，天空飘洒起轻柔细雨，如丝如缕。雨水洒在栀子花金黄的花朵上，如同蘸上了金粉，散发出浓郁的香气。诗中所言的"三生烟火气"可以理解为生命，寓意栀子花愿意以漫长的平淡岁月，换取短暂却炙热的爱情，如同烟火绽放时那般炫丽。这首诗表达了主人公对浪漫爱情的期许和追求，显现出独特的爱情观。栀子，别名：黄栀子。产于中国多个地区，分布于周边国家。岭南山区最常见野生品种，此地所产为上品。物语：吹落星雨，放花千树。

zhōng guó wú yōu huā
中国无忧花

fēng chuī zhī tóu huā huó pō　　yún lái xiāng sī zhuāng mǎn luó
风吹枝头花活泼，云来相思装满箩。

wú yōu shù shàng guà míng yuè　　xìn shǒu qiān chū wàng qíng hé
无忧树上挂明月，信手牵出忘情河。

　　这首诗以自然景物为背景，展现出中国无忧花生动活泼且浪漫多情的姿态。清风拂过，花朵翩翩起舞，白云的出现引发了相思之情。明月静静地停驻在无忧树的枝头，看枝叶婆娑，呼应星河。即便是浩瀚的银河之水也无法冲淡它满腔的爱意，但这样浓郁的情感也许注定它会饱尝爱情苦果。中国无忧花，别名：无忧树。产于中国云南、广东、广西等地。4 月开花之时，绽放出一团团、一簇簇的橙黄色花蕊，美艳绝伦。物语：无求无欲，无忧无虑。

<ruby>朱<rt>zhū</rt></ruby> <ruby>蕉<rt>jiāo</rt></ruby>

<ruby>水<rt>shuǐ</rt></ruby><ruby>满<rt>mǎn</rt></ruby><ruby>则<rt>zé</rt></ruby><ruby>溢<rt>yì</rt></ruby><ruby>硬<rt>yìng</rt></ruby><ruby>道<rt>dào</rt></ruby><ruby>理<rt>lǐ</rt></ruby>，<ruby>心<rt>xīn</rt></ruby><ruby>底<rt>dǐ</rt></ruby><ruby>开<rt>kāi</rt></ruby><ruby>花<rt>huā</rt></ruby><ruby>好<rt>hǎo</rt></ruby><ruby>生<rt>shēng</rt></ruby><ruby>机<rt>jī</rt></ruby>。

<ruby>朱<rt>zhū</rt></ruby><ruby>蕉<rt>jiāo</rt></ruby><ruby>从<rt>cóng</rt></ruby><ruby>无<rt>wú</rt></ruby><ruby>占<rt>zhàn</rt></ruby><ruby>春<rt>chūn</rt></ruby><ruby>意<rt>yì</rt></ruby>，<ruby>风<rt>fēng</rt></ruby><ruby>流<rt>liú</rt></ruby><ruby>惹<rt>rě</rt></ruby><ruby>来<rt>lái</rt></ruby><ruby>满<rt>mǎn</rt></ruby><ruby>身<rt>shēn</rt></ruby><ruby>紫<rt>zǐ</rt></ruby>。

　　月盈则亏，水满则溢，人生不可过于追求圆满，些许的缺憾也许会令原本拥有的事物更加长久。诗人笔下的朱蕉就具有通透的人生智慧，它低调而内敛，相对于外界的浮华，更注重精神世界的丰盈。它从来都无意与别的花卉争奇斗艳，但也正因如此令它独具魅力，引来万千浪漫的爱意。朱蕉，原产地不详，中国广东、广西等地常见栽培。植株健壮，叶片如小芭蕉，细长挺拔，稍微张扬，光照强烈时呈浓艳紫红色。物语：叶肥花瘦，看尽风流。

朱砂根

zhū shā gēn

红凉伞来风云知，百两金变富贵子。

珠圆玉润不容易，唯恐惹绿杨柳枝。

朱砂根的累累果实挂满枝头，如同红玛瑙雕琢而成的支支小伞，触手生凉。它艳丽的姿态和特殊的药性令它身份尊贵，备受推崇。诗人将它幻化成一位富贵之子，但又担心它过于耀眼，以至于惹绿杨柳枝。在中国传统文化中，杨柳枝有"惜别"之意。也许诗人是唯恐朱砂根遭受离别之苦，让它美满的生活蒙受阴影。朱砂根，分布于中国长江流域各省，周边国家亦有分布。叶片浓绿有光泽，果实似红色珍珠，红润剔透，娇艳之极。物语：晓露擎珠，泛浪珊瑚。

猪笼草

烟波浩渺看星河，满眼但见月痕多。
猪笼草花有一乐，只是缺少花风格。

　　烟波浩渺，给人一种迷离的感觉，令人仿佛置身于宇宙之中，仰望星河。月的光辉洒满大地，处处皆是投射的光影，美不胜收。猪笼草花以其奇特的形态和捕虫功能而闻名，宛如一只张开嘴巴的小猪笼。然而，诗人认为它虽然有趣，却缺少了花朵艳丽的姿态和清高的品格。猪笼草，产于中国广东西部、南部，亚洲中南半岛至大洋洲北部。绿色长叶尖上延伸出一条坚韧细梗，再吊上一个优雅的彩色雷公瓶，用于诱骗昆虫入瓮。物语：神秘之物，令人佩服。

竹子
zhú zi

zhú zi zhǎng shì kuài rú fēng   bù shēng bù xiǎng bù yáng míng
竹子长势快如风，不声不响不扬名。
lì gǎn jiàn yǐng tiān dì jìng   bá gāo jìn zài lì liàng zhōng
立杆见影天地静，拔高尽在力量中。

　　竹子如风一般迅猛生长，却从不张扬自己的存在。它以不动声色的姿态，展示出强大的生命力。当一根根竹竿耸立起来，仿佛一瞬间天地寂静无声。它的高耸是源自内在的力量，以无声的方式，向世人展示出坚韧和毅力。这首诗告诉我们，只要拥有内在的力量，我们就能在这个世界留下自己的痕迹。竹子，原产于中国，分布于南部地区，世界热带、亚热带地区各有自产物种。生长速度极快，细高、挺拔、美观，四季常绿。物语：平凡心境，深情筑梦。

苎麻
zhù má

里里外外都原野，苎麻救荒与天绝。
lǐ lǐ wài wài dōu yuán yě　　zhù má jiù huāng yǔ tiān jué

招招式式壮行色，济世谱写无字歌。
zhāo zhāo shì shì zhuàng xíng sè　　jì shì pǔ xiě wú zì gē

　　诗人将苎麻塑造成一位普罗米修斯般的英雄。它本生长在天宫，因为看到人间灾荒不断而心生怜悯，毅然决然地下降到红尘之中，凭借自己强大的力量，救助人类于水火。它"招招式式壮行色"，慷慨而激昂；它不为名利，"济世谱写无字歌"。诗人深情地讴歌了苎麻的英雄气度，也激励我们不畏艰险，勇敢前行。苎麻，产于中国浙江、福建、江西、湖北、广东、广西、四川等地。四川达州市大竹县为中国苎麻之乡。物语：垂天之云，绝美生春。

孜然芹

一簇紫花一簇仙，美透这山那山拦。
孜然说换总不换，百年味道香翻天。

　　洁白的花朵迎风起舞，每一簇都飘然出尘，美若天仙。它们的魅力能穿越千山万水，来到每个人的身边。"孜然说换总不换，百年味道香翻天"这两句诗描绘了孜然作为香料的独特味道，它们从古至今备受青睐，历经百年依旧香气四溢。孜然芹，果实叫孜然，原产于北非和地中海沿岸地区，中国新疆栽培历史极为悠久，以新疆巴音郭楞蒙古自治州和吐鲁番以及阿克苏的孜然知名度最高，是烧烤牛羊肉的必要香料。物语：风月多情，美味相迎。

紫堇

云歇高风伴月眠，深山清泉醉寒烟。
满眼春色任凌乱，唯将紫堇种花田。

　　云彩休憩在高处，风儿轻轻吹拂，伴着明月一同入梦。山间的清泉笼罩寒烟，袅袅娜娜，仿佛小醉微醺的美感。春天的景色丰富多彩，但大地却懒得给予更多的关注。它的目光完全被紫堇吸引，欣喜地将这株仙草移植到花田之中，从今往后，夜夜同眠。紫堇，产于中国辽宁、北京、河南、江西等地，日本有分布。野生紫堇生长于中高海拔地区的多石之地，花朵从粉紫色逐渐变成白色。全草入药。物语：尽管有毒，不忍拔除。

紫苏

跌宕起伏串春秋，闲心闲情闲游走。
紫苏生来爱鲜肉，芳香丛中是高手。

  起伏不断的山峦正如我们的人生旅途，跌宕起伏。诗人笔下的紫苏智慧而通透，它悠闲地行走在天地间，不为红尘牵绊，不被名利束缚。有趣的是，诗人用"紫苏生来爱鲜肉"一句加以调侃，既点明了它匹配海鲜的特性，"鲜肉"也是时下用以形容美少年的流行用语。紫苏，中国各地广泛栽培，不丹、印度、中南半岛等地有分布。光照强烈时叶子由绿色变成紫红色，故名紫苏，为烹调海鲜不可或缺的香料。物语：香草延伸，美味入心。

紫叶小檗

纵横江湖任驰骋，游离世外桃源中。

紫叶小檗有个性，叶子和花比笑容。

　　这首诗借紫叶小檗描绘了一个自由自在的人物。他在江湖中穿梭，游走于世外桃源，展现出豪情壮志和追求自由的精神。紫叶小檗作为这首诗的点睛之笔，不仅在描述这个人物形象时为他增添了一份独特的气质，更将美丽的意象与笑容联系在一起。这种美丽超越了表象，展现了人物内心深处的喜悦。紫叶小檗，原产于日本，中国各地广泛栽培。开黄色丰腴小花朵，花瓣周边有红纹晕，俏丽可爱。入秋后叶子变成紫红色。物语：好山好水，尽善尽美。

棕榈

_{zōng lú}

_{liú cuì yè zi dà guò tóu　　fēi yáng zòng héng fēng yě yōu}
流翠叶子大过头，飞杨纵横风也忧。
_{jīng hóng hé gù měi bù gòu　　jiē yīn tiān xià yǒu xū qiú}
惊鸿何故美不够，皆因天下有需求。

　　这首诗以自然景观为背景，展现了棕榈叶子的壮美。诗人以极富想象力的文辞，将它描绘得如此硕大繁茂，使人不禁感叹自然界的奇妙。然而，诗句中也透露出一丝忧愁，风儿对于棕榈天赋异禀却无意纵横天下显得有些无奈。这是因为棕榈心系人间的需求，情愿默默陪伴在人们身边。棕榈，分布于中国长江以南各省区，日本也有分布。棕榈种类繁多，生长缓慢，主要用于美化园林和行道。叶子阔大飘逸，美观大方。物语：天作之合，地之气节。

<ruby>鹌<rt>ān</rt></ruby> <ruby>鹑<rt>chún</rt></ruby>

<ruby>芙<rt>fú</rt></ruby> <ruby>蓉<rt>róng</rt></ruby> <ruby>帐<rt>zhàng</rt></ruby> <ruby>外<rt>wài</rt></ruby> <ruby>听<rt>tīng</rt></ruby> <ruby>风<rt>fēng</rt></ruby> <ruby>铃<rt>líng</rt></ruby>，<ruby>太<rt>tài</rt></ruby> <ruby>阳<rt>yáng</rt></ruby> <ruby>花<rt>huā</rt></ruby> <ruby>中<rt>zhōng</rt></ruby> <ruby>伴<rt>bàn</rt></ruby> <ruby>月<rt>yuè</rt></ruby> <ruby>影<rt>yǐng</rt></ruby>。

<ruby>鹌<rt>ān</rt></ruby> <ruby>鹑<rt>chún</rt></ruby> <ruby>不<rt>bù</rt></ruby> <ruby>堪<rt>kān</rt></ruby> <ruby>云<rt>yún</rt></ruby> <ruby>海<rt>hǎi</rt></ruby> <ruby>重<rt>zhòng</rt></ruby>，<ruby>飞<rt>fēi</rt></ruby> <ruby>上<rt>shàng</rt></ruby> <ruby>枝<rt>zhī</rt></ruby> <ruby>头<rt>tóu</rt></ruby> <ruby>放<rt>fàng</rt></ruby> <ruby>高<rt>gāo</rt></ruby> <ruby>声<rt>shēng</rt></ruby>。

　　这首诗中的"芙蓉帐外听风铃，太阳花中伴月影"两句，将风铃的清脆声音与芙蓉的雍容华贵形象相结合，呈现出一幅流光溢彩的美丽图景。而"鹌鹑不堪云海重，飞上枝头放高声"则表达了鹌鹑的挣扎和努力，它们虽然胆小怯懦，但在云海重压之下也能发出高亢的歌声，展现出不屈的反抗精神。鹌鹑，国外分布于亚洲、非洲及欧洲，国内分布于东北及新疆等地。鹌鹑性情温和，羽毛色彩丰富，胆小，多远离人群。物语：春有知音，天道酬勤。

暗绿绣眼鸟

月牙如钩垂钓闲，风平浪静海恋天。
绣眼悦耳声未变，红藕香中叫得欢。

　　这首诗以细腻的笔触描绘了一幅渔舟月夜的景象，展现出诗人对自然的热爱和对生活的享受。诗人运用月牙、垂钓、红藕香、风平浪静、海天之恋等意象，铺设出静谧安闲的底色，从而凸显出绣眼鸟清脆的啼鸣。这首诗仿佛是人间世外桃源，令人心驰神往。暗绿绣眼鸟，别名：绣眼儿。广泛分布于中国和周边国家。暗绿绣眼鸟体羽呈草绿色，眼睛周围由白色系短羽毛形成白眼圈，故叫绣眼。鸣叫声十分动听。物语：靡靡之音，相思出神。

八哥
bā ge

天无不覆云悠悠，大地承载水长流。
tiān wú bù fù yún yōu yōu　　dà dì chéng zài shuǐ cháng liú

春风教会八哥秀，秋月变成顺口溜。
chūn fēng jiāo huì bā ge xiù　　qiū yuè biàn chéng shùn kǒu liū

　　天空无边无际，万物都被覆盖。大地宽厚深沉，足以承载万千水流。这首诗的开篇两句描述了天地的雄浑伟大，令身居其间的万物感觉被庇佑。春风吹拂，教会了八哥翩翩起舞。秋月有情，激发它善于模仿的潜能。它便这样徜徉在大自然的怀抱中，同时也给人们带来欢乐。八哥，国外分布于中南半岛，国内分布于南方各省。毛色黑亮具有金属光泽，羽翼有明显大块白斑，飞行时呈白色八字形，由此得名。可以模仿人语。物语：连理于天，比翼百年。

白顶溪鸲
bái dǐng xī qú

绿叶悦目花悦心，风是怜惜相扶人。
lǜ yè yuè mù huā yuè xīn　fēng shì lián xī xiāng fú rén

白顶溪鸲也笃信，唯有苍天不负春。
bái dǐng xī qú yě dǔ xìn　wéi yǒu cāng tiān bù fù chūn

　　这首诗以自然景色和人文情感为主题，用简洁的语言表达出大
自然之美和人与自然的和谐。红花绿叶使人愉悦，风儿似乎怜悯着
相互扶持的人们。白顶溪鸲怀有笃定的信心，只有苍天从不失信，
不辜负春天的到来。可惜的是，虽然人人懂得生命的可贵，但又大
多会蹉跎光阴。白顶溪鸲，国外分布于亚洲中部等地，国内分布于
多个地区。喜欢站立于水中或近水的突出岩石上，常沿水面飞行。
较机警，一般不太怕人。物语：宁静致远，天高地宽。

白顶玄燕鸥

bái dǐng xuán yàn ōu

hào yuè dāng kōng tiān wú yá　　hǎi nà bǎi chuān shōu làng huā
皓月当空天无涯，海纳百川收浪花。
bái dǐng xuán ōu shì lǎo dà　　yú xiā guǎn bǎo cái huí jiā
白顶玄鸥是老大，鱼虾管饱才回家。

　　这首诗以自然景观为背景，融合了海洋与天空的壮丽，展现出浩渺无边的气势。皎洁的月亮悬挂在无垠的天空之中，给人一种广阔清朗的感受；"海纳百川收浪花"则形象地显示出大海的包容性。诗人将白顶玄鸥比喻为海禽的领袖，赞美它的威严，同时也暗示了海洋的生态秩序不容挑战。白顶玄燕鸥，别名：白顶玄鸥。国外分布于太平洋、印度洋、大西洋的热带海域，国内分布于浙江等地，在中国台湾部分地区为夏候鸟。物语：美学角度，适合群居。

bái fèng wū jī
白 凤 乌 鸡

liè àn yuè sè fēi děng xián　　wǒ mìng yóu jǐ bù yóu tiān
裂岸月色非等闲，我命由己不由天。

fǔ shēn zòng shì jīn yuán quàn　　nán jí tài hé bái fèng xiān
俯身纵是金圆券，难及泰和白凤仙。

　　这首诗以简洁的文字展现了诗人坚定自主的人生态度。"裂岸月色非等闲"一句形象地描绘了诗人轻松自如超越困境的心境；而"我命由己不由天"更是豪气干云，表达出诗人对自己命运掌控的自信和决心。她还借白凤乌鸡飘飘如仙的气质与庸俗的黄金白银做对比，显现出对超凡脱俗境界的追求。白凤乌鸡，江西省特产，已列入江西省非物质文化遗产保护名录。最早起源于江西省泰和县武山一带，具有两千多年饲养历史。物语：凡间禅缘，静好画面。

bái fù lán wēng
白腹蓝鹟

xiāo yáo yóu shí xiāo yáo duō　　lì yú zhī tóu yì shēng huó
逍遥游时逍遥多，立于枝头易生活。
bái fù lán wēng hǎo yīn sè　　kāi shēng biàn kě dìng fēng bō
白腹蓝鹟好音色，开声便可定风波。

　　《逍遥游》是中国哲学家庄子的代表作之一，诗人化用在此诗中，表现出崇尚自由生活的理念。白腹蓝鹟立于枝头，却从不好高骛远。它安心于简单生活，满足温饱之后便放声高歌。它的音色是如此悠扬空灵，响彻青翠的山谷，就连风儿也驻足倾听。人们如果有幸听闻，即使再繁杂的心事也会沉淀下来。白腹蓝鹟，分布于柬埔寨、中国、日本、韩国等地。身着微带黑色的亮蓝色外套，白色肚兜。声音优美清脆，音色多变。物语：春染秋霜，别来无恙。

bái gē
白 鸽

qiū liáng wǎn xiá wēn róu duō　　wēi fēng chuī lái jǐ tuán xuě
秋凉晚霞温柔多，微风吹来几团雪。

piāo zhì yǎn qián qīng qīng luò　　jìng zì biàn chéng hé píng gē
飘至眼前轻轻落，径自变成和平鸽。

　　云蒸霞蔚，秋意微凉，天地间洋溢着温柔的氛围。微风吹来时，仿佛有雪花随风起舞，轻轻地飘至诗人眼前，转化成几只洁白的和平鸽。这首诗给人以平和、安详的情感体验，通过对自然景象和白鸽的描绘，将和平与自然之美联系在一起，展示了人类对于和平的向往和追求。白鸽，别名：和平鸽。分布于世界各地，中国为原产地之一。白鸽通身雪白，公大母小，性情温顺。雌雄终身结对。胸肌发达，飞行能力强。物语：温和亲切，天地之乐。

bái guān cháng wěi zhì

白冠长尾雉

zhī tóu fù hán chén shí fēng　　wǎn xiá yòu rǎn bǎi huā cóng

枝头复含晨时风，晚霞又染百花丛。

cǐ dì suī fēi gǔ míng shèng　　què yīn xiān zhì shòu zhuī pěng

此地虽非古名胜，却因仙雉受追捧。

　　清晨的微风轻轻吹拂枝叶，盘桓不去。夕阳余晖又将花丛染上了丰富多彩的颜色，大地仿佛披上彩衣。尽管此地并非名胜，但因为仙雉的存在而受万众瞩目。白冠长尾雉作为一种神秘而稀有的鸟类，它的出现令人相信也许这世上真有仙境。白冠长尾雉，中国特有珍禽。被列入中国《国家重点保护野生动物名录》。河南信阳市的国家级鸟类自然保护区主要保护的对象就是白冠长尾雉，此地也因此而声名鹊起。物语：玉树琼枝，云天比翼。

白鹭

bái lù

fēi tiān bái lù fù níng xuě　yín hé luó páo lǒng yuè duō
飞天白鹭复凝雪，银河罗袍笼月多。
tiān tiān chuān zhe hūn shā guò　měi zài xīn lǐ cóng bù shuō
天天穿着婚纱过，美在心里从不说。

　　春光烂漫，白鹭优雅地划过天际，令人生出寒冬飘雪的错觉。它身披皎洁的羽毛，仿佛银河之水幻化而成，又好似月光笼罩沙洲，唯美迷离。诗的后两句转为诙谐的语调，诗人想象白鹭就像出嫁新娘，身着婚纱曼妙起舞，那是每一个少女最幸福的时刻。白鹭，分布于中国吉林、江苏、宁夏、重庆、青海、四川、广西、贵州、湖南、浙江等地。姿态优雅，飞行时如同披着白云一样，从容飘逸于空中。物语：美至天廓，爱进心窝。

白头鹎
bái tóu bēi

cōng míng niǎo ér bái tóu bēi chén qǐ mì shí bàng wǎn huí
聪明鸟儿白头鹎，晨起觅食傍晚回。
shēng lái bù wèi yán sè lèi cóng bù zài yì bái hé hēi
生来不为颜色累，从不在意白和黑。

　　白头鹎的智慧和勤奋令人赞叹。每天清晨，它振翅高飞，寻觅美味的食物，直至傍晚时分，它才归巢回家。即使自己生来外貌平平无奇，没有绚丽的羽毛和优雅的姿态，它也从来不觉得自卑，更不会以外貌来评判其他鸟类。无论是白色还是黑色，无论身在何处，它都能给予同等的尊重和关爱。白头鹎，国外分布于日本等地区，国内分布广泛。白头鹎为长江流域以南广大地区常见鸟类，其显著特点就是头顶部的雪白色块。物语：你来我往，会捉迷藏。

白鹇
bái xián

日暖生烟于眉睫，南极冰川闻醉歌。
rì nuǎn shēng yān yú méi jié　nán jí bīng chuān wén zuì gē

白鹇仰天壮行色，春秋如梦任重叠。
bái xián yǎng tiān zhuàng xíng sè　chūn qiū rú mèng rèn chóng dié

　　唐代诗人李商隐曾有名句，"沧海月明珠有泪，蓝田日暖玉生烟。"诗人开篇化用了此诗，营造出唯美的意境。白鹇的歌声飘荡在苍穹，南极冰川都为之沉醉。它翩翩而飞的姿态优雅中透着几分豪迈，也许是见惯了日月盈昃，春秋更迭，它潇洒不羁地徜徉在天地间。白鹇，被列入中国《国家重点保护野生动物名录》，级别二级。国外分布于印度北部等地，国内分布于南部各省。脚爪强健有力，善于在地上行走，速度飞快。物语：凤凰于天，似水流年。

白胸翡翠

bái xiōng fěi cuì

白胸翡翠朱红嘴，捉对成双逐水肥。

深情总会有回馈，加点温柔滋味美。

　　这首诗以翡翠鸟为题，描绘了它们的美丽与灵动。白胸翡翠是一种珍贵的鸟类，胸部洁白如雪，嘴巴鲜红欲滴。它们在水面上捉对成双，展现出优雅与敏捷。它们用深情款款的眼神向对方传递爱意，就连春山绿水都增添几许温柔。诗人通过翡翠鸟传递出的深情，让人感受到爱情的美妙。白胸翡翠，分布于中国、土耳其、伊朗、阿富汗、印度、缅甸等地。其本种有4亚种，中国仅有1亚种。叫声如笛，鸟羽华丽，可供观赏。物语：情山爱水，举案齐眉。

白胸苦恶鸟
_{bái xiōng kǔ è niǎo}

墨留白云伴秧鸡，携风飞行短距离。
凌波踏浪飘然至，邀请妩媚来生子。

　　墨滴溅落白云间，飞翔迅疾伴笛声，秧鸡在空中的姿态自由美妙，使人仿佛置身于宁静的田园。它凌波踏浪，飘然而至，更是令人目眩神迷。诗中的末句"邀请妩媚来生子"则为全诗注入了一抹温柔的情感。它欢快地追逐着爱侣，希望组建幸福的小家庭。白胸苦恶鸟，别名：白胸秧鸡。国外分布于南亚和东南亚地区，国内分布于北纬30度以南地。在绝大多数国家为留鸟，只有在中国、不丹为夏候鸟及留鸟。物语：半里之内，休想午睡。

白腰雨燕

云海明净无为风，白腰雨燕初长成。
缭绕不绝飞天梦，歌舞升平追花影。

　　云海澄明，如同世界的一片净土。风儿自在，让人联想到自由
和纯真，它们共同构成了一幅宁静而美好的画面。白腰雨燕初长
成，这是春天的象征，也是生命的绽放。它们成群结队在空中追
逐嬉戏，似乎在尽情享受歌舞升平的盛世华年。整首诗以清新、宁
静、美好为主题，传递出一种纯粹的美的追求。白腰雨燕，分布于东
南亚至澳大利亚，中国除新疆南部、西藏北部和西部外的其他地区。
常成群一起在房顶等高处营巢繁殖。物语：南来北往，处处家乡。

百灵

广袤草原是故乡，日出日落都平常。
金杯玉盏高万丈，不及百灵情悠长。

自小生长在广袤的草原，在父母温暖的庇护下自由生长，淬炼出百灵鸟纯洁的歌声和灵魂。当太阳冉冉升起，阳光洒满大地，照亮整个草原。夜幕降临，余晖染红了天空，给大地披上了一袭金色的斗篷。百灵鸟的鸣啭如同清泉般悠扬动听，即便金杯玉盏，琼楼万丈，都难以匹配它们的深情。百灵，分布于世界各地。中国常见的种类有沙百灵、云雀、角百灵、斑百灵等，为国家二级保护动物。以鸣叫声优美动听而闻名于世。物语：共同辛苦，精心培育。

斑文鸟

天将春光握在手，眼前美景尽兴收。
斑文鸟舞隐形袖，露出珍珠小肚兜。

　　诗中的"天将春光握在手"，使我们意识到生活中每一个美好瞬间都值得用心去感受与珍藏；"眼前美景尽兴收"，则呼唤我们要善于发现身边的美好，将它们收入心底。斑文鸟的羽毛流光溢彩，胸口点点白色仿佛珍珠织成的小肚兜。诗人通过细腻生动的描写，展现出斑文鸟的华丽之美。斑文鸟，国外分布于毛里求斯、印度、菲律宾等地区，国内分布于南部地区。斑文鸟小巧玲珑，鸟喙粗壮有力，令人看后印象深刻。物语：春无斗量，鸟语花香。

斑 胸 草 雀

bān xiōng cǎo què

飞羽醉月知天高，红至极限受不了。
fēi yǔ zuì yuè zhī tiān gāo　　hóng zhì jí xiàn shòu bù liǎo

春光喧嚷随风到，探望美丽珍珠鸟。
chūn guāng xuān rǎng suí fēng dào　　tàn wàng měi lì zhēn zhū niǎo

　　珍珠鸟飘逸的羽毛在风中轻轻颤动，仿佛令明月也为之陶醉，鲜红欲滴的鸟喙美到极致，任谁见了都难以抵抗这美的诱惑。春天到来之时，大地变得热闹喧嚣，它带来了温暖和生机。随着最后一句"探望美丽珍珠鸟"，诗人将读者的视线再一次聚焦在美丽的珍珠鸟身上。斑胸草雀，别名：珍珠鸟。生长于热带森林中，雄性羽毛亮丽，具有明显珍珠形圆点，雌性羽毛颜色暗淡，是世界上很多国家普遍饲养的观赏鸟。物语：青春执着，激情热烈。

斑 鱼 狗

bān yú gǒu

lín shuǐ hé pàn kàn rì chū　　yú wú shēng chù zhuī fù zú
临水河畔看日出，于无声处追富足。
bān yú gǒu lì fú shū chù　　děng dài fēng qǐ hǎo zhuō yú
斑鱼狗立扶疏处，等待风起好捉鱼。

　　这首诗以临水河畔观赏日出为背景，描绘了一幅富足宁静的画面。诗人将我们引入无声之境，寓意着人们在宁静中寻求富足。斑鱼狗在扶疏之地矗立，等待风起捉鱼，展现了它们对生活的安闲态度。这首诗以简练的语言表达了深意，给人以启迪。也许我们可以问问自己，心灵已经有多久没有平静。斑鱼狗，在世界范围内分布相对广泛，在中国栖息于河流湖泊或山谷溪流周边，经常在水面盘旋等待，捕鱼技术高超。物语：无须澄清，黑白分明。

北 京 鸭

bǎi jīng yā

chūn yáo yuè yǐng fēng huí shēng xuě jǐng hóng zhǎng líng bō xíng
春摇月影风回声，雪颈红掌凌波行。
xún yóu shǐ zhī dàn zi zhòng bō kāi làng huā yī chóng chóng
巡游始知担子重，拨开浪花一重重。

　　春风摇动着树枝，月光婆娑，似乎在回应风的声音。北京鸭的羽毛似雪花纷纷扬扬，红掌拨碎清波，那是它在水面翩翩起舞，展现出轻盈和灵动的身姿。它巡游四方，开始领悟到肩负重担，正如人们见识越广阔，越能探索到生命的价值和自身的使命。北京鸭，北京市特产，国家农产品地理标志产品，已有400多年的历史。入选2019年第四批《全国名特优新农产品名录》，2020年7月27日入选《中欧地理标志第二批保护名单》。物语：春来秋别，山长水阔。

扁嘴海雀
biǎn zuǐ hǎi què

míng yuè chén shuǐ zhào hǎi yáng　bì bō xiān zǐ bù shàng zhuāng
明月沉水照海洋，碧波仙子不上妆。

biǎn zuǐ hǎi què sì bù xiàng　què yǒu qián tú liǎng dà kuāng
扁嘴海雀四不像，却有前途两大筐。

　　皎月犹如一面巨大的明镜，将碧波浩渺的海洋照得清澈透明。又仿佛是碧波仙子素面朝天，彰显出纯净天真的气质。扁嘴海雀是一种奇特的鸟类，尽管它的外貌与众不同，却拥有远大的前途。诗人通过对这种独特鸟类的描绘，表达了对生命的理解和赞美，正如我们每个人都拥有着无限的潜力。扁嘴海雀，国外分布于朝鲜半岛东南部等地区，国内分布于山东、辽宁等地。从西伯利亚或北美飞往山东青岛大公岛养育后代。物语：情深意笃，锦绣前途。

<ruby>彩<rt>cǎi</rt></ruby> <ruby>虹<rt>hóng</rt></ruby> <ruby>巨<rt>jù</rt></ruby> <ruby>嘴<rt>zuǐ</rt></ruby> <ruby>鸟<rt>niǎo</rt></ruby>

<ruby>果<rt>guǒ</rt></ruby><ruby>香<rt>xiāng</rt></ruby><ruby>散<rt>sǎn</rt></ruby><ruby>漫<rt>màn</rt></ruby><ruby>谁<rt>shuí</rt></ruby><ruby>收<rt>shōu</rt></ruby><ruby>拾<rt>shi</rt></ruby>，<ruby>生<rt>shēng</rt></ruby><ruby>物<rt>wù</rt></ruby><ruby>多<rt>duō</rt></ruby><ruby>样<rt>yàng</rt></ruby><ruby>占<rt>zhàn</rt></ruby><ruby>一<rt>yī</rt></ruby><ruby>席<rt>xí</rt></ruby>。

<ruby>忽<rt>hū</rt></ruby><ruby>见<rt>jiàn</rt></ruby><ruby>彩<rt>cǎi</rt></ruby><ruby>虹<rt>hóng</rt></ruby><ruby>连<rt>lián</rt></ruby><ruby>天<rt>tiān</rt></ruby><ruby>碧<rt>bì</rt></ruby>，<ruby>巨<rt>jù</rt></ruby><ruby>嘴<rt>zuǐ</rt></ruby><ruby>鸟<rt>niǎo</rt></ruby><ruby>儿<rt>ér</rt></ruby><ruby>正<rt>zhèng</rt></ruby><ruby>梳<rt>shū</rt></ruby><ruby>洗<rt>xǐ</rt></ruby>。

　　果香散漫在空中，飘荡到四面八方。诗人开篇用一个问句，显现出大自然的成熟与自由。接下来的"生物多样占一席"则是描绘了大自然生物的丰富，每个物种都能占据一席之地。忽然，天边显现出五彩斑斓的云霓，那是彩虹巨嘴鸟在洗濯羽毛。诗人用无边无际的自然景观比喻鸟儿的魅力，展现出非凡的想象力。彩虹巨嘴鸟，分布于中美洲，伯利兹国鸟。彩虹巨嘴鸟羽毛绚丽多彩，巨大的嘴巴占据了身体的三分之一。物语：泛白岁月，靓丽颜色。

苍鹭

wú shēng wú miè wú shāng gǎn xī jǐng xī wù xī shēng tiān
无生无灭无伤感，惜景惜物惜生天。

cāng lù chū shì jiù xiōng hàn huó tūn é zǎi shuí gǎn guǎn
苍鹭出世就凶悍，活吞鹅仔谁敢管。

　　这首诗以简练而深刻的语言表达了诗人对自然生命的赞叹和敬畏。诗中揭示了一种超越生死的境界，让人感受到生命的无尽和宇宙的广袤无垠。苍鹭是一种凶悍的禽类，它们捕食的样子令人瞠目，宣示着自然界中强者的力量和威严。这首诗引发了人们对自然和生命的思考。苍鹭，冬季在深圳市的深圳湾和大鹏水域的滩涂或岸边，可以见到苍鹭漫步或捕食。苍鹭有一双大长腿，披浅灰色羽衣，飘逸优雅，捕猎时则凶猛无比。物语：忽略不计，悠闲度日。

橙腹叶鹎
chéng fù yè bēi

chéng fù yè bēi mó fǎng wáng　　měi de yuè liang yě xīn huāng
橙腹叶鹎模仿王，美得月亮也心慌。
tiān tái lóu gé fàng shēng chàng　　chàng wán yuè jù huàn jīng qiāng
天台楼阁放声唱，唱完越剧换京腔。

　　诗人以橙腹叶鹎为题，描绘了它优美的歌喉引发的丰富景象。它的歌声穿云裂帛，绕梁三日，明月听了都为之心动。华美的天台楼阁成为它表演的舞台，供它尽情地模仿自然界的各种声音。有趣的是，诗人用"唱完越剧换京腔"这种诙谐的笔法调侃它的歌声，显得趣味盎然。橙腹叶鹎，分布于不丹，中国云南、广西等地。橙腹叶鹎是和平鸟科中在中国分布最广的一种，主要栖息于靠近溪流的森林或阔叶林。物语：免费歌唱，听完清场。

池鹭
chí　lù

池鹭原本爱吃鱼，却又涉足天波府。
chí lù yuán běn ài chī yú　　què yòu shè zú tiān bō fǔ

竟将蜻蜓吞下肚，看得感慨也无语。
jìng jiāng qīng tíng tūn xià dù　　kàn de gǎn kǎi yě wú yǔ

　　这首诗像是一篇充满意趣的小品。池鹭原本嗜好捕食鱼类，不承想它却心血来潮，对天上的蜻蜓产生了食欲。眼见它将飘逸的蜻蜓吞下肚，让原本正在欣赏风光的诗人感觉无语，这煞风景的举动真是令人哭笑不得。这首诗显现出诗人对生活中微小细节的细腻观察，很有趣味。池鹭，中国常见鸟类。头上长有栗红色细长羽毛，如同长发。每年7月伊始，总会有一群池鹭出现在深圳大沙河周边。物语：浩荡而来，无可指摘。

赤红山椒鸟
chì hóng shān jiāo niǎo

红黄双椒不怕羞，凤巢筑在高树头。
hóng huáng shuāng jiāo bù pà xiū   fèng cháo zhù zài gāo shù tóu

刚送太阳西山后，转脸又问相思否。
gāng sòng tài yáng xī shān hòu   zhuǎn liǎn yòu wèn xiāng sī fǒu

　　赤红山椒鸟整日沉浸在爱河之中，它们学习凤凰将巢穴建在高树之上，过着浓情蜜意的小日子。太阳刚刚落下西山，它们又回到家中，偎依在一起倾诉相思之苦。诗人运用富有情趣的笔墨，调侃赤红山椒鸟"一日不见如隔三秋"的爱情生活，令读者忍俊不禁。赤红山椒鸟，雄鸟翅除第一至第二枚初级飞羽和最内侧飞羽外，均呈猩红色，雌鸟翅与雄鸟同，但黄色代替红色，故被称为红黄双椒。物语：卿卿我我，爱意多多。

赤麻鸭

红叶催得秋升华，微风轻吻赤麻鸭。
今夜银河美如画，月影闲却天池花。

　　这首诗以富有古典美的语言描绘了秋天的美景，将自然界的变化与动物的轻盈、雅致相融合。红叶催促着秋天到来，遍地缤纷，果香袭人。微风轻轻地吻着赤麻鸭，给人一种温暖与宁静的感觉。今晚银河流动，闪烁的光辉让人感到无比宏伟壮丽，而月影则恬静地映照着天池中的花朵，也许是过于悠闲，略显寂寥。赤麻鸭，中国主要繁殖地在东北和西北等地，长江以南越冬。其在中国北部、长江下游地区迁徙期间和冬季常见。物语：丹桂飘香，甘露同堂。

长冠八哥

丝状白袍美如雪，长冠八哥爱唱歌。
族群小了太寂寞，三寸元气须更多。

　　长冠八哥身披的丝状白袍宛若雪一般洁白纯净，它们就像身着
华贵礼服的歌唱家，在舞台上尽情歌唱。也许是因为它们的族群太
小，即使是集体合唱也显现不出磅礴的气势，吸引不来更多听众。
它们只能在小小的身躯中积攒更多的"元气"，让自己的歌声更加
嘹亮动听。长冠八哥，主要栖息于海岸附近有长草的草原，喜欢
三五成群活动。繁殖期雄鸟具有领地意识，营巢于废弃树洞，雌雄
终身结对，共同育雏。物语：开启序幕，等待结局。

物语集

植物类

T

天麻	物语：风月有缘，美景无限。
天仙子	物语：高挂云帆，登高望远。
田紫草	物语：闲居田野，蜂蝶有约。
铁包金	物语：欣然留住，家乡细语。
铁筷子	物语：高峰品雨，花木接福。
铁皮石斛	物语：新绿娇娆，流翠宝草。
铁草鞋	物语：春垂秋千，兰解画船。
透骨草	物语：传播本草，黏住就好。

W

蕹菜	物语：翠云烟波，与月诉说。
乌桕	物语：绿叶占春，绛雪红云。
乌柿	物语：花有出路，柿有前途。
乌头	物语：自我强大，天下为家。
梧桐	物语：关注脉络，开阔视野。
五味子	物语：宝若仙丹，力可回天。
勿忘草	物语：爱在心头，不肯屈就。

X

西葫芦	物语：芬芳热烈，纯洁柔和。
喜林草	物语：绝色天书，心底之物。
细辛	物语：曲折过去，尽是坦途。
夏枯草	物语：大风起兮，婉约流逝。
仙茅	物语：逐梦春光，自由飞扬。
仙人掌果	物语：放下执念，必得圆满。
香椿	物语：春之细雨，香飘江湖。
香蒲	物语：晨为少年，晚是苍颜。
香青	物语：寥寥数语，送走悲苦。
香薷	物语：甘之如饴，苦中甜蜜。

小粒咖啡	物语：沉浸其中，风影惊鸿。
小麦	物语：草木从容，五谷丰登。
小天蓝绣球	物语：相思如梦，花开无冬。
薤白	物语：薤白出生，鱼水之情。
荇菜	物语：江南水乡，风韵悠长。
熊耳草	物语：芳香缕缕，花团簇簇。
雪铁芋	物语：金钱进门，空气清新。

Y

亚麻	物语：守拙田园，珠落玉盘。
延胡索	物语：从头到脚，止痛灵药。
芫荽	物语：一物一用，天道可行。
燕麦	物语：追求高远，奉献人间。
洋桔梗	物语：人间甘霖，花中清新。
耀眼豆	物语：张开望眼，一飞冲天。
野火球	物语：花之风韵，前程似锦。
野葵	物语：月下美人，田野之春。
野蔷薇	物语：绽放洒脱，花有着落。
一年蓬	物语：祥和素净，处世之风。
依兰	物语：香花冠军，迷醉凡人。
薏苡	物语：蕙草绽放，不香也芳。
茵芋	物语：不知轻重，切勿使用。
银边翠	物语：风若无情，云何以动。
银杏	物语：合抱之木，源于起步。
罂粟葵	物语：过度惊艳，喜忧参半。
鹰嘴豆	物语：万里濯足，超越世俗。
鱼尾葵	物语：根茎药用，无所不能。
榆树	物语：理想钥匙，绕指成诗。
虞美人	物语：轻柔如梦，神韵生动。
羽衣甘蓝	物语：非花胜花，健康为大。

玉蜀黍	物语：人间至宝，试领风骚。
玉竹	物语：春秋不老，永享热闹。
郁李	物语：芙蓉寒江，冷艳芳香。
远志	物语：随意天涯，美之升华。
月桂	物语：光阴似箭，又是一年。
月见草	物语：美如天仙，降福凡间。
云实	物语：春接秋开，参差有态。

Z

枣	物语：以己心花，艳人年华。
獐耳细辛	物语：柔而纤细，心存感激。
芝麻	物语：不偏不倚，天地支持。
栀子	物语：吹落星雨，放花千树。
中国无忧花	物语：无求无欲，无忧无虑。
朱蕉	物语：叶肥花瘦，看尽风流。
朱砂根	物语：晓露擎珠，泛浪珊瑚。
猪笼草	物语：神秘之物，令人佩服。
竹子	物语：平凡心境，深情筑梦。
苎麻	物语：垂天之云，绝美生春。
孜然芹	物语：风月多情，美味相迎。
紫堇	物语：尽管有毒，不忍拔除。
紫苏	物语：香草延伸，美味入心。
紫叶小檗	物语：好山好水，尽善尽美。
棕榈	物语：天作之合，地之气节。

动物类

A

鹌鹑	物语：春有知音，天道酬勤。
暗绿绣眼鸟	物语：靡靡之音，相思出神。

B

八哥	物语：连理于天，比翼百年。

白顶溪鸲　　　　　物语：宁静致远，天高地宽。

白顶玄燕鸥　　　　物语：美学角度，适合群居。

白凤乌鸡　　　　　物语：凡间禅缘，静好画面。

白腹蓝鹟　　　　　物语：春染秋霜，别来无恙。

白鸽　　　　　　　物语：温和亲切，天地之乐。

白冠长尾雉　　　　物语：玉树琼枝，云天比翼。

白鹭　　　　　　　物语：美至天廓，爱进心窝。

白头鹎　　　　　　物语：你来我往，会捉迷藏。

白鹇　　　　　　　物语：凤凰于天，似水流年

白胸翡翠　　　　　物语：情山爱水，举案齐眉。

白胸苦恶鸟　　　　物语：半里之内，休想午睡。

白腰雨燕　　　　　物语：南来北往，处处家乡。

百灵　　　　　　　物语：共同辛苦，精心培育。

斑文鸟　　　　　　物语：春无斗量，鸟语花香。

斑胸草雀　　　　　物语：青春执着，激情热烈。

斑鱼狗　　　　　　物语：无须澄清，黑白分明。

北京鸭　　　　　　物语：春来秋别，山长水阔。

扁嘴海雀　　　　　物语：情深意笃，锦绣前途。

C

彩虹巨嘴鸟　　　　物语：泛白岁月，靓丽颜色。

苍鹭　　　　　　　物语：忽略不计，悠闲度日。

橙腹叶鹎　　　　　物语：免费歌唱，听完清场。

池鹭　　　　　　　物语：浩荡而来，无可指摘。

赤红山椒鸟　　　　物语：卿卿我我，爱意多多。

赤麻鸭　　　　　　物语：丹桂飘香，甘露同堂。

长冠八哥　　　　　物语：开启序幕，等待结局。

花鸟物语

新韵诗歌（珍藏版）

美月冷霜　著

第四辑

中国财富出版社有限公司

图书在版编目（CIP）数据

花鸟物语：新韵诗歌：珍藏版．第四辑 / 美月冷霜著 . —北京：中国财富出版
社有限公司，2024.9

ISBN 978-7-5047-8058-4

Ⅰ.①花⋯　Ⅱ.①美⋯　Ⅲ.①诗集—中国—当代　Ⅳ.① I227

中国国家版本馆 CIP 数据核字（2024）第 017100 号

策划编辑	朱亚宁	责任编辑	贾紫轩　蔡　莹	版权编辑	李　洋
责任印制	梁　凡	责任校对	庞冰心	责任发行	杨恩磊

出版发行	中国财富出版社有限公司

社　　址　北京市丰台区南四环西路 188 号 5 区 20 楼　　邮政编码　100070

电　　话　010-52227588 转 2098（发行部）　　010-52227588 转 321（总编室）
　　　　　010-52227566（24 小时读者服务）　　010-52227588 转 305（质检部）

网　　址　http://www.cfpress.com.cn　　排　　版　河北佳莹文化发展有限公司

经　　销　新华书店　　印　　刷　三河市天润建兴印务有限公司

书　　号　ISBN 978-7-5047-8058-4/I·0372

开　　本　710mm×1000mm　1/16　　版　　次　2024 年 9 月第 1 版

印　　张　38.75　　印　　次　2024 年 9 月第 1 次印刷

字　　数　521 千字　　定　　价　188.00 元（全 5 辑）

诗人的话

我把诗意种在大地上，叶子碧绿，花朵芬芳。
我邀诗意在枝头成长，果实丰硕，鸟儿歌唱。
我将诗意化成万千阳光，照耀万物，春风荡漾。
我渴望诗意之水尽情流淌，让星河的诗行滚烫之后，
再冷却下来奔向远乡，奔向远方，奔向远方……

凌波无雨风剪裁
火烈鸟儿席卷来
十里红妆当头盖
疑似万千花盛开

万里冰封走天涯
披雪仙鹤点梅花
漫步方知天下大
遇上知音安个家

天光云影照长春
七彩文鸟落红尘
万里飞虹凌霄尽
高空有谁更知心

力量奔放恰图腾
热烈底色正上升
红腹锦鸡如火凤
硬汉也有花柔情

序　言

周　敏

　　古往今来，日月盈昃。无数人俯仰天地，探索无尽的宇宙；他们试图跨越时光长河，为人类命运寻觅良方。寂寞沙洲，秋鸟唧啾，人类的情绪从来便与自然紧密相连。

　　山川异域，风月同天。东西方所有伟大的文学著作，无一不是观照现实社会，剖析人性本能，辩证道德秩序。而这些作者几乎都需要从大自然中获得感悟，找到答案。

　　繁华喧嚣的现代社会，容易让人迷失方向，忘记自己的根源，但也有少数清醒之人会选择回归自然。正如幼儿于母亲温暖的怀抱中寻求庇护，他们也是从自然的血脉中汲取力量。

　　花与鸟是大自然的使者，它们能够反映天地的表情，链接人类的精神。诗人以花鸟为媒介，反思社会现实，关注人类命运。她期待用种种唯美灵动的自然元素，为人们拂去遮望眼的浮云，启迪我们的智慧，滋养我们的心灵。

　　《花鸟物语》同样是一部优秀的文学艺术作品。诗人的创作灵感源于中国文人雅士的审美情趣。无论是形式还是内容，都富有深厚的文化底蕴和强烈的艺术感染力。

　　诗人秉持无限的想象力和艺术才华，以独特的视角和细致入微的描写，将自然之美与人类的情感交织在一起。她以新古典主义七言诗的形式，包罗世间万象，将敏锐的思想触角伸向滚滚红尘中的各个角落；她以或含蓄典雅、或华丽绚烂、或诙谐风趣的语言，描绘了花开花谢的律动、鸟儿飞翔的自由、鱼虫游弋的轻盈，以及四季更迭的魔力；她的诗歌中透露出一种宁静与平和，让读者在喧闹的尘世中沉淀内心；诗歌的字里行间充盈着积极乐观和款款深情，引领读者发现生命之美，鼓舞我们不懈前行。

　　《花鸟物语》还是一部具有广泛且深刻社会意义的杰作。诗人通过描绘自然界瑰丽神秘的山川风貌、花鸟鱼虫，向读者传递了珍

惜自然、保护环境的重要性。她呼唤人们感恩大地母亲的馈赠，实现人与自然的和谐共存。

在这个充满雨露风霜的世界里，在起伏跌宕的人生旅途中，我们的心灵在不断寻找一种与自然的共鸣。《花鸟物语》如同一道清新的风景线，缓缓展开在我们眼前。诗人以花为镜，映射出人世的喜乐悲欢；诗人以鸟为歌，吟唱出宇宙缤纷多彩的旋律。

最后，谨以此书，献给所有热爱自然，享受生命的朋友。

愿我们能停下匆忙的脚步，触摸自然的脉搏。

愿每一个人都能用心去感受那些悠然自得的花鸟，用爱去聆听它们的物语。

目 录
contents

1

新韵七言话花鸟

长尾缝叶莺
cháng wěi féng yè yīng

找片绿叶育天骄，细丝一根织成巢。
zhǎo piàn lǜ yè yù tiān jiāo　　xì sī yī gēn zhī chéng cháo

不是莺儿要高调，自家风光就是好。
bù shì yīng ér yào gāo diào　　zì jiā fēng guāng jiù shì hǎo

　　诗人通过"细丝一根织成巢"的比喻，传达出即使是微不足道的事物，只要勤勉努力，也能创造出美好的家园。长尾缝叶莺并不刻意高调，但自家风光依然绝佳。为此它们对于自己的辛劳成果充满骄傲，正如我们在付出心血和汗水之后内心的充盈。长尾缝叶莺，分布于巴基斯坦、印度、泰国，中国广西、广东等地。栖息于热带和南亚热带常绿阔叶林的林缘、竹林和田园耕地边的树木及灌丛上。物语：翠叶雅韵，独居匠心。

长尾巧织雀

cháng wěi qiǎo zhī què

草原披月又戴星，跳高并非求功名。
cǎo yuán pī yuè yòu dài xīng　　tiào gāo bìng fēi qiú gōng míng

生长纯属多样性，只有春风不知情。
shēng zhǎng chún shǔ duō yàng xìng　　zhǐ yǒu chūn fēng bù zhī qíng

　　草原披上月色，星光点缀其中，美不胜收。诗中的"跳高并非求功名"表达了一种对爱情的纯粹追求。"生长纯属多样性，只有春风不知情"寓意草原上各种生灵共同构成了这一多彩的景象，春风无法感知人类的情感，而人类也难以完全理解大自然的奥秘。长尾巧织雀，生活于非洲地区。雄鸟全身黑色，尾长大约是身体的4倍。雌鸟只有棕褐色麻衣裹身，但择偶标准很高，雄性不单纯尾巴要长得好，还要跳得足够高。物语：心难把持，苦乐自知。

大红鹳

dà hóng guàn

群飞群落火烈鸟，吃完鱼虾再打包。
qún fēi qún luò huǒ liè niǎo　　chī wán yú xiā zài dǎ bāo

自然共享成大道，无须再过独木桥。
zì rán gòng xiǎng chéng dà dào　　wú xū zài guò dú mù qiáo

　　这首诗以简洁明快的语言展现出大红鹳成群飞翔的美好景象，同时传递了合作共享的理念。通过描述群飞群落的火烈鸟和盐湖中的鱼虾，诗人将大自然中的生机与丰饶展现得淋漓尽致。而"自然共享成大道，无须再过独木桥"这两句诗意味深长，倡导人们摒弃独木桥的思维，追求合作共赢。大红鹳，别名：大火烈鸟。喜欢集结成大群体，常成千上万只大红鹳一起觅食活动，场面十分壮观。分布于全球温热带多个地区。物语：青春洋溢，喜结连理。

大山雀

guāng yǐng chéng shuāng měi bù xiū，huā kāi cù yōng chūn zhī tóu
光影成双美不休，花开簇拥春枝头。

shān què míng shēng chū chuān tòu，biàn wén huí yìng rào zhǐ róu
山雀鸣声初穿透，便闻回应绕指柔。

　　这首诗以自然景物为底色，细腻描绘了春天的美景。白云随风向东流，展现了大自然中的流动之美。花朵迎春盛开，蔚然成海。大山雀婉转悠扬的歌声穿透云层，响彻山野。远处有温柔的鸣叫给予回应，似乎在呼唤它归来。读者可在阅读中感受到诗人对春天的赞美之情，也能够燃起对美好事物的热爱。大山雀，世界各地区分布相对广泛，在中国各地区常见。大山雀性格活泼大胆，行动敏捷，鸣叫音律多变。物语：内幕多多，不忍开播。

大天鹅

银河抛洒梨花雪，飘飘如仙皎洁多。
漫天月光忽失色，疑似向往白天鹅。

　　银河倾泻，星子坠落，仿佛抛洒梨花雪。它们萦绕在空中，如同仙境一般。诗人驰骋非凡的想象力，将白天鹅比拟成梨花雪，遣词造句十分雅致，极富古典美。而皎洁的月光面对如此美妙的生物也黯然失色，似乎向往着白天鹅的纯洁和高贵。诗人以简洁而优美的语言，赋予了诗歌更多的想象力和思考空间。大天鹅，国家二级保护动物。位于河南省三门峡市的天鹅湖国家城市湿地公园，曾经有上千只大天鹅一齐飞落。物语：美好生活，构筑自我。

戴菊

dài jú

yuè shàng méi shāo fēng yùn zú　　yǐn rù lín hǎi huā yǐng shū
月上眉梢风韵足，隐入林海花影疏。
dài jú guī lái wú xīn xù　　qiǎo rán dǎ fa chūn cuī yǔ
戴菊归来无心绪，悄然打发春催雨。

　　这首诗以细腻的笔触描绘了月下美景，展现了诗人对大自然的独特感悟。月亮如同一位婀娜多姿的女子，在夜空中尽情挥洒魅力。倏忽之间，她隐入林海，花朵似乎被她的风采所折服，纷纷坠落。诗人借戴菊的名字，一语双关，描绘这位女子从林中戴花归来，呼唤春之神去催促降下雨水，为眼前的美景增添几许朦胧的韵致。戴菊，世界各地分布广泛。全世界共有14个亚种，中国有4个亚种。戴菊生性胆小，远离人群。物语：纵目天下，喜欢是家。

戴 胜
dài shèng

金染风景开望眼，银浴月下花蒲团。
jīn rǎn fēng jǐng kāi wàng yǎn   yín yù yuè xià huā pú tuán

戴胜天生就能干，迟早当个卫生官。
dài shèng tiān shēng jiù néng gàn   chí zǎo dāng gè wèi shēng guān

　　这首诗以雅致的意境，娓娓道出了美丽的自然景色。灿烂的阳光将大地渲染成一片金色，而皎洁的月色又将景色变幻成银光闪耀。花朵簇拥绽放，仿佛铺设一张张锦绣蒲团，在等待天外仙客的到来。接下来诗人笔锋一转，诙谐地表示戴胜不讲卫生的习惯与自然美景不相配，迟早要当个爱清洁的卫生官。戴胜，世界分布广泛。它的羽毛色彩斑斓，头戴凤冠。繁殖期找个树洞就入住，从不清理，味道浓烈，因此也被叫作臭咕咕。物语：若有天梯，何用双翅。

丹顶鹤
dān dǐng hè

一点胭脂红似火，出落浑身梨花雪。
yī diǎn yān zhi hóng sì huǒ　　chū luò hún shēn lí huā xuě

风姿独秀丹顶鹤，唯美画像特别多。
fēng zī dú xiù dān dǐng hè　　wéi měi huà xiàng tè bié duō

　　丹顶鹤头顶胭脂红，如火般点缀清雅的妆容。梨花雪般的羽毛洁白无匹，给人一种清新脱俗的感觉。它的风姿隽秀，高贵优雅，矜持而不失温柔。古往今来，丹顶鹤无数次进入文人墨客的画卷，在它的身上寄托了人们对于超凡脱俗的风姿和高洁品质的无限向往。丹顶鹤，国外分布于朝鲜、韩国等地，国内分布于内蒙古东部等地。丹顶鹤栖息于芦苇、沼泽、草甸中，常小群或家族式活动。舞姿优美，叫声响亮。物语：凌云福星，生活丰盈。

diàn ké
靛颏

jiè dé táo huā piàn piàn fēng   bō dòng qī xián xián chuán qíng
借得桃花片片风，拨动七弦弦传情。

diàn ké gē shēng yòu jīng mèng   rào liáng sān rì dú chàng zhōng
靛颏歌声又惊梦，绕梁三日独唱中。

　　诗人笔下的靛颏仿佛幻化成一个歌艺非凡的女子，她纤纤玉指一挥，借来片片桃花风，拨动瑶琴七根弦，琴声袅袅，声声传情。她的绣口微张，清丽的歌声便穿透琼楼玉宇，飘荡在星光月色之中。这歌声环绕在我们的耳边，久久没有消散。诗人借这个艺术形象展现出一种美的境界，给人留下深刻的印象。靛颏，曾因羽色美丽、鸣叫声好听而成为宫廷名鸟，后盛行于民间，与百灵、绣眼以及画眉并称四大名鸟。物语：沧桑流年，不改执念。

dōng fāng bái guàn
东 方 白 鹳

shuǐ diàn zi lǐ dàng chūn fēng　　dōng fāng bái guàn yě qīng chéng
水甸子里荡春风，东方白鹳也倾城。

gāo jié chū chén yǐng qīng zhèng　　qiān gǔ jué chàng bǔ yú wēng
高洁出尘影清正，千古绝唱捕鱼翁。

　　湖水轻轻波动，春风拂过，搅碎月影。东方白鹳优雅地舞动着它洁白的羽翼，曼妙的风姿倾国倾城。它的高洁与缥缈仿佛来自天际，捕鱼的动作优雅无比，好似千古绝唱。在这个世界上，美丽和高洁无处不在。它们不仅存在于大自然中的山川湖海，还体现在人们的品格之中。东方白鹳，分布于朝鲜半岛、日本、中国黑龙江等地。体态优美，主要羽毛纯白色，眼睛周围朱红色，部分翅和尾羽黑色，亮红色大长腿。物语：白云红足，水上明珠。

豆雁
dòu yàn

年年豆雁往回飞，谷熟稻肥家乡美。
nián nián dòu yàn wǎng huí fēi　gǔ shú dào féi jiā xiāng měi

千里之行排成队，牵挂明月思念水。
qiān lǐ zhī xíng pái chéng duì　qiān guà míng yuè sī niàn shuǐ

　　通过"年年豆雁往回飞，谷熟稻肥家乡美"这两句诗，诗人以自然景象的变化来表达丰收的喜悦；而"千里之行排成队，牵挂明月思念水"则表达了人们对家乡的思念。千里之行的队伍象征着背井离乡的游子，明月高悬天空，暗示着寂寞的夜晚，反衬出浓郁的思乡之情。豆雁，分布于日本、中国等地。形体大小和毛色都如同家鹅，喜欢成群活动，有领头雁和护卫雁，分工明确，飞行时会根据风向变化队形。物语：水陆两栖，天之骄子。

反嘴鹬

<ruby>反<rt>fǎn</rt></ruby> <ruby>嘴<rt>zuǐ</rt></ruby> <ruby>鹬<rt>yù</rt></ruby>

日月悠闲鸟不老，美沉紫泥分外娇。
rì yuè yōu xián niǎo bù lǎo　měi chén zǐ ní fèn wài jiāo

金鸡独立莫见笑，吃饱便知反嘴好。
jīn jī dú lì mò jiàn xiào　chī bǎo biàn zhī fǎn zuǐ hǎo

　　悠闲日月无知过，自在天地鸟如初。诗人巧妙地运用了色彩描绘，将反嘴鹬身上暗紫色的斑纹比喻成画砚中沉淀的紫泥，显得格外优美典雅。它休憩时"金鸡独立"的姿态也颇为有趣，传达出自信和独立的生活态度。这首诗以简约的语言刻画出日月的恒常和鸟儿的不衰，同时也引导我们要珍惜当下，知足常乐。反嘴鹬，繁殖在内蒙古、青海等地。喙细长上弯，如同镰刀，休息时把长喙藏于翅膀下单腿站立，姿态优雅。物语：远水长天，众鸟喜欢。

非洲鸵鸟

步履轻松到人前，仰首冲破乌云天。
鸵鸟生来就傲岸，孤芳自赏也难免。

　　鸵鸟身躯庞大，奔跑时却轻盈从容。它们仰望天际，似乎在为自己空怀凌云之志却无法实现而愤懑。"鸵鸟生来就傲岸，孤芳自赏也难免"这两句诗直白地描绘出鸵鸟的气质，它们生而不凡，注定难遇同类。正如人类社会中也存在着少数"另类"，他们具有独特的天赋和高尚的精神追求，但曲高和寡，难寻知音。非洲鸵鸟，世界上最大的鸟类，也是全世界现存鸟类中唯一的二趾鸟类。主要分布于非洲的沙漠草地和稀树草原。物语：远离世俗，放下物欲。

粉 红 燕 鸥

fěn hóng yàn ōu hū xiào fēi　　pū luò bàn tiáo yín hé shuǐ
粉 红 燕 鸥 呼 啸 飞，扑 落 半 条 银 河 水。
bù céng wàng jì jiā xiāng wèi　　dǐng fēng qiān xǐ bù hòu huǐ
不 曾 忘 记 家 乡 味，顶 风 迁 徙 不 后 悔。

　　粉红燕鸥振翅呼啸，气势磅礴。它们纵情舞动，掀起的风浪仿佛银河翻滚。这首诗让人沉浸于壮丽的自然景色中，仿佛置身于神话般的幻境。它们虽然迁徙到千里之外，却从未忘记家乡的味道，年年顶风冒雪，飞回故里。这首诗告诉我们：无论身在何处，家乡都是我们精神世界的永恒坐标。粉红燕鸥，选择远离海岸线的无人岛礁繁衍生息。它捕鱼时好似一颗颗炮弹溅起巨大浪花，垂直俯冲入水中。物语：浩瀚海洋，天之梦想。

fèng tóu fēng yīng
凤头蜂鹰

jīn rì yǒu jiǔ xiān hē hǎo míng tiān tài yáng suí biàn gāo
今日有酒先喝好，明天太阳随便高。

fèng tóu fēng yīng zuì dì dao zhuō wō wèi lái chī gè bǎo
凤头蜂鹰最地道，捉窝未来吃个饱。

　　这首诗开门见山地展现了诗人豪放洒脱的生活态度。她以凤头蜂鹰为题告诉我们：人生短暂，应该珍惜当下，享受生活中的美好时刻，而不宜好高骛远。诗中提到的"明天太阳随便高"，表达出积极乐观的生活态度。无论未来是艳阳高照，还是风雪交加，我们都应满怀信心地迎接挑战。凤头蜂鹰，国家二级保护动物，是少有的群体性觅食鹰类。如果发现蜂巢，往往呼朋唤友，轮流攻击一个大黄蜂窝。在中国多为夏候鸟。物语：沉重感叹，互不相关。

fèng wěi lǜ yǎo juān
凤尾绿咬鹃

qiān zhǒng fēng qíng wàn zhǒng chūn　　fěi cuì zuò gǔ huā zuò hún
千种风情万种春，翡翠作骨花作魂。

fèng wěi lǜ yǎo juān xìng yùn　　xiù zī líng dòng mèng chéng zhēn
凤尾绿咬鹃幸运，秀姿灵动梦成真。

　　诗人以华美的辞藻和优美的韵律，描绘了凤尾绿咬鹃之美。它仿佛具有翡翠雕琢的外形，花朵凝结的魂魄，汇聚成华贵且不失纯净的独特美感，令人一见倾心。不仅如此，它还被赋予了幸运的意义。这首诗在纷繁复杂的世界中，唤起了人们对于美好事物的向往，使我们坚信梦想终有照进现实的一天。凤尾绿咬鹃，分布于哥斯达黎加等地，栖息于热带丛林中。它有华丽、飘逸的羽毛，拖着长长的尾羽，曼妙绰约。物语：同甘共苦，双双育雏。

高邮鸭

生就喜欢听雨眠，不忍浪花飞上天。
柔情变成双黄蛋，风在后面云在前。

"春水碧于天，画船听雨眠"。高邮鸭生来就具有高雅的情操，眷恋红尘中的秀丽景色。也许有人会嫌弃它没有远大的志向，畏惧风浪，但每一种生物都有选择自己道路的自由，不能以高低优劣来评价。高邮鸭，全国三大名鸭之一，产于江苏省高邮，是中国江淮地区良种。高邮鸭先后被命名为全国农业标准化示范区产品、国家原产地域产品，并于2005年定为国家级畜禽遗传资源保护品种，进入国家水禽种质资源基因库。物语：唯美江南，鱼跃花喧。

鹳 嘴 翡 翠

展翅量罢万里河，还是湖里鱼虾多。
鹳嘴翡翠舒心过，餐毕小憩懒云窝。

　　这首诗以自然景色为背景，描绘了鹳嘴翡翠阅遍人间春色，寻觅到一处富足之地生活的场景。"展翅量罢万里河"，意味着它积攒了丰富的见识和阅历；而"还是湖里鱼虾多"则展示了水域生态的丰富与繁荣。鹳嘴翡翠历经沧桑之后，选择归于平淡的生活，尽情享受生命中的小确幸。鹳嘴翡翠，原产地为孟加拉国、文莱达鲁萨兰国、印度、印度尼西亚等地，在中国为旅鸟。鹳嘴翡翠的大红色嘴巴形状如鹳，大而醒目。物语：喜欢旅游，万事不愁。

海南文昌鸡

浩然之气千古存，海南文昌底蕴深。
天之瑰宝无穷尽，人间至美奉献心。

　　浩然之气，是中国人才能理解的宏大的气魄和胸怀，它永远流淌在中华儿女的血脉中。海南文昌是座历史文化名城，也是著名侨乡。这里地灵人杰，英才辈出。他们用青春和热血书写了壮丽山河与生命赞歌。天地间的瑰宝无穷尽，而人间至美的是海南人民无私奉献的精神。海南文昌鸡，海南省文昌市特产，海南省地方优良肉鸡品种，中国国家地理标志产品。6个月成年，羽毛亮丽，娇小玲珑，皮滑肉嫩，扬名四海。物语：报之以歌，分享喜悦。

和平鸟

hé píng niǎo

tái xiǎn lù yùn fēng xiāo xiāo　tiān dì xǐ huan hé píng niǎo
苔藓绿韵风萧萧，天地喜欢和平鸟。
shān gǔ wú shēng yǒu qián zhào　chūn fēng dé lìng jìng qiāo qiāo
山谷无声有前兆，春风得令静悄悄。

　　这首诗以简洁明快的语言表达了一种独特的价值观和人生态度。"苔藓绿韵风萧萧"首先描绘出一派生机勃勃的景象，色彩鲜明，动中有静；而"天地喜欢和平鸟"这句勾勒出自然界和平宁静的氛围；"山谷无声有前兆，春风得令静悄悄"这两句通过形象描绘，传递出诗人追求内心淡泊与平和的理念。和平鸟，分布于尼泊尔、中国云南南部及东南部。和平鸟名字优雅，羽毛漂亮，叫声动听，飞行时常喜欢鸣叫。物语：蓝田咏春，欢娱四邻。

褐翅鸦鹃

hè chì yā juān

飞天登月可望远，美味尽在指缝间。
fēi tiān dēng yuè kě wàng yuǎn　měi wèi jìn zài zhǐ fèng jiān

褐翅鸦鹃仰天叹，原来生活不简单。
hè chì yā juān yǎng tiān tàn　yuán lái shēng huó bù jiǎn dān

　　诗中描述的"飞天登月"展示了人类的探索精神；而"美味尽在指缝间"则将我们的视线从遥远的太空拉回到眼前，暗喻幸福的生活其实近在眼前，只需要一双善于发现美的慧眼。诗人还描绘了褐翅鸦鹃仰天慨叹的形象，似乎在提醒我们：人生之旅多艰难，需要我们努力付出。褐翅鸦鹃，分布于印度、斯里兰卡，中国浙江、福建、贵州南部、广东、广西、云南等地也有分布。褐翅鸦鹃黑色体羽，背部和双翅呈栗红色。物语：春满山河，秋添岁月。

褐 河 乌

褐河乌乌最风光，山涧河谷都称王。
水中捉鱼装备棒，口口吞下露凝香。

　　褐河乌翩翩起舞于广袤的天空，展现着无与伦比的优雅与力量。河谷中的生命都向它臣服，将它捧上王者的宝座。在清澈的水中，它捕捉鱼类的动作精准而敏捷，每一次捕食都是一场完美的表演，令人叹为观止。它油亮的羽毛是最棒的装备，品尝鱼获时流露出的神情惬意又享受。褐河乌，为中国常见留鸟。褐河乌在冰天雪地中照样下水捕食或者嬉戏，其全身不仅长有防水羽毛，还会在下水前用自身分泌的油脂涂抹全身。物语：流水世界，活跃状态。

褐喉沙燕
hè hóu shā yàn

精英飞天不画妆，七分风流三分强。
jīng yīng fēi tiān bù huà zhuāng　qī fēn fēng liú sān fēn qiáng

褐喉沙燕忠良将，衔出二月春风光。
hè hóu shā yàn zhōng liáng jiàng　xián chū èr yuè chūn fēng guāng

　　这首诗以形象的比喻，将精英的特质展现得淋漓尽致。他们凭借着自己的能力，成为社会中的支柱和领军人物。他们如同褐喉沙燕一般，忠诚地为社会贡献着自己的才华和力量，让春风在二月的时候更加绚烂。这首诗赞美了那些在各自领域中展现出卓越才能的精英，他们的存在不仅使社会更加繁荣进步，也为我们树立了学习和成长的榜样。褐喉沙燕，分布于非洲、南亚以及中国云南、中国香港、中国台湾等地。物语：含蓄心灵，无从追踪。

鹤鸵

hè tuó
鹤 鸵

chù jǐng shēng qíng tōng tiān xuě   bēn yuè wú hén xuān áng duō
触景生情通天雪，奔月无痕轩昂多。
hè tuó bù dù shān pō mò   piāo rán guà guān qiū shí jié
鹤鸵不妒山泼墨，飘然挂冠秋时节。

  纷飞的雪花在空中翩翩起舞，人们的心灵仿佛也随之升华。皎洁的月亮高悬在天空中，似乎给人一种无限的向上力量。诗中的鹤鸵像是一位器宇轩昂的志士，它不会因为山川之美而嫉妒，正如一个高尚的人不会因为他人的成功而嫉恨。"挂冠"在中国传统文化中寓意辞官，它在清秋时节远遁江湖，飘然而去，留下俗人们难以企及的背影。鹤鸵，生活于大洋洲东部、新几内亚以及印度尼西亚附近岛屿的低地雨林。物语：欲富先仁，富贵来临。

黑翅鸢

^{hēi chì yuān}

炫酷高手最超前，头名状元黑翅鸢。

悬停高空未添乱，逆风飞出自信天。

　　这首诗以黑翅鸢为题，将它的形象描绘得令人叹为观止。黑翅鸢翱翔于高空，展示了高超的飞行技巧，堪称"头名状元"。它们悬停于高空，不为外界的纷扰所动，显现出内心深处的坚定和自信。即使逆风而行，黑翅鸢也能骄傲地飞翔，面对挑战勇敢无畏。黑翅鸢，分布于中国南方以及周边多个国家，多数地区为罕见留鸟。叫声细而尖，也有较为低沉的呼啸声。是唯一振翼停于空中寻找猎物的鹰类。物语：高山云峰，任意飞行。

黑翅长脚鹬

盐湖水碧黑哥哥，风云美景亮绝活。

长脚托举水底月，细喙捕捉味道多。

　　这首诗以生动的笔触描绘了盐湖的瑰丽景色。碧色的湖水映衬着蔚蓝的天空，风云涌动展现出的美景令人心驰神往。黑翅长脚鹬的长脚托举着洁白如银的月亮倒影，而细喙则熟练地捕捉着湖中的各种美味。这种细腻而巧妙的描写，让人感受到了盐湖中的生机和丰饶。黑翅长脚鹬，栖息于湖泊、鱼塘、沼泽地。在中国，春季黑翅长脚鹬会从南方迁往北方繁殖地，秋季再从北方繁殖地迁徙回南方越冬。物语：水中芭蕾，值得回味。

黑　冠　鳽
hēi　guān　jiān

rèn yóu dà hǎi làng dǎ xuán　　dúo lái xiū sè hēi guān jiān
任由大海浪打旋，踱来羞涩黑冠鳽。
jiāng hú fēng yún duō biàn huàn　　dú xíng kě fǒu nài hé tiān
江湖风云多变幻，独行可否奈何天。

　　星垂大海阔，天地一沙鸥。诗人通过描绘海浪滔天中黑冠鳽的形象，将自然的壮美与独行者的羞涩相互融合，表达了对于困境的应对之道。江湖风云多变幻，正如社会的复杂和无常，而独行者则在这种环境中追求自己的道路和目标，表达了对于命运的反思和对于自身价值的肯定。黑冠鳽，主要分布于印度南部、马来西亚、越南、菲律宾等地，在中国云南南部、广西为夏候鸟，中国台湾、海南岛为留鸟。物语：不择水陆，只挑食物。

hēi guàn
黑 鹳

努力回归大自然，黑鹳新浴至眉尖。
nǔ lì huí guī dà zì rán　hēi guàn xīn yù zhì méi jiān

不增不减不纷乱，留抹独白在心田。
bù zēng bù jiǎn bù fēn luàn　liú mǒ dú bái zài xīn tián

　　这首诗以优美的语言表达了人们回归大自然的心愿。诗中的黑鹳新浴，濯尽眉间的愁绪。诗人以"不增不减不纷乱"这句诗，表达了对大自然的敬畏和尊重，呼吁人们保持内心的宁静平和。诗人留抹独白在心田，流露出对自然的思考和感悟，这种独白是一种沉思的凝聚，使读者更能感受到大自然的魅力。黑鹳，国内分布于除西藏外各省，国外分布于西班牙等地。被列入中国《国家重点保护野生动物名录》中，级别一级。物语：华庭水苑，美满百年。

黑领椋鸟

hēi lǐng liáng niǎo

chén qǐ shì yīn duì chàng qián　　hēi lǐng liáng niǎo yù zhàn xiān
晨起试音对唱前，黑领椋鸟欲占先。

huó lì mǎn mǎn xún cháng jiàn　　jīn huí jiā le jǐ fēn xiān
活力满满寻常见，今回加了几分仙。

　　清晨阳光驱散薄雾，黑领椋鸟早起试嗓，为稍后的对唱做准备。诗人以这个有趣的场景为引，暗示了沉浸在爱情之中的鸟儿的愉悦心情。大自然中鸟儿成千上万，"黑领椋鸟欲占先"，展示出它勇敢自信的个性。它日常总是精力充沛的模样，而因为爱情的来临，它的气质更添几分飘逸。黑领椋鸟，分布于中国和周边热带地区。灰、白、黑色羽毛分布均匀，眼睛处的黄色裸皮斑尤为亮丽，黑色脖圈和喙都很有特点。物语：八哥护驾，醉时闲话。

黑 水 鸡

风摇香蒲应天时，云看不腻黑水鸡。
捉虫喜欢到湿地，常住飘香荷塘里。

　　香蒲在微风中舞动，彰显出它们顺应时节的智慧。黑水鸡于天地间徜徉，和云朵相看两不厌。它们喜欢在湿地捕食昆虫，饱餐之后便会回到香气氤氲的荷塘中休憩。诗人细腻地描绘了黑水鸡和大自然和谐共存的美好场景，这样悠闲雅致的生活大概是很多人内心向往的梦境。黑水鸡，广泛分布于世界各地，中国黑水鸡在长江以北为夏候鸟，在长江以南多为留鸟。主要栖息于香蒲丛和芦苇丛中，安静温和，善于游泳。物语：自然景观，随处可见。

黑长尾雉

bái wù shān jìng duō wān yán　　yún xiá shàng xià wǔ piān xiān
白雾山径多蜿蜒，云霞上下舞翩跹。

dì zhì qiǎng zài zuì qián miàn　　zhǐ wèi hù huā bǎo píng ān
帝雉抢在最前面，只为护花保平安。

　　蜿蜒盘旋的山径宛如自然之手勾勒出的曲线，白雾弥漫，如梦似幻，呈现出神秘的氛围。云霞翩跹起舞，宛如仙境中的精灵，给人以无限遐想。黑长尾雉面对天敌时抢在最前面，只为保护爱侣脱身。这首诗描绘了一幅优美的自然景观，同时也赞美了黑长尾雉捍卫爱情的非凡勇气。黑长尾雉，别名：帝雉。国家一级保护动物。雄性黑长尾雉遇到危险会张开彩色羽毛正面吸引天敌，呼叫雌性逃走后，自己再向相反方向奔跑。物语：山高绝顶，海阔深情。

黑枕黄鹂

hēi zhěn huáng lí

今游晚秋惜离别，黑枕黄鹂牵挂多。
日月对望不忍落，欲将春种提前播。

　　暮秋将逝，黑枕黄鹂面对离别依依不舍。夕阳斜斜地铺落在山坡，给大地披上了一层温柔的光辉。在这美丽的景色中，鸟儿哀伤地鸣啭。它们渴望提前撒下春种，这样便能让收获的金秋早日归来。在这个季节里，人们往往会感受到岁月的流转和时光的飞逝，因此更加珍惜眼前的美好。黑枕黄鹂，国内分布于黑龙江、辽宁等地，国外分布于俄罗斯、朝鲜等地。黑枕黄鹂雌鸟和雄鸟羽色大致相近，雄鸟色彩相对鲜亮。物语：莺歌燕舞，迎春接福。

hēi zhěn wáng wēng
黑枕王鹟

hēi zhěn wáng wēng bì yù niǎo　　xiù zhēn cháo lǐ yù tiān jiāo
黑枕王鹟碧玉鸟，袖珍巢里育天骄。

qiǎo yòng shù zhī zuò zhàn dào　　yè fēng bù rěn bǎ mén qiāo
巧用树枝做栈道，夜风不忍把门敲。

　　黑枕王鹟是一种袖珍的鸟类，它们搭建起小巧玲珑的巢穴，在里面孕育幼雏，为家庭遮风挡雨。它们聪颖地利用树枝修起一座栈道，宛如人类屋前通往庭院的小径，温馨而美丽，充满幸福和温暖的气息。就连夜风都不忍心敲门，唯恐惊扰了它们的安宁。黑枕王鹟，中国境内常见迁徙鸟群，喜欢温暖环境，随季节迁徙，是福建和香港的常见冬候鸟。黑枕王鹟雄性鸟极为漂亮，雌鸟略显黯淡。极会护雏。物语：昨夜星辰，早已于心。

红翅绿鸠

情缘从来无尽头，鬓角染色何时休。
红翅绿鸠共花瘦，低吟浅唱伴春秋。

　　这首诗以优雅的语言讴歌了爱情的永恒和美好。情缘永无止境，而鬓角飞霜也不会停歇。红翅绿鸠却能陪伴花开花谢，低吟浅唱度过每一个春秋。诗人深情地赞美了爱情的坚韧，鬓角染色的隐喻也暗示着岁月的流转，但是爱情可以超越时间的限制，永远保持鲜活。红翅绿鸠，国外分布于日本及越南北方，国内分布于自秦岭至长江口以南、西至云南西南部、台湾等地。常见于山地针叶林或混交林及林缘耕地中。物语：色彩内涵，美的来源。

红耳鹎
hóng ěr bēi

bǎi huā yǔ chūn xiāng pì měi　　sāi hóng chū yún hóng ěr bēi
百花与春相媲美，腮红初匀红耳鹎。
jiào shēng wěi wǎn yòu qīng cuì　　tīng de dà dì xīn huā fēi
叫声委婉又清脆，听得大地心花飞。

　　百花与春相互映照，彰显了春天的繁荣和蓬勃的生命力。红耳鹎宛如羞涩的少女，淡抹胭脂，出落得楚楚动人。它的叫声委婉又清脆，如同天乐飘飘，飞扬在山川旷野。就连大地也静静聆听，忍不住心花绽放。诗人通过描绘大自然中的唯美景物，给予读者以美的享受。红耳鹎，国外分布于印度、不丹等地区，国内分布于西藏东南部等地。红耳鹎属于杂食性鸟类，城市或乡村的树丛枝头都可以轻易见到其身影。物语：娇艳美眉，与春约会。

红腹锦鸡
hóng fù jǐn jī

大地仰慕火凤凰，高天结成兰麝香。
dà dì yǎng mù huǒ fèng huáng　gāo tiān jié chéng lán shè xiāng

春风驾驭正能量，飞往人间送吉祥。
chūn fēng jià yù zhèng néng liàng　fēi wǎng rén jiān sòng jí xiáng

在诗人想象力的世界中，红腹锦鸡犹如火凤凰般高贵而神秘。它们在天空中挥洒火焰，流光溢彩，散发出浓郁的兰麝香气；它们俯视人间苍茫大地，仿佛神祇，眼眸中流露出悲悯；它们驾驭春风，唤醒大地的生机与活力，在人们的心中播撒下希望的种子，向人间传递幸福与吉祥。红腹锦鸡，为中国特有鸟种，主要分布于甘肃和陕西南部的秦岭地区。红腹锦鸡头顶的金黄色羽冠和五彩缤纷的羽毛，恰似凤冠霞帔。物语：心灵碰撞，春秋遐想。

红喉潜鸟
hóng hóu qián niǎo

红喉潜鸟水上扫，扫得曼妙浪花高。
hóng hóu qián niǎo shuǐ shàng sǎo   sǎo de màn miào làng huā gāo

趁势再将芭蕾跳，哪个见了不发烧。
chèn shì zài jiāng bā lěi tiào   nǎ ge jiàn le bù fā shāo

　　红喉潜鸟轻盈的身姿在波浪间翩跹起舞，宛如仙境中的精灵。它舞动的脚步如音符在空中飞跃，将浪花拂起，令人心醉神迷。它的水上芭蕾展现出极致的优雅，它的每一次表演都如此激情四溢，让人们仿佛见证了一场奇迹。红喉潜鸟用自己的身体语言，向人们展示了生命的绝美。红喉潜鸟，原生分布于奥地利、比利时、英国等地。红喉潜鸟身着色泽极为优雅的珠光外套，绯红色眼睛和绯红色喉羽搭配得体。物语：冰雪初融，再上归程。

hóng jǐng bàn pǔ yù
红 颈 瓣 蹼 鹬

yín hé shuǐ huà jǐ hé yuán　tiān shān xuě yìng chū chūn tiān
银河水划几何圆，天山雪映初春天。
yù niǎo jí zhe yào shēng dàn　zhǔn bèi qǐ chéng jí běi biān
鹬鸟急着要生蛋，准备启程极北边。

　　这首诗展现了诗人对自然的细腻感悟。首句呈现出银河的壮丽景象，以及宇宙万物运行的规律；接着，诗人描绘了初春时天山雪的皎洁；最引人注目的是诗中蕴含的生命奇迹。鹬鸟要在北方筑巢生蛋，需要穿越漫长而险恶的旅程，而它们却急不可耐地启程，展现了践行使命的坚毅和无畏。红颈瓣蹼鹬，国外分布于欧洲、非洲、美洲等地，国内分布于山东、江苏等地区。曾经有上百只红颈瓣蹼鹬到访山东威海附近海域。物语：水墨丹青，万里无穷。

<ruby>红<rt>hóng</rt></ruby> <ruby>梅<rt>méi</rt></ruby> <ruby>花<rt>huā</rt></ruby> <ruby>雀<rt>què</rt></ruby>

<ruby>春<rt>chūn</rt></ruby><ruby>袍<rt>páo</rt></ruby><ruby>一<rt>yī</rt></ruby><ruby>袭<rt>xí</rt></ruby><ruby>总<rt>zǒng</rt></ruby><ruby>关<rt>guān</rt></ruby><ruby>情<rt>qíng</rt></ruby>，<ruby>凝<rt>níng</rt></ruby><ruby>朱<rt>zhū</rt></ruby><ruby>樱<rt>yīng</rt></ruby><ruby>桃<rt>tao</rt></ruby><ruby>染<rt>rǎn</rt></ruby><ruby>披<rt>pī</rt></ruby><ruby>风<rt>fēng</rt></ruby>。

<ruby>红<rt>hóng</rt></ruby><ruby>梅<rt>méi</rt></ruby><ruby>花<rt>huā</rt></ruby><ruby>雀<rt>què</rt></ruby><ruby>芳<rt>fāng</rt></ruby><ruby>心<rt>xīn</rt></ruby><ruby>动<rt>dòng</rt></ruby>，<ruby>笑<rt>xiào</rt></ruby><ruby>喊<rt>hǎn</rt></ruby><ruby>明<rt>míng</rt></ruby><ruby>月<rt>yuè</rt></ruby><ruby>迎<rt>yíng</rt></ruby><ruby>归<rt>guī</rt></ruby><ruby>鸿<rt>hóng</rt></ruby>。

　　春阳和煦，微风旖旎。红梅花雀宛如花季少女，换上应景的服饰。它们身着嫩黄色轻衫，外罩霞帔，好似樱桃润雨般妩媚。这首诗描绘了春天的美丽景色和鸟儿娇俏的模样，传递出喜悦且羞涩的心情。红梅花雀历经寒冬，终于等来心爱的大雁回归。但它不敢过于显露心意，便召唤明月一起前去迎接。红梅花雀，国内分布于云南、贵州等地区，国外分布于巴基斯坦、印度等地。颜色亮丽，鸣叫声多变动听。物语：生机盎然，风光无限。

红隼
_{hóng sǔn}

曾经任性云海里，翻天覆地无尽期。
_{céng jīng rèn xìng yún hǎi lǐ　fān tiān fù dì wú jìn qī}

如今顺了老天意，只待春来迎风起。
_{rú jīn shùn le lǎo tiān yì　zhǐ dài chūn lái yíng fēng qǐ}

　　这首诗以蕴含深意的意境描绘了一个人的转变与成长。曾经，他在云海里任性，笑迎无尽的未来；他曾翻天覆地，挥洒无限的激情。如今他顺应着老天的意愿，接受了自己的命运，收敛锋芒，不再任性，而是等待春天到来，迎接新的航程。这首诗展现了一个人从青春的张扬到成熟的转变，令每一个读者都能感同身受。红隼，比利时国鸟。它被收入中国《国家重点保护野生动物名录》，级别二级，善于逆风飞翔，俯冲捕猎。物语：祈求如愿，天赐良缘。

hóng tóu qián yā
红 头 潜 鸭

lǜ guāng xīn pēi tiān shàng lái　　hóng tóu qián yā xià shuǐ hāi
绿 光 新 醅 天 上 来，　红 头 潜 鸭 下 水 嗨。
yōu zāi yóu zāi hǎo zì zài　　tiān mén shuǐ mén mén mén kāi
优 哉 游 哉 好 自 在，　天 门 水 门 门 门 开。

　　翠绿春色如新酒，从天而降，润泽大地。红头潜鸭羽毛油亮柔软，它们在水面上浮游，宛如朵朵莲花绽放。"优哉游哉好自在"这句诗表达了鸟儿在大自然中感受到的自在和快乐。在这片自然的天地里，它们尽情游玩、享受自由，没有束缚。最后一句"天门水门门门开"，形象地比喻了季节带来的希望。红头潜鸭，别名：红头鸭。繁殖于中国新疆天山，迁徙时集合成大群飞行，场面壮观，见于中国东北、西北部等地。物语：持有特技，无与伦比。

红头穗鹛
hóng tóu suì méi

jiǎo yuè hán xīng fēng bù lěng　hóng tóu suì méi yáng gāo shēng
皎月寒星风不冷，红头穗鹛扬高声。

rì chū huàn xǐng fú róng mèng　fāng zhī shēn zài qiū sè zhōng
日出唤醒芙蓉梦，方知身在秋色中。

　　诗人以独特的笔触描绘了秋天的景象，给人们带来了极致的视觉享受和情感体验。诗中的"皎月""寒星"，呈现出清冷、明亮的氛围，它们与温柔的秋风相呼应。红头穗鹛的歌声在大地上回荡，日出的万丈光芒唤醒了美梦，人们这才发现秋色是如此唯美，就连梦境都变得绚丽多彩。红头穗鹛，国外分布于尼泊尔中部，国内分布于西藏、陕西南部等地。主要栖息于亚热带常绿阔叶林和针叶阔叶混交林带。物语：胸怀宽广，谦和忍让。

红头咬鹃

hóng tóu yǎo juān

fēng yǔ shí cháng qǐ bō lán　　xiōng huái kuān kuò kě zhuāng tiān
风雨时常起波澜，胸怀宽阔可装天。

hóng tóu yǎo juān yě yàn juàn　　hé shí kě yǐ wú dōng hán
红头咬鹃也厌倦，何时可以无冬寒。

　　这首诗以精炼的文字表达了诗人心胸宽阔、潇洒自由的精神追求。生活像风雨，时常起起伏伏，激起层层波澜。诗人将生活中的阻碍看作是成长与进步的机遇，用宽广的心胸去承受。红头咬鹃眷恋温暖，厌倦了严寒，而诗人也同样期盼着能够摆脱束缚，迎接春暖花开。红头咬鹃，被收入中国《国家重点保护野生动物名录》，级别二级。红头咬鹃羽毛艳丽，雄性头部有大片鲜艳红色。生性机警，飞行速度很快。物语：静立长亭，歌尽春风。

红头长尾山雀

富时莫忘旧时贫，春暖燕雀都宽心。
没有鸟儿天生笨，年年花季风酬勤。

　　无论我们身处何种富裕环境，都不应忘记曾经的贫困岁月，这种态度会促使人们更加珍惜现在的幸福生活。燕雀在温暖的春天里不仅享受着美好的季节，还有它们努力奋斗后的硕果。诗人还着意强调了鸟儿的聪明与勤劳，表明没有哪只鸟儿天生愚笨。人类也是如此，天道酬勤，只要我们付出努力，就都能在逆境中找到生存的智慧与快乐。红头长尾山雀，国外分布于巴基斯坦、尼泊尔等地区，国内分布于南北多个地区。物语：宁静自在，从无挂碍。

红胸秋沙鸭

hóng xiōng qiū shā yā

fēng liú hóng xiōng qiū shā yā　　jiāng hé hú hǎi dōu shēng wá
风流红胸秋沙鸭，江河湖海都生娃。
liáng cāng ān zhì shuǐ dǐ xia　　shá shí xiǎng chī shá shí ná
粮仓安置水底下，啥时想吃啥时拿。

　　红胸秋沙鸭以其美丽的外表和高雅的气质，成为广袤水域中的亮丽风景。它们游弋在波光中，翩翩起舞，给人们带来了无尽的惊喜。无论是江河湖海，它们都能找到自己的家园，无论何时都能随心所欲地享用美食。这首诗描绘出红胸秋沙鸭满足于温饱的心态，同时也赞美了大自然的慷慨。红胸秋沙鸭，国外繁殖在欧亚大陆等地区，国内繁殖于东北北部地区。红色嘴巴细长有钩，可以捕捉各种黏滑小鱼，偶尔也吃植物嫩茎叶。物语：春来冬去，自强自足。

hóng yī zhǔ jiào niǎo
红衣主教鸟

收割风雨夏磅礴，青涩长大变硕果。
热力不落天上月，只教小鸟无字歌。

　　这首诗以简洁而富有画面感的语言，赞美了大自然的力量和生命的成长。夏雨磅礴，滋养生命，使得果实茁壮成长，展现了生命的丰盛。红衣主教鸟火红的羽毛如同太阳炽热的光芒，丝毫不逊色于天上的明月。但它们无心与日月争辉，只是安详地坚守自己的幸福生活，教幼鸟啼鸣，品四季寒暑，展示出生命的美好与纯粹。红衣主教鸟，中文名北美红雀，分布于加拿大南部、美国、墨西哥等地。声音如歌，美妙至极。物语：心静如水，日月同辉。

红嘴蓝鹊
hóng zuǐ lán què

流光溢彩枝头娇，常比太阳起得早。
ruò fēi chī xiāng bèi dǎi dào　mǎn fù měi shí shuí zhī xiǎo
若非吃相被逮到，满腹美食谁知晓。

　　这是一首充满谐趣的生活小品。红嘴蓝鹊的羽毛流光溢彩，华贵典雅，它们清早起来捕食，当人们还沉浸在甜梦之中时，它们就已经大快朵颐。诗人诙谐地用"满腹美食"来形容鸟儿的低调奢华，显得趣味盎然。诗人擅长发掘生活中美好的点滴瞬间，显现出积极乐观的人生态度。红嘴蓝鹊，国外分布于越南、锡金等地区，国内分布于河北、陕西等地。喜欢在树林和果林的枝头间跳跃鸣叫。物语：生性如此，心存感激。

<ruby>红<rt>hóng</rt></ruby> <ruby>嘴<rt>zuǐ</rt></ruby> <ruby>鸥<rt>ōu</rt></ruby>

<ruby>九<rt>jiǔ</rt></ruby> <ruby>天<rt>tiān</rt></ruby> <ruby>揽<rt>lǎn</rt></ruby> <ruby>月<rt>yuè</rt></ruby> <ruby>任<rt>rèn</rt></ruby> <ruby>风<rt>fēng</rt></ruby> <ruby>流<rt>liú</rt></ruby>，<ruby>出<rt>chū</rt></ruby> <ruby>岫<rt>xiù</rt></ruby> <ruby>云<rt>yún</rt></ruby> <ruby>噙<rt>qín</rt></ruby> <ruby>红<rt>hóng</rt></ruby> <ruby>嘴<rt>zuǐ</rt></ruby> <ruby>鸥<rt>ōu</rt></ruby>。

<ruby>春<rt>chūn</rt></ruby> <ruby>城<rt>chéng</rt></ruby> <ruby>相<rt>xiāng</rt></ruby> <ruby>思<rt>sī</rt></ruby> <ruby>梦<rt>mèng</rt></ruby> <ruby>依<rt>yī</rt></ruby> <ruby>旧<rt>jiù</rt></ruby>，<ruby>呼<rt>hū</rt></ruby> <ruby>朋<rt>péng</rt></ruby> <ruby>唤<rt>huàn</rt></ruby> <ruby>友<rt>yǒu</rt></ruby> <ruby>飞<rt>fēi</rt></ruby> <ruby>回<rt>huí</rt></ruby> <ruby>头<rt>tóu</rt></ruby>。

　　这首诗不仅展现了诗人自由奔放的个性，也寄托了她对生活的热忱。"出岫云噙红嘴鸥"这句诗遣词精妙，红嘴鸥在云间穿梭的姿态仿佛是被云朵噙在嘴中，诗人将自然景色与美丽的鸟儿勾连为一体，给人以美好的想象。它们眷恋昆明的风花雪月，在空中呼朋唤友一起回归，这是从侧面赞美了春城之美。红嘴鸥，喜欢集结成群穿梭于世界各地的江河湖海，在中国主要为冬候鸟，于春城滇池上空漫天飞舞，被称为昆明红嘴鸥。物语：风来云望，年节如常。

红嘴相思鸟
hóng zuǐ xiāng sī niǎo

风唤春来用绝招，愉悦红嘴相思鸟。
fēng huàn chūn lái yòng jué zhāo　yú yuè hóng zuǐ xiāng sī niǎo

远山渐成阳光道，近水深处无波涛。
yuǎn shān jiàn chéng yáng guāng dào　jìn shuǐ shēn chù wú bō tāo

　　冬阳和煦，仿佛春天的气息已经降临。远处的山峦逐渐被阳光照亮，仿佛开启了一条通往温暖的道路。临近岸边的湖泊平滑如镜，没有涟漪荡漾，宁静宜人。这幅水色山光的美景令相思鸟为之陶醉，它们尽情地沉浸在爱河之中，憧憬着不远的幸福未来。这首诗不仅仅是对自然景色的描述，更是对美好生活的赞美。红嘴相思鸟，分布于印度，中国西藏、云南等地。雌雄鸟外形稍有差别。羽色艳丽，叫声婉转。物语：相思有信，风送温馨。

hóng cǎi xī mì yīng wǔ 虹彩吸蜜鹦鹉

hóng cǎi xī mì yīng wǔ xiāng
虹彩吸蜜鹦鹉香，zhǐ yīn diē jìn huā fěn fáng只因跌进花粉房。
běn xiǎng yào gè qīng xiù yàng
本想要个清秀样，fēng liàn dié wǔ rèn xiá xiǎng风恋蝶舞任遐想。

　　虹彩吸蜜鹦鹉浑身散发异香，那是百花的花粉沾染在它的身上。它五彩斑斓的羽毛宛如天边的彩虹，如此灿烂夺目，无人能忽视它的存在。有趣的是，虹彩吸蜜鹦鹉对于自己过于"高调"的魅力却颇为不满，它更希望自己相貌清秀，这样才能给追求者们更多遐想的空间。虹彩吸蜜鹦鹉，分布于澳大利亚和印度尼西亚热带雨林区。虹彩吸蜜鹦鹉全身上下羽毛色彩宛若彩虹，璀璨夺目，以花粉和花蜜为主食。物语：有情有义，形影不离。

虎皮鹦鹉

虎皮鹦鹉学人言，已经形成时尚圈。
夜半就着月光看，不忍惊艳变老年。

　　这首诗以华丽的辞藻和动人的意境，赞美了虎皮鹦鹉的独特魅力。它们擅长学习人类的语言，成为时尚人士的爱宠。在夜半朦胧的月光下，它们展现出如珍似宝的模样，让人们不忍心见它们容颜衰老。诗人以引人入胜的意境，通过虎皮鹦鹉的形象，引发了读者对于岁月和美好事物的珍惜。虎皮鹦鹉，原产于大洋洲。数量之多，饲养之广泛，绝对能称得上是鸟中之冠。无论在哪个国家都是小朋友和年轻人喜欢的宠物。物语：何不弃养，自由飞翔。

虎头海雕

hǔ tóu hǎi diāo

bō yún luò rì líng fēng xiáng　　hǔ tóu hǎi diāo yǎn fā guāng
拨云落日凌风翔，虎头海雕眼发光。
rèn yóu nù hǎi xiān jù làng　　zhí jiāng yú qún dāng kǒu liáng
任由怒海掀巨浪，直将鱼群当口粮。

　　这首诗字里行间充满了力量和豪情，热情赞美了虎头海雕的英勇和果敢。它以自由自在的姿态穿越云层，以锐利的目光注视着世界。它的豪情壮志使它能够面对海洋的挑战，并将其转化为自己的力量。这首诗激发了人们追求自由、勇往直前的精神，令读者不禁为虎头海雕的英勇气概而热血沸腾。虎头海雕，有纵纹，如虎斑，故而得名。体形大而威猛，虎头海雕叫声深沉而嘶哑，常在空中滑翔或盘旋。中国见于吉林珲春等地。物语：海阔天空，成就雄鹰。

花 脸 鸭

<small>huā liǎn yā</small>

<small>bái yún wú xīn liàn cǎi xiá　　xié fēng sòng lái huā liǎn yā</small>
白云无心恋彩霞，携风送来花脸鸭。
<small>shēn zhèn wān pàn měi rú huà　　liú zài zhè lǐ ān gè jiā</small>
深圳湾畔美如画，留在这里安个家。

　　霞光殷勤挽留，白云却无心驻足，它携着飘拂的清风将花脸鸭送到如诗如画的深圳湾。这里碧波荡漾的水流倒映着迷人的天空，美不胜收；这里的一草一木，一石一影，都充满了生机，给人一种宁静与舒适的感受。无论是白天还是夜晚，我们都能体会到大自然的馈赠和人间的温暖，让人心怀感激。花脸鸭，雄性面部颜色华丽，如同京剧脸谱，雌性色彩相对暗淡一些。主要在长江流域及中国东南部地区越冬。物语：时过境迁，终成遗憾。

huà méi
画 眉

bù diǎn yān zhi bù huà méi　　chuān yún liè shí měi shēng fēi
不点胭脂不画眉，穿云裂石美声飞。

chūn xuān yī rì chéng xīn guì　　xiāng yīn tí jìn chūn jiāng běi
椿萱一日成新贵，乡音啼尽春江北。

　　诗人借画眉鸟塑造了一位歌艺超凡的艺术形象。她不施粉黛，素面朝天，但她的歌声能穿云裂石，直达天际。诗中的"椿萱"在中国传统文化中代指父母双亲，在这首诗中我们可以理解为成熟的画眉鸟。它们因为歌声成为人类的新宠，从此春江以北都能听到它们思乡的啼音。画眉，分布于越南，中国甘肃、陕西等地区，被列入中国《国家重点保护野生动物名录》，级别二级。画眉性情温和，善于鸣叫，极爱干净。物语：琴瑟和鸣，悦耳动听。

huán jǐng héng
环 颈 鸻

wàn lǐ shuǐ jìn gù xiāng fēng　　tiān biān fēi lái huán jǐng héng
万 里 水 尽 故 乡 风， 天 边 飞 来 环 颈 鸻。

chuāng wài míng yuè dà rú jìng　　bàn liàng zhī hòu qù lǚ xíng
窗 外 明 月 大 如 镜， 扮 靓 之 后 去 旅 行。

　　长江万里蜿蜒到天尽头，故乡飘来的风在那里盘桓不去，仿佛
在声声低吟，呼唤游子早日归去。环颈鸻生来向往广阔的天地，它
们踌躇满志，期待飞赴远方。当窗外明月高悬，澄澈的光芒照亮大
地，只见一行灵动的剪影映在月亮之上，那是环颈鸻远行的身影。
这首诗如画般空灵，意境悠远。环颈鸻，具有极强的飞行能力，生
活离不开海河湖泊的水环境。国外分布于欧洲、亚洲等许多国家，
国内分布于陕西、山西等地。物语：月光如水，鸟儿思飞。

黄鹡鸰
huáng jī líng

cháng kōng wàn lǐ wén gǔ shēng　zhēng míng fēi chū huáng jī líng
长空万里闻鼓声，争鸣飞出黄鹡鸰。
jīn suī yǒu yì hàn shān dòng　què yě wú yì luò yún fēng
今虽有意撼山动，却也无意落云峰。

　　云涛汹涌的长空，隐隐传来战鼓轰鸣。黄埃散漫处，铺天盖地的黄鹡鸰严阵以待。它们仿佛身着金甲的天兵，鸣叫声如凤啼，如龙吟，令敌人心胆俱裂。诗人用绮丽的画笔铺设了一幅神话般的场景，后两句更是格调高昂，凸显主题。黄鹡鸰有心创建丰功伟绩，却无意赢取功名。它们将热血泼洒在疆场，践行无悔的青春。黄鹡鸰，分布于欧洲、亚洲和非洲，中国广东、广西、福建等地。经常结群或成对觅食嬉戏。物语：花红人间，香味弥漫。

huáng méi liǔ yīng
黄 眉 柳 莺

chén xiāng zhī tóu wèi tān huān　　huā lěi shí cháng chāo wǎng nián
沉香枝头未贪欢，花蕾时长超往年。
huáng méi liǔ yīng lái kè chuàn　　měi shēng huàn xǐng kāi chūn tiān
黄眉柳莺来客串，美声唤醒开春天。

　　春风和暖，枝头萌发珍珠粒般的花苞，斑斑点点，楚楚可人。它们并不是贪恋昨夜的欢愉，而是沉溺于天地温暖的怀抱，因此迟迟不见绽放。性急的黄眉柳莺飞来，客串起春的使者，它们用婉转的鸣叫声唤醒沉睡的花苞，催促万物复苏，共同迎接美好的春天。黄眉柳莺，分布于俄罗斯、朝鲜，中国新疆、内蒙古等地。黄眉柳莺娇小可爱，除了黄眉斑纹，背羽以橄榄绿色或褐色为主，极具隐蔽性。物语：鸟喧春情，秋香跃动。

灰背椋鸟
huī bèi liáng niǎo

横枝花立噪林鸟，云歇风静莫逆交。
héng zhī huā lì zào lín niǎo　　yún xiē fēng jìng mò nì jiāo

裹着月光睡一觉，醒来再与天比高。
guǒ zhe yuè guāng shuì yī jiào　　xǐng lái zài yǔ tiān bǐ gāo

　　横枝花如美人簪，鸟衔宝珠露华灿。云歇雨住，清风无声，岁月静美，只闻蝉鸣。诗人开篇便为我们勾描出一幅娴雅的工笔画卷，令人心向往之。诗的后两句以直白的语言呈现出灰背椋鸟洒脱的个性，它不急不躁，随遇而安，安心地享受静谧的月夜，等到明晨醒来再整装出发。灰背椋鸟，别名：噪林鸟。繁殖于中国南方及越南北部，冬季群体迁至东南亚和中国台湾、海南岛越冬。生性活泼，经常和其他种类混群。物语：抱团取暖，出入平安。

灰卷尾

huī juǎn wěi

mù jìn shān hé sòng yuè huí　　　tà yún fǎn xiāng huī juǎn wěi
目尽山河送月回，踏云返乡灰卷尾。
fēi yuè gù dì pǐn xīn wèi　　　yòu jiàn tiān jì hǎo fēng chuī
飞越故地品新味，又见天际好风吹。

　　这首诗充满了深沉而热烈的情感，以广阔的视野描绘了追求梦想的豪迈与归乡的思绪。诗人先是铺设出寥廓清朗的背景，也隐喻着时间的流逝和生命的短暂。灰卷尾穿梭在云海，途经故乡时忍不住驻足停留。它感受着家乡的变化和新奇，这种新旧交融的体验让人品味到了生活的韵味。灰卷尾，分布于巴基斯坦、印度、斯里兰卡，中国河北、陕西等地区。主要栖息于平原丘陵地带、村庄附近、河谷或山区。物语：自由自在，佛心无界。

灰 脸 鵟 鹰
huī liǎn kuáng yīng

千峰重叠乱天庭，鵟鹰腾空云海惊。
qiān fēng chóng dié luàn tiān tíng　kuáng yīng téng kōng yún hǎi jīng

呼啸盘旋任放纵，隔山听得树摇风。
hū xiào pán xuán rèn fàng zòng　gé shān tīng de shù yáo fēng

　　诗的首句展现了无数山峰重叠的景象，传递出一种震撼人心的美，让人感受到大自然的瑰玮和神秘。诗人笔下的鵟鹰象征着力量和自由，它腾空而起，搅乱云海，进一步增强了诗的艺术感染力。诗人通过描述鵟鹰盘旋放纵的姿态，表达了对自由的向往。最后一句则充满了浪漫主义色彩，令人回味无穷。灰脸鵟鹰，繁殖于俄罗斯东部、日本和朝鲜等地。飞行缓慢沉重，灰脸鵟鹰善于在高空盘旋，常以几何圆圈方式翱翔。物语：山水田园，浓缩画卷。

huō yǎn é
豁 眼 鹅

xià rì chuí liǔ tīng chán míng　　chí táng wú lián shuǐ zhì qīng
夏日垂柳听蝉鸣，　池塘无莲水至清。
wǔ lóng é qún qí yóu dòng　　jiǎo qǐ yān bō wàn qiān qǐng
五龙鹅群齐游动，　搅起烟波万千顷。

　　垂柳在微风中轻摆，似乎在倾听蝉鸣。清澈的池塘没有莲花点缀，却因水的澄澈而令人心旷神怡。五龙鹅群在水面上留下一串串涟漪，搅起烟波万千顷。这景象犹如一幅宏伟的画卷，让人心生向往。诗人将夏日的美景展现得淋漓尽致，让人感受到了大自然的魅力和多情。豁眼鹅，别名：五龙鹅。广泛分布于山东、辽宁、吉林等地区。山东莱阳产区属于海洋性气候，气候适宜，浅水渠塘较多。豁眼鹅为国家农产品地理标志产品。物语：沧海桑田，随时变幻。

家 燕
jiā yàn

深情只须一线牵，剪云飞往谷仓前。
shēn qíng zhǐ xū yī xiàn qiān   jiǎn yún fēi wǎng gǔ cāng qián

遥看巢中小乳燕，张开双翅飞上天。
yáo kàn cháo zhōng xiǎo rǔ yàn   zhāng kāi shuāng chì fēi shàng tiān

　　这首诗描绘了亲情的力量和自由飞翔的美好景象。情感的纽带可以连接两颗心灵，家燕双双如剪云般飞往谷仓前，展现了自由与灵动之美。小乳燕初出茅庐，张开稚嫩的双翅飞上天，开启了生命的旅程。整首诗通过简练的语言和形象的描写，传递了一个积极向上的主题：亲情可以使我们超越现实的桎梏，滋养内心的自由和梦想。家燕，分布于欧洲、亚洲、澳洲及非洲。喜欢居住于乡村寨子打麦场谷仓周围。物语：羽翼丰满，只待飞天。

jiāo liáo
鹪 鹩

jiāo liáo shēn zhuó sù yī shang　　gē shēng měi lì yòu yōu cháng
鹪鹩身着素衣裳，歌声美丽又悠长。
qiào wěi dàng chéng zhǐ huī bàng　　bié yàng fēng cǎi jiào dé dàng
翘尾当成指挥棒，别样风采叫得当。

　　鹪鹩羽毛朴素，展现出优雅的风采。它的歌声美丽悠扬，仿佛是一曲动听的乐章。每一次翘尾的动作，都宛如指挥棒在挥动。它的风采卓尔不群，让人叹为观止。它不需要繁复艳丽的羽毛装饰，只凭借一袭素衣便能散发出迷人的魅力。诗人告诉读者：美丽不需要华贵的装饰，只需内心的光芒便能令人目眩神迷。鹪鹩，为中国境内常见鸟类。鹪鹩羽毛颜色棕褐色带黑色条纹，体形圆鼓鼓的如同可爱的小毛球，喜欢鸣叫。物语：经营未来，互敬互爱。

金 雕
jīn diāo

乌儿振翅皆大同，独有金雕不驾风。
niǎo ér zhèn chì jiē dà tóng　dú yǒu jīn diāo bù jià fēng

俯冲之时似入定，抓起猎物回高空。
fǔ chōng zhī shí sì rù dìng　zhuā qǐ liè wù huí gāo kōng

　　乌儿无拘无束地穿梭于云间，唯有金雕展现出与众不同的风姿，它独步天下，以其高昂的气势和卓越的飞行技巧让人倾倒。当金雕俯冲而下，如同一位入定的修行者，展现出超凡的专注力和冷静的智慧。在那一瞬间，时间仿佛静止。它将猎物紧紧地攥在爪中，仿佛在告诉世人，它是天空的霸主，无可匹敌。金雕，分布于北美洲、欧洲、中亚、东亚、西亚及北非地区，被列入中国《国家重点保护野生动物名录》，级别一级。物语：登山驾云，圆满乾坤。

金定鸭
jīn dìng yā

yǔ dǎ hé yè zhāng kāi sǎn　　wàn qiān jīn dìng yā sā huān
雨打荷叶张开伞，万千金定鸭撒欢。
fēng zào jǐng sè yún tōu kàn　　dàn jiàn bì bō shuǐ lián tiān
风造景色云偷看，但见碧波水连天。

　　这首诗展现了自然界的勃勃生机。雨滴淋漓，荷叶张开小伞。金定鸭愉快地撒欢，展示了生命的活力。风吹动山川，而云朵则窥视着这一切，添增了一丝神秘感。碧蓝色的波浪与天空相连，构成了一幅壮丽的画卷，诗人借此诗传递出对生活的热爱和对大自然的恋慕之情。金定鸭，福建省漳州市特产，中国国家地理标志保护产品。原产于福建省漳州市龙海区紫泥镇金定村，故而得名金定鸭。羽色漂亮，体形丰满，抗病力强。物语：大地豪情，顺水丰盛。

金眶鸻

jīn kuàng héng

jīn kuàng héng qiāo yàn ní tān　　xì zú bàn yuè dǎ gǔ diǎn
金眶鸻敲燕泥滩，细足伴乐打鼓点。
jīn sī yǎn jìng běn càn làn　　yòu jiāng lǐng dài rào yī quān
金丝眼镜本灿烂，又将领带绕一圈。

　　这首诗将自然界中的景象与人类的时尚元素巧妙地结合在一起。诗中的描绘也透露出诗人对生活中点滴细节的敏感和热爱。这种对自然与美的感悟，不仅展示了诗人对大自然的赞美之情，也启发了读者对于生活中微小事物的重视和品味。金眶鸻，分布于俄罗斯、日本等地，中国境内广泛分布。金眶鸻戴着金丝眼镜，沙褐色外套敞开露出白衬衫，颈部绕一圈黑色领带，喜欢在沙滩或水面上疾走时猝然停止，甚是有趣。物语：动人海岸，冬天可见。

金丝雀

jīn sī què

色如云霞本不多，五彩缤纷无奈何。
sè rú yún xiá běn bù duō   wǔ cǎi bīn fēn wú nài hé

金丝笼里金丝雀，风流来赴三生约。
jīn sī lóng lǐ jīn sī què   fēng liú lái fù sān shēng yuē

　　这首诗以绚烂多彩的意象凸显出生命之美。色如云霞，纷繁绚烂，金丝雀如太阳之子，高贵典雅，令所有庸脂俗粉黯然失色。诗中的"风流"一词代表了一种潇洒、不羁的态度，金丝雀坚守三生约定，表现出它黄金般的珍贵品质。金丝雀，为国内外著名的笼养观赏鸟类。原产于亚桑尼士及马打尼亚岛，中国引入观赏。原种似我国的鹃类，经人工培育出现了黄色、白色、绿色、橘红色、古铜色等羽色，叫声也比原种好听。物语：沸腾梦想，魅力至上。

jīn tóu shàn wěi yīng
金头扇尾莺

xiāng sī fǎn bèi xiāng sī kǔ　　dàn xíng hǎo shì wèi yù chú
相思反被相思苦，但行好事为育雏。
jīn tóu shàn wěi yīng fū fù　　wèi wèn qián chéng yǐ zhī zú
金头扇尾莺夫妇，未问前程已知足。

　　诗人通过"相思反被相思苦"的描述，抒发了爱情带来的甜蜜与苦涩。然而，诗人并未陷入消极的情绪之中，而是提醒人们坚守信念，爱情之花总会结出硕果。诗人还细腻描绘了金头扇尾莺两情相悦，共同育雏的生动场景。它们脚踏实地构建出幸福生活，专注于当下，不问前程。金头扇尾莺，分布于尼泊尔、印度、泰国，中国广东、云南、湖南等地。体形娇小玲珑，雄性求偶时鸣叫声委婉动听，含情脉脉。物语：自愿结对，无怨无悔。

jiǔ hóng zhū què
酒红朱雀

mián fēng tà yuè jié qún wán　　hū rán zé rì fēi jiǔ tiān
眠风踏月结群玩，忽然择日飞九天。
yuán běn yú shuǐ xiāng liú liàn　　zěn kě yī qù bù huí huán
原本鱼水相留恋，怎可一去不回还。

　　这首诗以"眠风踏月结群玩"开篇，生动描绘了大自然生物的欢快活动，展现出一派和谐与美好。然而，酒红朱雀突然飞向九天，这种突变的行为引发了读者的思考。诗人随即表达了对鱼水相留恋的反问，暗示了爱情与缘分转瞬即逝，生命中充满遗憾。诗人巧妙地通过这首诗提醒我们要珍惜当下，把握机遇。酒红朱雀，分布于印度、缅甸和尼泊尔等地，中国宁夏、甘肃、湖北等地。酒红朱雀美如其名，鸣叫声婉转动听。物语：阳光醒来，撞个满怀。

巨 嘴 柳 莺

jù zuǐ liǔ yīng

sāi hóng cháng yǔ lù jié yuán　　jù zuǐ liǔ yīng méi yǎn huān
腮红常与绿结缘，巨嘴柳莺眉眼欢。
wǔ mèi bù wèi xiāng sī luàn　　cháng yè jiāo yǔ chūn chéng dān
妩媚不为相思乱，长夜交予春承担。

　　这首诗描绘了一个美丽妩媚的女子形象。她的面颊红润如娇花，鬓发似绿云，洋溢着青春之美。她的眉眼间萦绕着欢愉，闪耀着动人的光芒。难能可贵的是，她虽然满怀情愫，却不会为相思乱了心绪。纵使夜晚漫长而寂寥，她也不会辗转难眠，而是沉浸在美好的春景之中，展现出强大的自信。巨嘴柳莺，繁殖于俄罗斯、朝鲜等地区，分布于中国内蒙古东部、黑龙江等地。栖息于乔木阔叶林下灌丛、矮树枝上或林缘草地。物语：锦绣河山，天然资源。

军舰鸟

jūn jiàn niǎo

gāo shān chéng zài fēng qíng gǎn　　liú shuǐ chán chán yíng chūn tiān
高山承载风情感，流水潺潺迎春天。
hǎi shàng lüè duó kuài rú diàn　　qiān qí bǎi guài dà zì rán
海上掠夺快如电，千奇百怪大自然。

　　高山承载着风情万种，犹如仙境。山峦起伏，雄浑壮丽，仿佛在述说着自然的雄伟与威严。流水清澈潺潺，欢快地迎接春天的到来。鱼儿欢快嬉戏，水草摇曳生姿，一切生命都在这美丽的流光中欢舞。诗的前两句营造出一派和谐旖旎的氛围，与后两句中军舰鸟的掠夺行为形成鲜明反差，从而增强了艺术感染力。军舰鸟，分布于全球热带和亚热带近岸海域，见于中国广东、福建沿海等地。常在半空抢夺其他海鸟捕捉的猎物。物语：心摧胆折，无可奈何。

kuí huā fèng tóu yīng wǔ
葵花凤头鹦鹉

chūn fēng fú miàn zhī tóu sū　　fèng tóu yīng wǔ dāng qiáo chǔ
春风拂面枝头酥，凤头鹦鹉当翘楚。

quàn shuō kuí huā bié jí dù　　gēn suí niǎo ér qù xiǎng fú
劝说葵花别嫉妒，跟随鸟儿去享福。

　　这首诗以"春风拂面""枝头酥"的意象描绘了美好的春天。凤头鹦鹉独特的风姿让人眼前一亮。诗人戏谑地劝说葵花别嫉妒，表达出一种豁达潇洒的风度，提醒我们不要陷入嫉妒之中，而是应该学会欣赏他人的美丽和成功。这首诗以其独特的韵味和寓意，向我们传递出乐观的人生态度。葵花凤头鹦鹉，全身雪白，头顶黄色羽冠，愤怒时羽冠会开放成葵花形状。葵花凤头鹦鹉在澳大利亚栖息于森林或农田，喜欢结队群居。物语：自然意趣，云林深处。

lán bā sè dōng
蓝八色鸫

bì kōng dié qióng bā sè dōng　　měi zhì bái yún yě liú yǐng
碧空叠琼八色鸫，美至白云也留影。
dōng fēng chuán lái zhé guì lìng　　zhí jiào lín duān rào cǎi píng
东风传来折桂令，直教林端绕彩屏。

　　明澈的碧空，鸫鸟在飞翔。白云飘逸，一幅幅美景瞬间定格在空中，令人难以忘怀。东风吹拂，似传来折桂令，令人心潮澎湃。诗中的"折桂令"本是曲牌名，有"蟾宫折桂"的寓意，同时也暗示金秋到来。诗人借此描绘出在成熟的季节里，人们迎来收获和成功的喜悦。蓝八色鸫，国外分布于不丹、印度、缅甸等地区，国内分布于云南等地区。主要栖息于热带雨林中。雌雄结对后，会选择在林木底层或地面隐蔽处营巢。物语：自然景色，地之依托。

蓝 额 红 尾 鸲
lán é hóng wěi qú

zhòng fāng yōng xiāng tiān kě qīng　　shān gāo yǒu fēng gèng chū míng
众芳拥香天可倾，山高有峰更出名。

lán é hóng wěi qú wú yòng　　wéi jiāng xiǎo qǔ yán mó nóng
蓝额红尾鸲无用，唯将小曲研磨浓。

　　这首诗以娓娓动听的词句，展现了自然界的美妙和人文情感的共鸣。诗人通过"众芳拥香天可倾"一句，将花朵的芬芳之美娓娓道来；接着，"山高有峰更出名"这句突出了山峰独特的地位和名声；而后两句表示蓝额红尾鸲只有磨砺自己的歌唱技巧，才能与其他自然景观相媲美的道理，引发读者的思考。蓝额红尾鸲，国外繁殖于巴基斯坦等地区，国内见于宁夏、甘肃西北部、青海南部、湖北、四川北部、贵州等地。物语：花开于海，另外理解。

蓝凤冠鸠

chūn yǔ bǎi huā wú jù lí　　dà fēng qǐ shí cǎi yún dī
春与百花无距离，大风起时彩云低。

lán fèng guàn jiū tiān diàn jì　　hū huàn biàn shì ài zhī shǐ
蓝凤冠鸠天惦记，呼唤便是爱之始。

　　春光潋滟，百花逐芳，彰显了春天与草木生灵的无声链接。春风吹拂云彩，轻盈而悠然。它们相互依偎，情深难舍。在诗人构建的情感世界中，蓝凤冠鸠也并不孤独。天地时刻惦念这美丽的鸟儿，而蓝凤冠鸠似乎也能听到大自然的呼唤，它们惬意地徜徉在无边春色中，沐浴爱的光辉。蓝凤冠鸠，分布于印度尼西亚各个岛屿，为珍稀禽类。蓝凤冠鸠头上长有淡蓝色凤冠，通体海蓝色另有少许配色，极为漂亮高贵。物语：无穷定力，绝佳品质。

蓝 喉 蜂 虎

lán hóu fēng hǔ

yún xiá kě yǐ bù rǎn shēn　　fēng xié piāo liang rù shān lín
云霞可以不染身，风携漂亮入山林。
huā zhī tiān shǐ zhuō gè jìn　　lán hóu fēng hǔ měi chéng shén
花之天使捉个尽，蓝喉蜂虎美成神。

　　蓝喉蜂虎是大自然杰出的作品，它们生来就五彩斑斓，无需云霞染色妆点。它们随着清风穿梭在山林之间，仿佛跃动的音符。它们以蜜蜂为食物，以花丛为舞台，恣意地享受美丽的生命。在万物的眼中，它们就是美神一般的存在，令人仰慕。蓝喉蜂虎，分布于东南亚，中国河南南部及长江以南大陆地区。蓝喉蜂虎头顶连接颈背部处为栗红色，其他为蓝绿色，喉部的天蓝色极为亮眼，黑色鸟喙细长微弯，美名远播。物语：微妙比喻，呼之欲出。

蓝 喉 太 阳 鸟
lán hóu tài yáng niǎo

云游可见珠峰高，　细雨惊醒太阳鸟。
yún yóu kě jiàn zhū fēng gāo　xì yǔ jīng xǐng tài yáng niǎo

飞上枝头叫一叫，　叫得春秋两相好。
fēi shàng zhī tóu jiào yī jiào　jiào de chūn qiū liǎng xiāng hǎo

　　这首诗以惟妙惟肖的描写和美妙的意象，赞美了珠穆朗玛峰以及春秋交替的美好景色。诗中描述了云游中可见珠峰的高耸，展现了大自然的雄伟瑰丽，让人感叹其巍峨之美。而接下来的"细雨惊醒太阳鸟"，生动地表现了春天到来，唤醒了一切生机。诗人将太阳鸟与春天联系在一起，传递出时光带给人们的喜悦和希望。蓝喉太阳鸟，分布于印度西北部，中国四川、云南、贵州等地。常与蝴蝶蜜蜂一起出入花丛中吸食花蜜。物语：闻香忘返，花好月圆。

蓝绿鹊

lán lǜ què

风弄造化戏初荷，清澈云海借几抹。

fēng nòng zào huà xì chū hé　　qīng chè yún hǎi jiè jǐ mǒ

群芳成就蓝绿鹊，天上人间正红火。

qún fāng chéng jiù lán lǜ què　　tiān shàng rén jiān zhèng hóng huǒ

　　这首诗以独特的意境和细腻的描绘赋予了读者无尽的遐想。初夏时节，微风拂过荷塘，清新如画。明澈的云海借出几抹色彩，为蓝绿鹊增添姿色。百花也慷慨地妆点鸟儿，让它绚丽多彩。"天上人间正红火"这句诗描述出鸟儿备受瞩目的盛况，营造出热闹兴旺的氛围。整首诗流畅自然，令读者仿佛身临其境。蓝绿鹊，生性机警，常闻鸟声不见鸟影。分布于喜马拉雅山脉、中国南部、东南亚、苏门答腊及婆罗洲。物语：胸怀大志，自强不息。

蓝马鸡

<ruby>蓝<rt>lán</rt></ruby> <ruby>马<rt>mǎ</rt></ruby> <ruby>鸡<rt>jī</rt></ruby>

chōng chū xuě lín jiào kāi chūn　　zǔ tuán shēn gēng yuán yú qín
冲出雪林叫开春，组团深耕源于勤。
lán mǎ xuān áng fēng yǒu xìn　　chū xíng dài zǒu tiān biān yún
蓝马轩昂风有信，出行带走天边云。

　　这首诗将勤奋、团结、自信和追求梦想的精神融入其中。"冲出雪林叫开春"犹如春天的第一缕阳光，勾勒出一个蓄势待发、积极向上的形象；"组团深耕源于勤"强调了勤奋努力的重要性；诗的后两句中，轩昂象征着不凡的气度，鼓励人们在面对困难时坚定信念，勇往直前。蓝马鸡，中国独有的珍稀禽类，被列入中国《国家重点保护野生动物名录》，级别二级。生活于青海东北部、东部，甘肃西北祁连山一带及南部。物语：随风穿越，品味生活。

蓝嘴黑顶鹭

高树枝上育儿窝，双亲带来好生活。
良辰美景转眼过，上天下水任穿梭。

　　诗人挥动情感之笔勾勒出家庭的温馨氛围，同时也感慨美好时光的短暂。蓝嘴黑顶鹭在高树上筑巢，慈爱地哺育幼鸟。接着，诗句转入"良辰美景转眼过"的描写，意味着时光匆匆。幼鸟终将飞出安乐窝，离开父母的庇佑，去广阔的天地迎接风雨。蓝嘴黑顶鹭，分布于南美洲。背部纯白或灰白，腹部浅黄色，颈项很长，后面托着细长的白色翎羽，头戴黑色小帽子，美丽的蓝眼睛加上钴蓝色鸟喙，飘逸又潇洒。物语：瑶池用餐，气象高远。

灵山香鸡

天南吹风海北晴，冬说暖阳夏语冰。
农家院里透宁静，远山方闻司晨声。

　　天地寥廓，也许我们终其一生也无法踏遍；时光短暂，四季寒暑可能就是匆匆一生。这首诗开篇两句形象地描绘了自然的循环和变化，充满人生智慧。在宁静平和的乡村，仿佛能听到远方山脉传来的晨曦之音。在这里，时光的步伐变得很慢，令人心境平和。灵山香鸡，广西壮族自治区钦州市灵山县特产，为国家农产品地理标志产品以及广西地理标志产品。大多生长于生态农场的树林里，喝山溪中自然流淌的山泉水。物语：红香绿波，浅笑而过。

领雀嘴鹎

千里莺啼何处听，哪里可见绿映红。
万卷云锦有多重，领雀恰在诘问中。

　　"千里莺啼绿映红，水村山郭酒旗风"。诗人开篇化用了杜牧的名句，用"何处"和"哪里"发出疑问，从而给人以无限遐想与美感。"领雀恰在诘问中"这句诗塑造了一个对天发问的艺术形象，它对自然的奥秘充满好奇与探究，正如每个人对于未知的旅程向往又兴奋，而幸福的终点需要我们自己去找寻。领雀嘴鹎，中国特有鸟种，领雀嘴鹎羽毛亮丽，主要体羽为橄榄绿色，鸣叫声婉转悦耳，也有为数不多的笼养鸟。物语：寻常生活，眷恋不舍。

鹭鸶

身披蓑衣白渔翁，上天下水是全能。

树顶育儿胜仙境，避暑结队向北行。

　　蓑衣胜雪，曲颈如弓，鹭鸶伫立于水中的姿态优美动人。它像是一个对于生活游刃有余，充满智慧的艺术人物，无论是捕食时的沉着淡定，还是筑巢育雏时的有条不紊，又或者是成群结队去北方避暑，都显得胸有成竹。这首诗虽然简短，却透露出人生智慧，启迪我们自信地成为生活的强者。鹭鸶，为湿地生态系统的指标鸟种。可以把河蚌甩到石头上震开食用。每年冬末春初结群在树上或灌木丛中营巢。物语：叠翠扬波，流芳之色。

绿背山雀
lǜ bèi shān què

天空种植无根雪，浪漫之情难言说。
tiān kōng zhòng zhí wú gēn xuě　làng màn zhī qíng nán yán shuō

花与春风皆过客，绿背山雀不忍别。
huā yǔ chūn fēng jiē guò kè　lǜ bèi shān què bù rěn bié

　　虚无缥缈的雪花纷纷扬扬，如天花乱坠。它们构建出纯洁的画卷，浪漫难以言说。此时此景，我思我情，如同这雪花一般没有根基，令人无比惆怅。尤其让人悲恸的是，渺小的我们对于流逝的时光，唯美的景观，绚丽的花，和煦的风，都无力挽留。绿背山雀，国外分布于巴基斯坦、尼泊尔等地区，国内分布于甘肃、宁夏等地。绿背山雀羽毛亮丽，头颈部黑色有蓝色光泽，头两侧眼睛处有白色眼斑，十分醒目。物语：精彩之至，攀登天梯。

绿翅金鸠

lǜ chì jīn jiū

méi yǎn fú yáo yǔ zhòu hé　　lǜ chì jīn jiū jīng yàn duō

眉眼扶摇宇宙河，绿翅金鸠惊艳多。

chán zhù tài yáng bù xī luò　　qī xī xuǎn zài hóng yún gé

缠住太阳不西落，栖息选在红云阁。

　　这首诗以宏伟壮丽的意象展现了绚烂的宇宙。星空无垠，将我们带入一个遥远的秘境。绿翅金鸠之美更是令人倾倒，它们的存在如同一道瑰丽的彩虹横贯天际。"缠住太阳不西落"这句诗暗示着它们不忍时光远去。而红云堆积之处仿佛玉楼仙阁，诗人希望如此唯美的地方能令太阳多做停留。绿翅金鸠，分布于中国广东、四川、广西、云南、西藏、海南等地。绿翅金鸠羽毛具有金属光泽，常以极快速度低飞穿越林间。物语：青葱记忆，鲜活可及。

绿孔雀

<ruby>绿<rt>lǜ</rt></ruby> <ruby>孔<rt>kǒng</rt></ruby> <ruby>雀<rt>què</rt></ruby>

未动香已乱银河，无风花飞春不歇。

倾世之色绿孔雀，美得天地无话说。

　　缥缈的幽香无声无息，却已搅乱银河。天地间没有风儿吹拂，花朵却洋洋洒洒，曼妙起舞。这首诗以优美的辞藻和瑰丽的想象描绘了一幅绝美画面，但这些都只为衬托绿孔雀的魅力。正如一首宏大的交响乐序曲，只为迎候高潮乐章。此外，诗人还用"倾世之色"来形容绿孔雀的风采，美到极致。绿孔雀，生活在中国的云南西双版纳地区，分布于东南亚国家。雄绿孔雀的尾上覆羽具有金属光泽，在求偶时充分展开，流光溢彩。物语：魅力十足，观者无语。

绿篱莺

lǜ lí yīng

bǎi biàn gē wáng lǜ lí yīng　　mó fǎng gè zhǒng niǎo chóng míng
百变歌王绿篱莺，模仿各种鸟虫鸣。

zhà wén yǐ wéi huàn qíng shèng　　xì tīng chuán dì chūn xìn zhōng
乍闻以为唤情圣，细听传递春信中。

　　绿篱莺以模仿各种鸟叫声而闻名于世，乍闻它的歌声，仿佛怀抱着日月的情感，流转于心间。当细细倾听，我们又会发现这些歌声所传递的不仅仅是美妙的旋律，更蕴含着春天的信息和喜悦。这首诗以简短的词句，将绿篱莺的才华与春天的魅力巧妙地融为一体，使人沉浸其中。绿篱莺，常栖息活动于农田、果园、公园、庭院及邻近的灌丛和草地。绿篱莺生性机警，行动敏捷，远离人群，叫声婉转好听。物语：太平盛世，后会有期。

麻鷯子
má liáo zǐ

bàn zhuó cǎi yī bàn hóng zhuāng　　*má liáo zǐ chàng huā ér huáng*
半着彩衣半红妆，麻鷯子唱花儿黄。
wǎn zhuǎn zhī zhōng yǒu liáo liàng　　*shēng yīn chuān tòu qiū xīn fáng*
婉转之中有嘹亮，声音穿透秋心房。

　　我们仿佛看到一位技艺超群的歌者，她穿着彩色的衣裳，点缀着红妆，宛如一位歌唱家盛装出现在舞台之上。她的歌声时而高昂嘹亮，时而清脆婉转，就连秋之神都不禁驻足倾听。跟随她的歌声，我们好似看见黄花遍布田野，鼻端萦绕成熟的芬芳。麻鷯子，为中国南北方常见的小型鸟类。雄性麻鷯子的羽毛大致上为鲜红色，叫声悦耳，笼养广泛。雌鸟头圆尾短，毛色栗褐色，暗淡有斑点。声音委婉动听。物语：岁月彼岸，流淌期盼。

麻雀

春光铺出倾世颜，风吹枝头鸣叫欢。
小鸟探头向前看，妈妈送来艳阳天。

　　春光在大地上铺展开来，展现出倾世之美。微风吹拂树枝，巢中的小鸟欢快地鸣叫着，仿佛在庆祝着春天的到来。它们探出头来，好奇地向前望去，充满了对未知世界的渴望，而妈妈则送来了温暖的阳光。在中国文化中，春天一直被视为希望、新生和繁荣的象征，这首诗在赞美春天的同时，传递出对美好未来的憧憬。麻雀，世界各地广泛分布，分布在中国境内的有5种。麻雀生性大胆，很机警，喜欢在地上跳来跳去。物语：生命兴旺，天地滋养。

麻鹰

má yīng

俯仰高天空盘旋，绝非鱼跃落深渊。

fǔ yǎng gāo tiān kōng pán xuán　　jué fēi yú yuè luò shēn yuān

飞翔须知风云变，避免沉沦孤绝山。

fēi xiáng xū zhī fēng yún biàn　　bì miǎn chén lún gū jué shān

　　这首诗表达了飞翔的自由与勇敢，以及面对风云变幻时的智慧和坚定。不同于鱼跃深渊的短暂一瞬间，在天空盘旋是一种持久的追求和挑战。飞翔者需要时刻警觉，了解风云变幻的规律，以避免沉沦于高山深谷。这首诗描绘出飞翔者的品质和境界，他们不满足于一刹那的荣耀，而是勇于挑战自己的极限。麻鹰，国家二级保护动物。飞行快速，善于在空中高飞，利用上升气流盘旋滑翔。中国香港上空时常可见到盘旋的麻鹰。物语：高天皓月，四海为和。

煤山雀

méi shān què

百鸟风流枝头雪，且行且歌小调多。

实力唱将煤山雀，点石成金开先河。

　　煤山雀的风流姿态如枝头雪，在百鸟群中脱颖而出。它们且行且歌，显得那么潇洒不羁。随着鸟儿的行进，不同的调子不断响起，给人带来愉悦。与此同时，诗中还表达了一种积极向上的精神，诗人赞美煤山雀的歌声拥有点石成金的神奇力量，暗示通过努力和智慧可以创造奇迹。煤山雀，分布于日本、伊朗，中国黑龙江、吉林、河北、四川、湖北、陕西等地。叫声音韵多变，是少数会贮藏食物过冬的鸟类。物语：树影云烟，春光烂漫。

niú bèi lù
牛背鹭

cháng jiàn yín hé hū yù chū　　dā chéng biàn chē jiù zhī zú
常见银河呼欲出，搭乘便车就知足。
niú bèi shēn shàng niú bèi lù　　cháng yāo tài yáng dāng kōng wǔ
牛背身上牛背鹭，常邀太阳当空舞。

　　银河璀璨，呼之欲出，仿佛在与大地上的生灵遥相呼应。牛背鹭作为渺小的鸟类，从不好高骛远，只执着于当下的幸福生活。它们时常遥望星河，但搭乘水牛便车悠游自在地徜徉在田野中，就已经心满意足。这首诗传递出一种淡泊悠远的生活态度，启迪读者从生活中寻觅快乐。牛背鹭，分布于印度、日本，中国云南、广东等地。喜欢游荡在草地旱田或者沼泽地，通常在水牛背上休息，顺便啄食一下水牛身上的寄生虫。物语：从容相待，缘起自在。

普通翠鸟

天池蓝宝水无穷，霞光绿荷摇西风。
今年鱼虾最丰盛，翠鸟无缘有寸功。

　　天池碧波倒映着蓝天白云，宛如巨大的宝石。绿荷沐浴霞光随风摇曳，仿佛仙境一般。今年的鱼虾生机勃勃，游弋在湖水中，丰盛的收获让人感到惊喜。而翠鸟却无缘享受这一盛宴，它们正遭遇残酷的捕猎，面临生存危机。它们美丽的生命止于人类贪欲，令人扼腕痛惜。普通翠鸟，为全世界分布最广泛的鸟类之一，本种有7亚种。由于其羽毛可作凤冠霞帔上的原料，所以常被捕杀，已被法律严格禁止。物语：濒危物种，严禁杀生。

普通鸬鹚

花影月色长偎依，陪伴水中老相识。
鸬鹚空有飞天翅，送予主人过日子。

　　花影月色，美不胜收，它们与水波中的鱼类相映成趣，构成了一幅美丽的画卷。鸬鹚敛翅端立于小舟之上，警惕地凝视四周，随时听候主人的命令。虽然矫健的双翅足以支撑它们翱翔于天际，但为了与主人相依相伴，它们宁愿在平湖浩渺之中度过平凡一生。这首诗的字里行间充盈着浓郁的情感，使人不禁联想起朋友间相濡以沫的情谊。普通鸬鹚，因善于潜水，早期在中国南方多有饲养，用以捕鱼，现已成为历史。物语：水田芝兰，百品不厌。

七彩文鸟

七彩文鸟地位高，红叶叠翠三件宝。
吃饭唱歌睡大觉，芙蓉群里本领好。

　　这首诗细腻描绘了七彩文鸟的生活场景，充满情趣。七彩文鸟外形雍容华贵，色彩斑斓，似红叶，如叠翠，美艳无比。诗人戏谑地表示它们在自然界中地位卓越，是因为拥有"吃饭唱歌睡大觉"三件法宝，展现出潇洒、乐于享受的生活态度。七彩文鸟，原产于澳大利亚北部和西部。七彩文鸟色彩斑斓，通常多以头部或胸部颜色进行区分。七彩文鸟出生时嘴角带有两排珍珠，在乌黑的树洞中会发光，以引导亲鸟喂食。物语：未了情缘，洁净如莲。

企鹅
qǐ é

xuě tiān xuě dì xuě fēn fēn　　yuè zài xuě zhōng shǎng bái yún
雪天雪地雪纷纷，月在雪中赏白云。
qǐ é gǎn hǎi jiē chūn xìn　　dé zhī huò zèng xuě qián kūn
企鹅赶海接春信，得知获赠雪乾坤。

　　这首诗描绘了一个美丽的雪天场景，字字充满诗意和情感。白茫茫的雪地上飘落着纷纷扬扬的雪花，仿佛世界都被纯洁所覆盖。月亮若隐若现，欣赏轻盈飘逸的白云，给人一种宁静和安详的感觉。而企鹅赶海的场景更是令人惊叹，它们努力追逐春天的脚步，为了传达新春的喜讯而奔走。企鹅，企鹅科所有物种的通称，游禽，翅膀退化不会飞行，却是海鸟中的一流游泳高手。雌雄企鹅轮流下海捕鱼，共同育雏。物语：勇于超越，生命强者。

清 远 鸡
qīng yuǎn jī

蓝天白云风新鲜， 长堤捉蝶下菜田。
lán tiān bái yún fēng xīn xiān   cháng dī zhuō dié xià cài tián

跑里忙外不知倦， 偶尔小憩百花园。
pǎo lǐ máng wài bù zhī juàn   ǒu ěr xiǎo qì bǎi huā yuán

　　诗人运用白描的手法，展现了生机勃勃的美妙景象，让人仿佛
置身于蓝天白云之下，感受到风的清新和自然的宁静。清远鸡在长
堤捉蝶，又到菜田捕虫，品味着田园生活的惬意。它们不知疲倦，
偶尔小憩在百花园，一张一弛，蕴含了生活智慧。清远鸡，广东省
清远市特产，中国国家地理标志产品。因地域、饲养方法使之肉嫩
味美，以皮色金黄、肉质嫩滑、风味独特等而驰名，采用野外放养
方式。物语：天若向暖，花开经年。

三黄鸡
sān huáng jī

翻开历史见真章，皇帝赐名叫三黄。
fān kāi lì shǐ jiàn zhēn zhāng　huáng dì cì míng jiào sān huáng

尽管体检有点胖，却也赢得一段香。
jǐn guǎn tǐ jiǎn yǒu diǎn pàng　què yě yíng dé yī duàn xiāng

　　在中华美食王国之中，三黄鸡享有盛名。它的肉质鲜美，别具一格，是无数老饕们舌尖上的美味。诗人用颇具趣味的笔法讲述了三黄鸡悠久的历史和来历，令人食指大动。三黄鸡，江西省宁都县特产，明朝开国皇帝朱元璋赐名三黄鸡，是中国著名的土鸡之一。三黄鸡主产区宁都县位于红壤丘陵地带，日照充足，无霜期长，雨水充沛，盛产稻谷、红薯、大豆等，这些农作物为散养鸡提供了丰富的食物。物语：只管耕耘，无愧于心。

山 斑 鸠
shān bān jiū

珍珠如星美上头， 琼瑶装扮山斑鸠。
zhēn zhū rú xīng měi shàng tóu　qióng yáo zhuāng bàn shān bān jiū

柔情生来胆细瘦， 又怕打劫又怕羞。
róu qíng shēng lái dǎn xì shòu　yòu pà dǎ jié yòu pà xiū

　　这首诗以珍珠和琼瑶来衬托山斑鸠的外形，唯美典雅。珍珠犹如星光般闪耀，点缀在锦袍之上；琼瑶美玉润泽纯洁，衬托着它们蕴藉的气质。山斑鸠柔情似水，但生性羞怯，宛如一个小家碧玉，惹人怜爱。这首诗以生动的修辞手法，将美丽与脆弱融合在一起，令读者对山斑鸠之美一见难忘。山斑鸠，分布于西伯利亚、亚洲中部、印度、缅甸、中国。栖息于山谷、丛林、丘陵、平原、农田，常成对或小群活动。物语：春送眷恋，秋获丰满。

扇尾沙锥

shàn wěi shā zhuī

天际海水浩荡流，浪花上岸雀跃走。

tiān jì hǎi shuǐ hào dàng liú　　làng huā shàng àn què yuè zǒu

潮起潮落潮通透，收尽天下杞人忧。

cháo qǐ cháo luò cháo tōng tòu　　shōu jìn tiān xià qǐ rén yōu

　　无边无际的广阔海洋在我们眼前展开，浪花如白练般翻滚，轻盈地跃上岸边，充满了欢乐与活力，也令读者感受到自由与奔放的精神。诗中的扇尾沙锥被描绘得心大如斗，展现出它们的智慧和博大的胸怀。它们用自己独特的方式生活着，不被世俗所左右，也不因未知的事物而畏惧，展现出一种超然的精神境界。扇尾沙锥，分布于欧亚大陆和北美洲，中国北京、广西、四川等地。脚爪强健，能飞速在沙滩上或浅水中疾走。物语：山高水远，大爱无边。

蛇 雕
shé diāo

乌飞蛇眠冰雪天，猛禽直冲至尊前。
niǎo fēi shé mián bīng xuě tiān　　měng qín zhí chōng zhì zūn qián

舍生取义寻常见，区区肉食何须钱。
shè shēng qǔ yì xún cháng jiàn　　qū qū ròu shí hé xū qián

　　诗人以蛇雕为题，赞美了"舍生取义"的高尚品质。作为猛禽的蛇雕具有勇敢无畏的精神，它们无论面对飞鸟还是毒蛇都视若等闲，三两下便生吞入腹，让我们感受到强悍的力量和独特的魅力。我们在生活中常常心存顾虑，缩手缩脚，不妨学习蛇雕的大无畏精神。蛇雕，分布于泰国、缅甸，中国辽宁、江苏、广东等地。常栖息活动于山地森林及其林缘开阔地带，主要以各种蛇类为食，可以轻易对付眼镜蛇。物语：穿越青云，浩荡迎春。

狮 头 鹅

tiān gāo yuè míng kàn qián kūn　　wǔ hú sì hǎi huà wéi lín
天高月明看乾坤，五湖四海化为邻。
fēng yún zài qǐ yǔ lín jìn　　zhī yǒu é wáng zuì kāi xīn
风云再起雨临近，只有鹅王最开心。

　　天高月明，展现了宇宙的广袤与辽阔，令人感叹乾坤的神奇。江河湖海，比邻而居，揭示了大自然的和谐与互通。当风云再起，暴雨临近，天地间充满雄浑的力量，弱小的生物都在瑟瑟发抖之时，狮头鹅却喜悦地迎接未知。狮头鹅，中国广东省特产。原产于广东省饶平县浮滨镇。分布于中国广东澄海、潮安、汕头市郊，北京、上海、云南、黑龙江、广西等地也有分布。因额头面部长有肉瘤，正面观之如狮子头而得名。物语：吻别春水，乘月而归。

寿光鸡
shòu guāng jī

地平线上最高峰，哪座没有山背影。
dì píng xiàn shàng zuì gāo fēng nǎ zuò méi yǒu shān bèi yǐng

清辉厚重奔月梦，吉祥圆满寿光城。
qīng huī hòu zhòng bēn yuè mèng jí xiáng yuán mǎn shòu guāng chéng

　　这首诗令读者充分感受到大自然的壮美和人类的浪漫情怀。山峰即使再巍峨，总是沐浴在月光星辉之下。人类享受大自然的庇佑，也从未停止对宇宙的探索。诗中的寿光城闪耀宝光，象征着人类为了谋求福祉而竭尽全力，永不停歇。寿光鸡，山东省寿光市特产，原产于寿光市稻田镇一带。2010年，农业部批准对其实施农产品地理标志登记保护。中国著名的四大鸡种之一，被列入国家品种志和山东省地方品种保护名录。物语：美的期待，开放精彩。

物语集

动物类

C

| 长尾缝叶莺 | 物语：翠叶雅韵，独居匠心。 |
| 长尾巧织雀 | 物语：心难把持，苦乐自知。 |

D

大红鹳	物语：青春洋溢，喜结连理。
大山雀	物语：内幕多多，不忍开播。
大天鹅	物语：美好生活，构筑自我。
戴菊	物语：纵目天下，喜欢是家。
戴胜	物语：若有天梯，何用双翅。
丹顶鹤	物语：凌云福星，生活丰盈。
靛颏	物语：沧桑流年，不改执念。
东方白鹳	物语：白云红足，水上明珠。
豆雁	物语：水陆两栖，天之骄子。

F

反嘴鹬	物语：远水长天，众鸟喜欢。
非洲鸵鸟	物语：远离世俗，放下物欲。
粉红燕鸥	物语：浩瀚海洋，天之梦想。
凤头蜂鹰	物语：沉重感叹，互不相关。
凤尾绿咬鹃	物语：同甘共苦，双双育雏。

G

| 高邮鸭 | 物语：唯美江南，鱼跃花喧。 |
| 鹳嘴翡翠 | 物语：喜欢旅游，万事不愁。 |

H

海南文昌鸡	物语：报之以歌，分享喜悦。
和平鸟	物语：蓝田咏春，欢娱四邻。
褐翅鸦鹃	物语：春满山河，秋添岁月。
褐河乌	物语：流水世界，活跃状态。
褐喉沙燕	物语：含蓄心灵，无从追踪。

鹤鸵	物语：欲富先仁，富贵来临。
黑翅鸢	物语：高山云峰，任意飞行。
黑翅长脚鹬	物语：水中芭蕾，值得回味。
黑冠鹃	物语：不择水陆，只挑食物。
黑鹳	物语：华庭水苑，美满百年。
黑领椋鸟	物语：八哥护驾，醉时闲话。
黑水鸡	物语：自然景观，随处可见。
黑长尾雉	物语：山高绝顶，海阔深情。
黑枕黄鹂	物语：莺歌燕舞，迎春接福。
黑枕王鹟	物语：昨夜星辰，早已于心。
红翅绿鸠	物语：色彩内涵，美的来源。
红耳鹎	物语：娇艳美眉，与春约会。
红腹锦鸡	物语：心灵碰撞，春秋遐想。
红喉潜鸟	物语：冰雪初融，再上归程。
红颈瓣蹼鹬	物语：水墨丹青，万里无穷。
红梅花雀	物语：生机盎然，风光无限。
红隼	物语：祈求如愿，天赐良缘。
红头潜鸭	物语：持有特技，无与伦比。
红头穗鹛	物语：胸怀宽广，谦和忍让。
红头咬鹃	物语：静立长亭，歌尽春风。
红头长尾山雀	物语：宁静自在，从无挂碍。
红胸秋沙鸭	物语：春来冬去，自强自足。
红衣主教鸟	物语：心静如水，日月同辉。
红嘴蓝鹊	物语：生性如此，心存感激。
红嘴鸥	物语：风来云望，年节如常。
红嘴相思鸟	物语：相思有信，风送温馨。
虹彩吸蜜鹦鹉	物语：有情有义，形影不离。
虎皮鹦鹉	物语：何不弃养，自由飞翔。
虎头海雕	物语：海阔天空，成就雄鹰。

花脸鸭	物语：时过境迁，终成遗憾。
画眉	物语：琴瑟和鸣，悦耳动听。
环颈鸻	物语：月光如水，鸟儿思飞。
黄鹡鸰	物语：花红人间，香味弥漫。
黄眉柳莺	物语：鸟喧春情，秋香跃动。
灰背椋鸟	物语：抱团取暖，出入平安。
灰卷尾	物语：自由自在，佛心无界。
灰脸鵟鹰	物语：山水田园，浓缩画卷。
豁眼鹅	物语：沧海桑田，随时变幻。

J

家燕	物语：羽翼丰满，只待飞天。
鹪鹩	物语：经营未来，互敬互爱。
金雕	物语：登山驾云，圆满乾坤。
金定鸭	物语：大地豪情，顺水丰盛。
金眶鸻	物语：动人海岸，冬天可见。
金丝雀	物语：沸腾梦想，魅力至上。
金头扇尾莺	物语：自愿结对，无怨无悔。
酒红朱雀	物语：阳光醒来，撞个满怀。
巨嘴柳莺	物语：锦绣河山，天然资源。
军舰鸟	物语：心摧胆折，无可奈何。

K

| 葵花凤头鹦鹉 | 物语：自然意趣，云林深处。 |

L

蓝八色鸫	物语：自然景色，地之依托。
蓝额红尾鸲	物语：花开于海，另外理解。
蓝凤冠鸠	物语：无穷定力，绝佳品质。
蓝喉蜂虎	物语：微妙比喻，呼之欲出。
蓝喉太阳鸟	物语：闻香忘返，花好月圆。
蓝绿鹊	物语：胸怀大志，自强不息。

蓝马鸡　　　　　　　物语：随风穿越，品味生活。

蓝嘴黑顶鹭　　　　　物语：瑶池用餐，气象高远。

灵山香鸡　　　　　　物语：红香绿波，浅笑而过。

领雀嘴鹎　　　　　　物语：寻常生活，眷恋不舍。

鹭鸶　　　　　　　　物语：叠翠扬波，流芳之色。

绿背山雀　　　　　　物语：精彩之至，攀登天梯。

绿翅金鸠　　　　　　物语：青葱记忆，鲜活可及。

绿孔雀　　　　　　　物语：魅力十足，观者无语。

绿篱莺　　　　　　　物语：太平盛世，后会有期。

M

麻鹡子　　　　　　　物语：岁月彼岸，流淌期盼。

麻雀　　　　　　　　物语：生命兴旺，天地滋养。

麻鹰　　　　　　　　物语：高天皓月，四海为和。

煤山雀　　　　　　　物语：树影云烟，春光烂漫。

N

牛背鹭　　　　　　　物语：从容相待，缘起自在。

P

普通翠鸟　　　　　　物语：濒危物种，严禁杀生。

普通鸬鹚　　　　　　物语：水田芝兰，百品不厌。

Q

七彩文鸟　　　　　　物语：未了情缘，洁净如莲。

企鹅　　　　　　　　物语：勇于超越，生命强者。

清远鸡　　　　　　　物语：天若向暖，花开经年。

S

三黄鸡　　　　　　　物语：只管耕耘，无愧于心。

山斑鸠　　　　　　　物语：春送眷恋，秋获丰满。

扇尾沙锥　　　　　　物语：山高水远，大爱无边。

蛇雕　　　　　　　　物语：穿越青云，浩荡迎春。

狮头鹅　　　　　　　物语：吻别春水，乘月而归。

寿光鸡　　　　　　　物语：美的期待，开放精彩。

花鸟物语

新韵诗歌（珍藏版）

美月冷霜　著

第一辑

中国财富出版社有限公司

图书在版编目（CIP）数据

花鸟物语：新韵诗歌：珍藏版．第一辑 / 美月冷霜著 . —北京：中国财富出版
社有限公司，2024.9

ISBN 978-7-5047-8058-4

Ⅰ．①花… Ⅱ．①美… Ⅲ．①诗集—中国—当代 Ⅳ．① I227

中国国家版本馆 CIP 数据核字（2024）第 017097 号

策划编辑	朱亚宁	责任编辑	贾紫轩 蔡 莹	版权编辑	李 洋
责任印制	梁 凡	责任校对	庞冰心	责任发行	杨恩磊

出版发行	中国财富出版社有限公司
社　　址	北京市丰台区南四环西路 188 号 5 区 20 楼　　邮政编码　100070
电　　话	010-52227588 转 2098（发行部）　010-52227588 转 321（总编室）
	010-52227566（24 小时读者服务）　010-52227588 转 305（质检部）
网　　址	http://www.cfpress.com.cn　排　　版　河北佳莹文化发展有限公司
经　　销	新华书店　印　　刷　三河市天润建兴印务有限公司
书　　号	ISBN 978-7-5047-8058-4/I·0372
开　　本	710mm×1000mm　1/16　版　　次　2024 年 9 月第 1 版
印　　张	38.75　印　　次　2024 年 9 月第 1 次印刷
字　　数	521 千字　定　　价　188.00 元（全 5 辑）

诗人的话

我把诗意种在大地上，叶子碧绿，花朵芬芳。
我邀诗意在枝头成长，果实丰硕，鸟儿歌唱。
我将诗意化成万千阳光，照耀万物，春风荡漾。
我渴望诗意之水尽情流淌，让星河的诗行滚烫之后，
再冷却下来奔向远乡，奔向远方，奔向远方……

赏月当赏人如意
花美要赏初放时
兰香草说无盛事
送缕温柔给知己

红波绿浪借春还
美景美色不胜观
紫罗兰花风吹散
香满人间艳阳天

高峰何处无朝霞
巫山雨尽龙面花
春匀秋水缤纷画
仙气飘飘入邻家

银河封锁寒月天

斜阳温暖欧石楠

云影不为春风艳

凌空开成花底仙

序　言

周　敏

　　古往今来，日月盈昃。无数人俯仰天地，探索无尽的宇宙；他们试图跨越时光长河，为人类命运寻觅良方。寂寞沙洲，秋鸟啁啾，人类的情绪从来便与自然紧密相连。

　　山川异域，风月同天。东西方所有伟大的文学著作，无一不是观照现实社会，剖析人性本能，辩证道德秩序。而这些作者几乎都需要从大自然中获得感悟，找到答案。

　　繁华喧嚣的现代社会，容易让人迷失方向，忘记自己的根源，但也有少数清醒之人会选择回归自然。正如幼儿于母亲温暖的怀抱中寻求庇护，他们也是从自然的血脉中汲取力量。

　　花与鸟是大自然的使者，它们能够反映天地的表情，链接人类的精神。诗人以花鸟为媒介，反思社会现实，关注人类命运。她期待用种种唯美灵动的自然元素，为人们拂去遮望眼的浮云，启迪我们的智慧，滋养我们的心灵。

　　《花鸟物语》同样是一部优秀的文学艺术作品。诗人的创作灵感源于中国文人雅士的审美情趣。无论是形式还是内容，都富有深厚的文化底蕴和强烈的艺术感染力。

　　诗人秉持无限的想象力和艺术才华，以独特的视角和细致入微的描写，将自然之美与人类的情感交织在一起。她以新古典主义七言诗的形式，包罗世间万象，将敏锐的思想触角伸向滚滚红尘中的各个角落；她以或含蓄典雅、或华丽绚烂、或诙谐风趣的语言，描绘了花开花谢的律动、鸟儿飞翔的自由、鱼虫游弋的轻盈，以及四季更迭的魔力；她的诗歌中透露出一种宁静与平和，让读者在喧闹的尘世中沉淀内心；诗歌的字里行间充盈着积极乐观和款款深情，引领读者发现生命之美，鼓舞我们不懈前行。

　　《花鸟物语》还是一部具有广泛且深刻社会意义的杰作。诗人通过描绘自然界瑰丽神秘的山川风貌、花鸟鱼虫，向读者传递了珍

惜自然、保护环境的重要性。她呼唤人们感恩大地母亲的馈赠，实现人与自然的和谐共存。

在这个充满雨露风霜的世界里，在起伏跌宕的人生旅途中，我们的心灵在不断寻找一种与自然的共鸣。《花鸟物语》如同一道清新的风景线，缓缓展开在我们眼前。诗人以花为镜，映射出人世的喜乐悲欢；诗人以鸟为歌，吟唱出宇宙缤纷多彩的旋律。

最后，谨以此书，献给所有热爱自然，享受生命的朋友。

愿我们能停下匆忙的脚步，触摸自然的脉搏。

愿每一个人都能用心去感受那些悠然自得的花鸟，用爱去聆听它们的物语。

目 录
contents

2

4

新韵七言话花鸟

八角

_{bā jiǎo}

秋风不妒青山群，八角盘点千载春。

调味行里有干劲，出道又逢知己人。

屈原在《九歌》中曾写道："袅袅兮秋风，洞庭波兮木叶下。"相比起亘古长存的青山，秋风柔软而短暂，但它没有丝毫妒意。八角树同样洞悉在大自然中，每种生灵都有各自的寿限和使命。它绽放出莲花一般的果实，期待被采摘出深山，遇到一位真正赏识它的伯乐，实现自己的价值。八角，产于中国南部地区，最大主产集散地为广西，以桂平市的八角最为有名。枝头簇生长柄绯红色莲状小花朵，是制作荤菜的重要配料。物语：千年食至，可谓大矣。

bā dòu

巴豆

dōng xī nán běi liǎng jí shān　　bā dòu lǐng xiān zhàn tiān xiǎn
东西南北两极山，巴豆领先占天险。
zhāo yún mù yǔ kàn gè biàn　　wàn fū mò dí zhèng bǎ guān
朝云暮雨看个遍，万夫莫敌正把关。

　　诗人笔下的巴豆宛如一位胸怀报国志向的将军，他平生不想寻仙问道，匣中宝剑夜夜鸣。在巍峨险峻的雄关之上傲然矗立，任战旗猎猎作响，凭风霜磨砺铁戟。正所谓"何当凯还宴将士，三更雪压飞狐城！"他的身上凝聚着华夏子弟无比雄浑勇猛的精气神，化作神州边界一道道铜墙铁壁。巴豆，产于中国长江以南地区。因其不仅有大泻之虞，还有大毒之忧，故在古药籍中被称为斩关夺门之将，不可轻易使用。物语：凶猛如虎，见者服输。

bā jǐ tiān
巴戟天

bā jǐ tiān zhōng chūn yì shēng　　shēn cáng bù lù huā róu qíng
巴戟天中春意生，深藏不露花柔情。
fēng luò yè zi shàng xián zhòng　　zěn rěn jiāo chū qiū shōu cheng
风落叶子尚嫌重，怎忍交出秋收成。

　　巴戟天在风中舒展，仿佛散发着温暖的光芒。它脉脉含情，对这个世界充满眷恋。无奈的是自然界中任何物种都难以抵抗时光的侵袭。它的叶片飘零之时仍然青翠厚重，这令它不忍早早地结出果实，因为这就意味着命运终结的来临。这首诗字里行间充盈着对生命的热爱和留恋，令人感同身受。巴戟天，产于中国南部，分布于广东、广西等地。野生巴戟天多生长于山区沟谷，是一种名贵中药材，具有强筋骨等功效。物语：透彻解读，必可领悟。

白菜
bái cài

风头无两全力出，何时送来及时雨。
fēng tóu wú liǎng quán lì chū   hé shí sòng lái jí shí yǔ

白菜也有小情绪，急于写进群芳谱。
bái cài yě yǒu xiǎo qíng xù   jí yú xiě jìn qún fāng pǔ

　　风送春信近，万物生光辉。诗的前两句表达出自然生灵对于阳光雨露的期盼，传递了对未来美好生活的愿景。而"白菜也有小情绪，急于写进群芳谱"这两句直抒胸臆，白菜作为普通的蔬菜，也渴望早日长成，跻身于《群芳谱》中。更何况作为万物之灵的人类，怎能辜负生命，虚度光阴？诗人巧妙地将自然景物与人的情绪相融合，给人以启迪。白菜，原产于中国华北等地，现广泛栽培，山东省以及东北三省盛产。物语：生长快速，赏心悦目。

白 豆

细小微光聚辉煌，白豆枝头花开张。
结成果实养五脏，美名穿越时空廊。

　　这首诗热情赞美了白豆之美，它们虽不起眼，却散发着璀璨的光辉。同时，诗中提到它结出的果实滋养五脏，凸显出看似微小的事物实际独具魅力。白豆凭借丰富的营养穿越时空廊，流传至今，赢得美名。这首诗以简练的语言，表达了诗人对于容易被忽视的平凡事物的敬意和赞美，也提醒我们不宜妄自菲薄。白豆，分布于中国河北、江苏、四川等地，明朝初期引入中国。云南和贵州大面积种植并出口日本。物语：视线所及，天然无敌。

<ruby>白<rt>bái</rt></ruby> <ruby>及<rt>jí</rt></ruby>

<ruby>春<rt>chūn</rt></ruby><ruby>看<rt>kàn</rt></ruby><ruby>绿<rt>lǜ</rt></ruby><ruby>叶<rt>yè</rt></ruby><ruby>夏<rt>xià</rt></ruby><ruby>赏<rt>shǎng</rt></ruby><ruby>花<rt>huā</rt></ruby>，<ruby>白<rt>bái</rt></ruby><ruby>及<rt>jí</rt></ruby><ruby>变<rt>biàn</rt></ruby><ruby>成<rt>chéng</rt></ruby><ruby>中<rt>zhōng</rt></ruby><ruby>药<rt>yào</rt></ruby><ruby>娃<rt>wá</rt></ruby>。
<ruby>纨<rt>wán</rt></ruby><ruby>扇<rt>shàn</rt></ruby><ruby>积<rt>jī</rt></ruby><ruby>雪<rt>xuě</rt></ruby><ruby>何<rt>hé</rt></ruby><ruby>须<rt>xū</rt></ruby><ruby>怕<rt>pà</rt></ruby>，<ruby>月<rt>yuè</rt></ruby><ruby>上<rt>shàng</rt></ruby><ruby>凉<rt>liáng</rt></ruby><ruby>亭<rt>tíng</rt></ruby><ruby>照<rt>zhào</rt></ruby><ruby>天<rt>tiān</rt></ruby><ruby>家<rt>jiā</rt></ruby>。

　　春有百花秋有月，夏有凉风冬有雪。一年四季各有美景，又何须因为时运迟迟未到而暗自伤嗟呢？白及自信凭借自己的药性，终究会实现价值，因此它淡然摇曳于风中。诗中"纨扇积雪"参考了"秋扇见捐"的典故，原意指因为不符合时运而被闲置。我们不妨学习白及不急不躁的生命态度，静待风起。白及，产于中国多地，分布于朝鲜半岛和日本。以四川省苍溪县产的白及为上品，被列入《国家重点保护野生植物名录》。物语：风中起舞，自给自足。

白鲜
bái xiān

bĕn cǎo gāng mù chuán chéng yuǎn　　bái xiān bié míng shān mǔ dān
本草纲目传承远，　白鲜别名山牡丹。

héng dìng liàng zǐ suī bù biàn　　yào yòng réng xū hǎo shí jiān
恒定量子虽不变，　药用仍需好时间。

　　这首诗颂扬了中国传统中医药学的博大精深，是中华民族智慧的结晶。《本草纲目》承载着无数中草药的知识，白鲜有幸跻身其中，为治病救人贡献了巨大能量。"恒定量子虽不变，药用仍需好时间"这两句表达了草药的价值虽然源远流长，但需要经过时间酝酿才能发挥最佳效力。白鲜，别名：山牡丹。产于中国南北方多个地区。有香气，花朵呈玫红色或粉紫色，为优质蜜源植物，根、皮为传统中药材。物语：田野馈赠，养颜美容。

白英
bái yīng

tiān qíng míng yuè chū yín hé　　bái yīng tà yún fù huā yuē
天晴明月出银河，白英踏云赴花约。

shēn qíng kuǎn kuǎn ruò kěn luò　　hěn kuài biàn kě jiē shuò guǒ
深情款款若肯落，很快便可结硕果。

　　这是一首浪漫主义的情诗。在月明的夜晚，明月出天山，苍茫云海间。白英宛如一位窈窕淑女踏月色而来。它袅袅婷婷，星眸含情，却带着一身清冷的气质。明明心有所属，却不肯假以辞色。诗人感慨地表示：如果它肯放下身段，坦白心迹，爱情就会很快降临。确实，恋爱中的人们往往因为患得患失而错失良机。白英，产于中国多个地区，周边国家有分布。开白色小花，结红色浆果，成熟后呈黑红色，为传统中药材。物语：花如人愿，其美如山。

白芷

bái zhǐ

gāo dà cǎo běn xuě huā tiān　　miào rú líng dān qū dōng hán
高大草本雪花天，妙如灵丹驱冬寒。

bái zhǐ wèi jí shuō sī niàn　　chūn fēng yǐ jīng rù xīn tián
白芷未及说思念，春风已经入心田。

　　洁白的花瓣如漫天雪花飞舞，月光从枝丫间倾泻而下，好似在舞动生命的韵律。白芷外貌淡雅却蕴含着火热的精神，它可以燃烧自己的生命拯救人类于病痛。当新一场轮回再现，枝头重新萌发嫩芽，白芷还来不及诉说自己重回大地的喜悦，春风就已默默入驻它的心田。这首诗将无言的植物塑造得深情款款，令人动容。白芷，产于中国东北及华北等地。四川省遂宁市种植白芷已有600多年历史，为国家农产品地理标志物种。物语：有限生命，无限动能。

百代兰

四十亿年生命源，海底藏有万米山。
物种演化未间断，百代兰说要春天。

　　四十亿年的时光见证了沧海桑田，宛如一部壮丽史诗。海底万米高耸的山峰，是自然的奇迹，蕴藏着神秘的能量与丰富的生命。物种的演化从未间断，犹如一场永不停歇的舞蹈。它们在时间的长河中迭代进化，不断适应环境的变迁，展现出生命的坚韧与智慧。而百代兰的呼喊如同一声春雷，预示着新生命的诞生与希望的到来。百代兰，原产于泰国，分布于东南亚地区，世界多国均有栽培，中国南方地区引进栽培观赏。物语：一抹绿意，减排开启。

<ruby>百<rt>bǎi</rt></ruby> <ruby>里<rt>lǐ</rt></ruby> <ruby>香<rt>xiāng</rt></ruby>

<ruby>纵<rt>zòng</rt></ruby><ruby>使<rt>shǐ</rt></ruby><ruby>摇<rt>yáo</rt></ruby><ruby>得<rt>de</rt></ruby><ruby>天<rt>tiān</rt></ruby><ruby>变<rt>biàn</rt></ruby><ruby>长<rt>cháng</rt></ruby>，<ruby>不<rt>bù</rt></ruby><ruby>见<rt>jiàn</rt></ruby><ruby>就<rt>jiù</rt></ruby><ruby>地<rt>dì</rt></ruby><ruby>起<rt>qǐ</rt></ruby><ruby>飞<rt>fēi</rt></ruby><ruby>霜<rt>shuāng</rt></ruby>。

<ruby>数<rt>shù</rt></ruby><ruby>点<rt>diǎn</rt></ruby><ruby>落<rt>luò</rt></ruby><ruby>红<rt>hóng</rt></ruby><ruby>挂<rt>guà</rt></ruby><ruby>墙<rt>qiáng</rt></ruby><ruby>上<rt>shàng</rt></ruby>，<ruby>遥<rt>yáo</rt></ruby><ruby>望<rt>wàng</rt></ruby><ruby>风<rt>fēng</rt></ruby><ruby>流<rt>liú</rt></ruby><ruby>百<rt>bǎi</rt></ruby><ruby>里<rt>lǐ</rt></ruby><ruby>香<rt>xiāng</rt></ruby>。

　　诗人运用抒情的笔调，塑造了一个略带幽怨的艺术形象。盛夏季节，百花争艳，但一场夜雨过后，花儿也难免凋落，正如韶华时光匆匆易逝。园中落红点点，坠落在青苔斑驳的墙上。此人遥望依旧繁茂绚烂的百里香，不免黯然神伤。确实，同样的青春，有人早早衰落，有人却芳华常驻。这首诗意蕴深厚，引人遐想。百里香，分布于中国甘肃、陕西、青海、山西及河北，南北方都有野生的百里香。花叶均可入菜，可药用。物语：火山能量，天地流芳。

百脉根

bǎi mài gēn

山青水秀风悠闲，百脉根生感恩天。

朝气蓬勃经常见，保水固土忙得欢。

　　这首诗朗朗上口，描绘了大自然中生灵的感恩之情。"山青水秀风悠闲"一句展现了山水风光的秀丽和宁静，令人心旷神怡。正是因为大自然的滋养，才有了万物生长的根基。"朝气蓬勃经常见"这句形容了百脉根生机勃勃，充满活力的状态，它积极地担负起保水固土的使命。通过这首诗，我们感受到了人与自然和谐共生的可贵。百脉根，产于中国，世界各地广泛分布。大片蝶形小花展翅欲飞形成金灿灿的花海，壮观惊艳。物语：人间悲喜，尽收眼底。

棒叶落地生根
bàng yè luò dì shēng gēn

fēng liú hé chù bù xiāng yí　　bàng yè luò dì shēng gēn jī
风流何处不相宜，棒叶落地生根基。
lí huā yuè wò mèng huàn dì　　bù zhī shòu yòng dào jǐ shí
梨花月卧梦幻地，不知受用到几时。

　　诗人仿佛置身于月下的梨花影中，沉浸在幻境般的美景里。但是美好时光容易流逝，令她产生淡淡的忧虑。爱情无处不在，无论身居何地，心中的思念始终难以抹去。她期盼无论遭遇怎样的困境，爱情也能像落地生根的草木一般坚强驻扎，永不放弃。棒叶落地生根，原产于非洲马达加斯加中部和南部，中国广东等地引进栽培观赏。野生棒叶落地生根看上去细小苍劲，独具风采。盆栽后，枝茎高挑，优雅漂亮。物语：独特植物，另有情趣。

宝盖草

bù yóu zì zhǔ fēng lái lín
不由自主风来临，
qīng tīng yòng shí liǎng sān fēn
倾听用时两三分。
bǎo gài cǎo shàng huā fēng yùn
宝盖草上花风韵，
jìn rǎn gù tǔ nán lí rén
尽染故土难离人。

　　诗人抓住了风的灵动和无法预测的特性，使得读者仿佛能感受到盛夏凉风来临时突如其来的惊喜。宝盖草在风中摇曳，娇嫩的花朵楚楚可怜，让远离故土的人们深受触动，情不自禁地涌现思乡之情。这首诗不仅仅描绘了宝盖草的风姿，更是一首感人至深的思乡曲。宝盖草，产于中国各地，是野生野长的野菜。早春三月宝盖草的粉紫色美丽小花就会抱茎绽放。小坚果淡灰黄色，具三棱。全草可入药。物语：故土恋天，药在眼前。

蓖 麻
bì　má

人类历史百万年，秋收冬藏不简单。
蓖麻从未动凡念，奈何撞上撒欢天。

　　人类历史的长河已绵延百万年，在漫长的进化中人们逐渐积累了生存智慧。春生夏长秋收冬藏，不仅仅是简单的农业行为，更蕴含着深刻的内涵。蓖麻陪伴着人类与自然环境共处，像极了一位沉默寡言的朋友。但是遇到春和景明，万物躁动的季节，它也忍不住踏着风的韵律，欢快摇摆。蓖麻，原产于非洲东北部热带地区，传入中国历史悠久。蓖麻在北方地区多为野生野长的高大杂草，常被连根拔起当柴烧。蓖麻种仁可入药。物语：人畏之患，尽可防范。

槟 榔

zhī yè zhāo zhǎn jìng wú shēng   wàn lǐ tiāo yī yù tíng tíng
枝叶招展静无声， 万里挑一玉婷婷。
qì dìng shén xián liù gēn jìng   bīng láng zhī gōng tiān cù chéng
气定神闲六根净， 槟榔之功天促成。

　　诗人将槟榔树塑造成一位气质娴雅的佳人。她亭亭玉立，风韵极美，尤其难得的是她泰山崩于前而面不改色的非凡气度。这种六根净化，心境平和的境界是一种修行的结果，是一种内心的净化与提升。诗人表示槟榔树的特质来源于天地的滋养，也许我们也能从中获得某种感悟。槟榔，产于中国云南、海南等地。在中国南方以及东南亚国家部分地区的人们有咀嚼槟榔的习惯。槟榔为传统中药材，具有杀虫等作用。物语：内露煞气，弊大于利。

播娘蒿
bō niáng hāo

pī xīng dài yuè dào chūn hán　　mò jiǎo yě cǎo kào dì biān
披星戴月倒春寒，没脚野草靠地边。

bō niáng hāo zi zuì guǒ duàn　　zhí jiē chuǎng rù táo huā tián
播娘蒿子最果断，直接闯入桃花田。

　　诗人以播娘蒿为题描绘了一个勇敢、坚韧的形象，他在春寒料峭之时毫不畏惧地前行。在险恶的外在环境中，人们往往都会暂时躲藏起来，但是他却坚守自己的立场。"播娘蒿子最果断，直接闯入桃花田"这句更是表达了诗人对自由、无畏的追求，同时传递出一种积极向上的精神能量。播娘蒿，世界各地广泛分布，中国各地均有野生种分布。清明前后，播娘蒿便开始茂盛起来，细高的茎上绽放出美丽的亮黄色小花。物语：绿野仙踪，颇为有用。

蚕豆

cán dòu

yín fēng yǒng yuè tiān dì zhī　　wèi zhòng cán dòu qǐ zhēng zhí

吟风咏月天地知，为种蚕豆起争执。

bā yuè zhǒng zi cái luò dì　　hé shí děng dào chéng shú shí

八月种子才落地，何时等到成熟时。

　　吟风咏月是风雅的情趣享受，但诗人似乎更推崇脚踏实地地耕耘。诗中提到了"八月种子才落地"，暗示着等待的艰辛。而最后一句"何时等到成熟时"，更是表达了对未来的期待和焦急的心情。或许，诗人也并不知道何时才会看到开花结果，但她依然坚持播撒下希望的种子。蚕豆，原产于地中海沿岸，亚洲西南部至北非，中国各地均有栽培，以长江以南为胜。中国在西汉时引入蚕豆，栽培历史悠久。可药用。物语：巧设天工，田中怡情。

长药八宝
cháng yào bā bǎo

花痴花奴醉花城，又红又绿又春风。
huā chī huā nú zuì huā chéng　yòu hóng yòu lǜ yòu chūn fēng

长药八宝不任性，固守大地共月明。
cháng yào bā bǎo bù rèn xìng　gù shǒu dà dì gòng yuè míng

　　古往今来，爱花成痴之人不胜枚举。他们终日沉醉于莳花弄草，寄情于在万花国中做白衣卿相。诗的后两句是以花的视角描写它们对爱花之人的回馈。每当寒冬将至，花神纷纷返回天宫，只有长药八宝坚守在大地，与"花奴"长相厮守，共赏月明。这首诗浪漫而温馨，我们可以从中感受到两情相悦，彼此忠贞的美好互动。长药八宝，产于中国东北和华北等多个地区，朝鲜有分布。叶子翠绿丰腴，盛开时形成粉红色花海。物语：济世良药，民间八宝。

苍耳

田间地头争输赢，苍耳子花淡雪青。
不种不养可治病，虽是杂草也有情。

　　花的世界一如人类社会，有的生而不凡，有的平平无奇。苍耳没有艳丽的外表，名贵的出身，常被当作引火的杂草焚烧。实际上它不仅开花时娇嫩可爱，还全身都可入药。诗人通过这首诗表达了对苍耳的同情，同时也启发读者思考：如果我们身处苍耳的境地，又该如何去最大化地实现人生价值呢？苍耳，分布于中国东北、华东、华中、西南等地。苍耳为乡村常见野草，连根拔除晒干，再摔掉扎手的苍耳子当柴烧。可入药。物语：早年泛滥，如今稀罕。

21

苍术
cāng zhú

高深莫测几时休，无欲无求最自由。
gāo shēn mò cè jǐ shí xiū　　wú yù wú qiú zuì zì yóu

长生不老有成就，苍术药力排榜首。
cháng shēng bù lǎo yǒu chéng jiù　　cāng zhú yào lì pái bǎng shǒu

　　这首诗以高深莫测的意境开篇，引人遐思，表达了一种对世俗无欲无求，只追求内心自由的人生态度，这种境界令人向往，也令人敬畏。接着，诗人提到了苍术的神通广大，可以帮助人类实现"长生不老"，这显然是一种夸张的手法，但足以表达诗人对于自然界神秘力量的憧憬。苍术，分布于中国黑龙江、吉林、山西、甘肃、浙江等地区，朝鲜及俄罗斯远东地区亦有分布。秋季绽放漂亮的白色小花，为传统中药材。物语：恬淡心境，广度众生。

草果

绿叶轻掩灯阑珊，风吹草果花难眠。

堆红砌玉若想看，借缕月光到枕边。

苏轼曾写下名句"只恐夜深花睡去，故烧高烛照红妆。"这是中国古代文人爱花赏花的情趣，但在更为广阔的自然天地里，亿万花朵寂寞地绽放在月光下，只有绿叶相伴，无人赏玩。诗人浮想联翩，如果花儿能借着月光进入人们的梦境，那么彼此间都能向对方奔赴，不会再寂寥地感慨美景虚度了。草果，产于中国云南、广西、贵州等地。云南的文山州马关县栽培草果历史已经有三百多年。晒干后可作调味料。果实入药。物语：家常菜色，味不可夺。

草莓

半是雪花半是风，满天星斗朦胧红。

草莓不是颜色控，故携彩云流浪中。

　　这首诗以独特的笔触将自然与色彩融合得如此和谐。诗人以"雪花"和"风"形容一个半纯洁半狂野的形象，既柔美又动人。而"满天星斗朦胧红"则将草莓的浪漫与唯美展现出来。诗人在将自然景物描绘得栩栩如生的同时也融入了情感。她以"草莓不是颜色控"来表达人们不应该只看重外表，而是应注重精神自由这一理念。草莓，原产于南美，约有两万多品种，世界各地广泛栽培。中国引进或自行培育的品种有近三百个。物语：里外透红，风韵天成。

草木樨

年年初春柳梢黄，夜夜搅得泥土香。
草木樨想起绿浪，却又不舍花衣裳。

　　柳梢黄，蛾眉妆，恋云慕雨费思量。这首诗以优美的笔触描绘了初春时节，草木樨俏丽可人的模样。它带着对未来的无限憧憬，想要将青春投入滚滚绿浪当中，但又眷恋眼前的美景，这样患得患失的心理，可不就像当初少年时的我们？诗人细腻地刻画出复杂的情感，带领我们重温美好的青春岁月。草木樨，产于中国东北、华南、西南各地，生于山坡、河岸、路旁、砂质草地及林缘。植株强壮多分枝，花繁叶茂叫美丽。物语：流翠护航，花更芳香。

柴桂

chái guì

秋日秋夜风如初， 桂树桂枝香几缕。

qiū rì qiū yè fēng rú chū　guì shù guì zhī xiāng jǐ lǚ

月宫最是好去处， 自此不受剥皮苦。

yuè gōng zuì shì hǎo qù chù　zì cǐ bù shòu bāo pí kǔ

　　玉阶生白露，桂枝香满浦。每当人间秋风乍起，便是桂香满城时。自古文人吟诵花草树木的诗歌不胜枚举，但大多是赞其形，誉其香，寄其情，很少有人像此诗的作者那样怜其苦。她畅想着柴桂也能飞到月宫之上，与那棵月桂树作伴，这样就能免去被剥皮之苦。在诗人眼中，所有生灵都像人类一样具有喜乐悲欢。柴桂，产于云南西部。人们采集其桂皮当作日常荤菜烹调香料，以中国广东省云浮市罗定产的最为著名。物语：嫦娥玉兔，稀有桂树。

chén pí
陈 皮

xīng hé shǎn shuò ài chūn tiān　　chén pí yuè lǎo yuè zhí qián
星河闪烁爱春天，陈皮越老越值钱。

shí yòng kě bù kàn biǎo miàn　　chéng xìn jìn rù zhōng yào quān
实用可不看表面，诚信进入中药圈。

　　这首诗以时光穿梭为引，融入了中药行业中诚信经营的重要性。时光的流转见证了陈皮的升值，其因岁月的沉淀而愈加珍贵。但是各个行业总有不法之徒以次充好。诗人称陈皮凭借诚信在中药圈备受推崇，这是从另一个角度强调了中药行业所追求的核心价值观。陈皮，中药名，为芸香科植物橘及其栽培变种的干燥成熟果实外皮。产于中国福建、浙江、广东、广西、江西、湖南等地，以广东省江门市新会陈皮最为著名。物语：流云有形，老树无声。

秤锤树
chèng chuí shù

昨夜风雨墨云欢，月落云阶遮望眼。
zuó yè fēng yǔ mò yún huān   yuè luò yún jiē zhē wàng yǎn

春惹旧欢加新怨，秤锤树花不夜天。
chūn rě jiù huān jiā xīn yuàn   chèng chuí shù huā bù yè tiān

　　昨夜一场风雨，墨云恣意狂欢之后消失无踪，取而代之的是月淡云清，一派疏阔景象。在这个春风沉醉的夜晚，秤锤树绽放出密密匝匝的繁花，仿佛一盏盏灯烛在枝头跳跃，照耀着被春风撩动的各种爱恨纠葛，也牵引着赏花人的思绪。谁不曾有过情感的牵绊？但无论圆满或是遗憾，都是青春的回忆。秤锤树，产于江苏（南京），杭州、上海、武汉等地曾有栽培。枝头绽放出细细的长梗小花，一簇簇悬垂，含羞带怯，洁白无瑕。物语：开阔胸怀，快乐飞来。

<ruby>赤<rt>chì</rt></ruby> <ruby>小<rt>xiǎo</rt></ruby> <ruby>豆<rt>dòu</rt></ruby>

<ruby>离<rt>lí</rt></ruby> <ruby>人<rt>rén</rt></ruby> <ruby>相<rt>xiāng</rt></ruby> <ruby>思<rt>sī</rt></ruby> <ruby>莫<rt>mò</rt></ruby> <ruby>怕<rt>pà</rt></ruby> <ruby>羞<rt>xiū</rt></ruby>，<ruby>交<rt>jiāo</rt></ruby> <ruby>与<rt>yǔ</rt></ruby> <ruby>白<rt>bái</rt></ruby> <ruby>云<rt>yún</rt></ruby> <ruby>信<rt>xìn</rt></ruby> <ruby>天<rt>tiān</rt></ruby> <ruby>流<rt>liú</rt></ruby>。

<ruby>秋<rt>qiū</rt></ruby> <ruby>风<rt>fēng</rt></ruby> <ruby>常<rt>cháng</rt></ruby> <ruby>伴<rt>bàn</rt></ruby> <ruby>赤<rt>chì</rt></ruby> <ruby>小<rt>xiǎo</rt></ruby> <ruby>豆<rt>dòu</rt></ruby>，<ruby>先<rt>xiān</rt></ruby> <ruby>解<rt>jiě</rt></ruby> <ruby>心<rt>xīn</rt></ruby> <ruby>结<rt>jié</rt></ruby> <ruby>后<rt>hòu</rt></ruby> <ruby>解<rt>jiě</rt></ruby> <ruby>忧<rt>yōu</rt></ruby>。

　　这首诗以细腻动人的笔触表达了缠绵的思念之情。诗人将离人之苦寄托于白云，期待自由流动的白云能将自己的心意传递到所思之人的身边。同时，诗中提到的秋风与赤小豆相伴的温馨与离人的寂寥相映成趣，使人们更能感受到诗人内心的困扰，并进一步体会到她希望从相思之情中获得解脱的复杂心理。赤小豆，原产于亚热带地区，引入中国栽培悠久，已经有两千多年历史，中国也是世界上赤小豆主产国。药食两用。物语：殷实话题，恒久方式。

川鄂乌头
chuān è wū tóu

弯月不挂天下忧，千古田长川乌头。
wān yuè bù guà tiān xià yōu　qiān gǔ tián zhǎng chuān wū tóu

用药绝非系纽扣，无物可酿长命酒。
yòng yào jué fēi jì niǔ kòu　wú wù kě niàng cháng mìng jiǔ

　　诗中，"弯月不挂天下忧"这句暗示人们应当抛却忧虑，心态平和地面对生活带来的种种困扰，正如弯月不会因为天下的忧虑而改变其轨迹；"千古田长川乌头"则描述了川乌头的历史和神奇的药力。诗人告诫我们，健康和长寿不能仅依靠药物，而是需要通过正确的生活态度和行为来实现。川鄂乌头，分布于中国四川东部和湖北西部，以四川所产最负盛名，故别名川乌头。长有鸡爪似的叶子，抱茎生紫色钟状花朵。物语：人生如河，岁月流过。

穿龙薯蓣

六月变成绿海洋，穿山龙藤绕天长。
火星撞到地球上，疯狂一点又何妨。

　　仲夏变成绿海洋，枝叶繁茂的树木幻化成美丽的绿洲，令人心旷神怡。穿山龙藤在天空中缠绕，像是一条巨龙舞动，给人以无限遐想。火星撞到地球上，这一幕仿佛来自外太空的奇迹瞬间点燃了人们的激情。这种疯狂的画面，激发了人们内心深处的勇气和冒险精神，敦促我们面对挑战，勇往直前。穿龙薯蓣，别名：穿山龙。产于日本、朝鲜及俄罗斯，分布于中国东北、华北、山东、河南等地。根状茎为传统中药材。物语：地底纵横，出土有用。

垂　柳

用心更比不用苦，他乡叶落天桥区。
举目万株柳树绿，枝头尽是千秋雨。

　　时代的洪流滚滚向前，思古之情再深也无法令时光倒流。用心探索生命真谛，不想令年华虚度的人们总是无法避开苦痛，而看破红尘，无欲无求之人世间罕有。在沉沉暮霭的尽头，是成行的依依垂柳，它们沐浴着千年的烟雨，铭刻住无限情愁。垂柳，产于中国北部地区，北方城市早春最显著的特征就是行道两旁的高大垂柳吐青。翠绿色细长悬垂的枝条在微风中摇曳，水葱似的嫩黄柳芽秀色可餐。物语：春烟袅袅，绿雨潇潇。

莼菜

chún cài

yú yàn zhī měi jiē bù rú   xiū huā zhī róu shuǐ tuō chū
鱼雁之美皆不如，羞花之柔水托出。

fēng yún gù jí chūn sī xù   zhé qǔ liú cuì bā jiǔ lǚ
风云顾及春思绪，折取流翠八九缕。

　　诗人非常巧妙地在诗中代入了莼鲈之思和鱼雁传书这两个典故，烘托浓郁的思乡之情。中国古人认为鱼儿和大雁会为人们传递书信。而每当秋风起兮，家乡的鲈鱼和莼菜的美味就会萦绕在游子的舌尖心头。风云体察到春风即将离去，特意采撷八九缕莼菜相赠，期待它明年早日回归大地。莼菜，产于中国南方地区，世界各地水域有分布。只取卷曲初生的嫩芽，采收后制成汤羹，鲜美爽滑，为江南名菜"一碗夏天"。物语：清涟出尘，微光更新。

葱
cōng

古时风雨今时情，滋润万物悄无声。
gǔ shí fēng yǔ jīn shí qíng, zī rùn wàn wù qiǎo wú shēng

只有口欲不安静，要吃白饼卷大葱。
zhǐ yǒu kǒu yù bù ān jìng, yào chī bái bǐng juǎn dà cōng

　　历史的尘烟拂过大地，古时风月照今人。天地无声无息地滋养万物，人类从中体会到岁月静好的真谛。诗的末句"要吃白饼卷大葱"，以朴实的口吻展示了人们对于美食的向往，也凝聚了人们对于生活中简单快乐的追求。诗人以直白的语言启发读者对于生活本质进行深入思考，耐人寻味。葱，原产于亚洲，经由野生品种驯化而成。中国山东章丘大葱已经有三千多年栽培历史，最为著名且长相姣好。生吃、熟食都美味。物语：聪明好运，万事皆顺。

翠雀
cuì què

xiàng yáng ér nuǎn chū chén tiān　cuì què liàng chū yī mǒ lán
向阳而暖出尘天，翠雀亮出一抹蓝。

chūn hán guò hòu kāi chéng piàn　zhí jiē zuì dǎo bái yún shān
春寒过后开成片，直接醉倒白云山。

　　温暖的阳光照耀下的天地，犹如一片净土。翠雀在这春暖花开的季节里绽放出一抹蓝色，这是大自然为我们带来的美丽馈赠。经过春寒酝酿，大自然的力量逐渐迸发，花朵盛开成绚烂的花海，就连白云山也醉倒在它的怀抱中。这首诗让我们忘却了世俗的纷扰，感受到生命之美。翠雀，分布于中国多个地区，俄罗斯西伯利亚地区、蒙古国也有分布。翠雀花箭高挑，绽放出大量冰蓝色花朵，好似小燕子飞落枝头。物语：蓝伴盛夏，画中有画。

酢 浆 草

时光流转千百年，白驹过隙一念间。
酢浆草花回头看，你若安好是晴天。

　　时光荏苒，弹指一挥，世人往往来不及思考清楚生命的意义便已蹉跎一生。诗人笔下的酢浆草精致细小，花期短暂，羞涩而多情。它自知不能像牡丹芍药那般被珍视，只能对爱人送上默默的祝福，希望他平安喜乐，顺遂一生。诗人将酢浆草塑造成一个动人的艺术形象，令人惋惜爱怜。酢浆草，产于中国辽宁、江苏、江西、广西、云南等地，分布于亚洲温带及亚热带、欧洲、地中海地区及北美。花叶繁茂，叶片精致如荷。物语：扶摇千里，增长见识。

大豆

dà dòu

wàn wù róng kū yìng shí jié mǎn shān biàn yě dà dòu kē
万物荣枯应时节，满山遍野大豆棵。

kàn wán rì chū kàn rì luò xiāng sī zhuāng mǎn jīn yín wō
看完日出看日落，相思装满金银窝。

　　这首诗以淡雅的语言描绘了大自然中万物荣枯的景象，通过对大豆的描写，表达了生命的旺盛和繁荣。诗中的"看完日出看日落"一句，生动地展现了诗人豁达开朗的人生态度。而"相思装满金银窝"一句，则将内心的情感与植物巧妙地融合在一起，表达了对爱情的珍视。大豆，原产于中国，是重要的粮食作物，世界各地广泛分布。中国栽培大豆已有五千多年历史，黑龙江嫩江市、富锦市以及克山县所产的大豆最为著名。物语：终获饱满，欲上青天。

大花茄

dà　huā　qié

植物学中全面观，平凡之中不平凡。
玉成其美供人看，没有娇柔只有仙。

　　大自然中的生灵以独特的方式展示着自己的华丽，就像大花茄淡紫色的花朵浪漫绮丽，仙气缥缈，没有丝毫娇柔之态。它们以坚忍的意志和顽强的生命力茁壮生长，对于这样的植物，无须怜爱，只有肃然起敬。世上有很多生物，于平凡之中蕴藏着无限的价值。它们不仅是大自然的馈赠，更是我们心灵的栖息地。大花茄，原产于南美洲的玻利维亚至巴西等地，现热带、亚热带地区广泛栽培，中国广东等地引进栽培观赏。物语：花紫树高，浪漫缭绕。

大麻
dà má

故雨新知何处逢，大麻荒野又出生。
gù yǔ xīn zhī hé chù féng　dà má huāng yě yòu chū shēng

指望圆个惊春梦，谁知禁令不放行。
zhǐ wàng yuán gè jīng chūn mèng　shuí zhī jìn lìng bù fàng xíng

　　这首诗以婉转的语言描绘了一个趣味盎然的故事。诗人笔下的大麻虽然只是植物，但也对未来有无限憧憬。它渴望绽放生命的光辉，令世界惊艳，无奈因为自身的麻醉特性而被下了禁足令。正所谓"匹夫无罪，怀璧其罪"，显然诗人对大麻的遭遇既有调侃，也不乏同情。大麻，原产于印度、锡金、不丹和中亚细亚，多个国家自有野生品种，中国新疆偶见野生。大麻的果壳和苞片称"贲"，多服令人发狂，被世界各国严禁。物语：因醉而醉，故被定罪。

大麦
dà mài

风流定格深情中，田间大麦美无穷。
fēng liú dìng gé shēn qíng zhōng   tián jiān dà mài měi wú qióng

亭亭玉立抢上镜，金色波浪妆初成。
tíng tíng yù lì qiǎng shàng jìng   jīn sè bō làng zhuāng chū chéng

　　这首诗中所展现的景象让人感到心旷神怡，诗人以几个简洁而精确的词语，将大麦的美展现得淋漓尽致。它们随风摆动，仿佛在田间舞蹈；它们亭亭玉立，仿佛优雅的女子，瞬间抢占了视觉焦点。当大麦在秋风中如浪汹涌，它们已不再独自美丽，而是幻化为大地的美妆，将这个成熟的季节渲染得璀璨夺目。大麦，原产于中东，中国各省区均有栽培，为重要的粮食作物，世界各地广泛分布。中国大麦栽培历史悠久。物语：天有美酒，地无忧愁。

丹 参

锁红田里出丹参，　盈尺春光变美人。

踏青访客有定论，　西风不瘦赤子心。

　　无边的田野落英缤纷，花瓣渗入泥土，凝聚成大地精魄一般的丹参。柔软的春光纷纷扬扬，好似美人款款而来。丹参吸引了踏青客的目光，他们热情地歌咏作赋，赞美丹参燃烧生命治病救人的高尚情操。这首诗辞藻淡雅，富有古典诗歌的韵味。尤其是"西风不瘦赤子心"一句，耐人寻味。丹参，产于中国，日本也有分布。碧绿色叶子簇拥丹参的粉紫色花朵。安徽省全椒县所产的丹参为上品。干燥的根为传统中药材。物语：拔萃涌动，心神安定。

当 归
dāng guī

弱水三千饮一瓢，谁料荷花来撒娇。
ruò shuǐ sān qiān yǐn yī piáo   shuí liào hé huā lái sā jiāo

当归本是中草药，湖中温柔受不了。
dāng guī běn shì zhōng cǎo yào   hú zhōng wēn róu shòu bù liǎo

　　民间传说中，当归之名有妇女思念丈夫之意。因此这首诗似乎是在描述当归已经心有所属，并且立下忠贞不贰的海誓山盟。不料温柔的荷花对它暗生情愫，希望它能留下，长相厮守。但是当归认为彼此不是同类，婉拒了荷花的美意。诗人以当归之名，编织了一个有趣的爱情小品，很是别致。当归，产于中国甘肃、云南等地，甘肃省岷县所产的当归质量好，产量多。当归自古就有"药王"的美称，具有补血活血等功效。物语：点到为止，何必诠释。

刀豆
dāo dòu

qiǎn zuì chén shì wèi chū gé　　shēn qíng kě jiè fēng yún shuō
浅醉尘世未出阁，深情可借风云说。
dāo dòu yù dù huā yuè yè　　chū chūn shī yùn shuí lái hè
刀豆欲度花月夜，初春诗韵谁来和。

　　刀豆的外形看似硬朗凌厉，但在诗人笔下，它更像是一个内心丰富柔软的佳人。它养在深闺人未识，对未来和爱情寄托了美好的憧憬。它的满腔柔情借自由的风云传递，希望能和有情之人共度花月旖旎的良辰美景。只是它过于矜持，不像花儿那般招摇夺目，不知自己的情缘何时才能来临。刀豆，中国多个地区栽培种植，热带、亚热带及非洲广布。嫩荚和种子供食用，须先用水煮，方可食用。根及果、种子均可入药。物语：灿若剪碧，遁如君子。

稻

dào

tiān xuǎn wàn wù dāng kǎi mó　　dào zi wú yán gòng xiàn duō
天选万物当楷模，稻子无言贡献多。
qiū shí jué shèng chūn yán sè　　měi mào qīng chéng yòu qīng guó
秋实决胜春颜色，美貌倾城又倾国。

　　自然之神召集万物生灵，欲从中选拔出一位楷模。默默无言的稻子以其贡献巨大而脱颖而出。众多花草都是以绽放花朵的春夏之时最美，稻子却是在金秋时节展现风姿，倾国倾城。诗人热情地歌颂了稻子对人类的重大意义，也传递出更推崇内在美的审美品位。稻，原产于中国和印度，世界多国已经广泛栽培。中国种植水稻距今已有七千余年的历史，以黑龙江五常大米和山东鱼台大米最为著名，鱼台大米为中国国家地理标志产品。物语：开天辟地，无限活力。

地黄
_{dì huáng}

天空升起发光体，星辰变成春种子。
夜幕低垂风给力，地黄托出花认知。

　　日出东方，犹如诗人的灵感点燃了黑夜的苍穹。星辰化种播撒大地，寄托了人们对美好未来的期许。夜幕低垂，风儿轻轻吹拂着田野，仿佛是大自然自身的诗意回应。地黄的每一朵花都是艺术品，它们绽放出生命的力量和独特的魅力。这首诗用简练的语言和深邃的意境，将大自然的神奇之处展现得淋漓尽致。地黄，分布于辽宁、河北、山西、江苏、湖北等地。河南省新乡市原阳县产的地黄为上品。地黄根为传统中药材。物语：寂静无声，地下功成。

地衣

不枝不叶不开花，早看白云晚看霞。
地衣心力比天大，挥手飞入万千家。

　　诗的前两句形象地描绘了地衣朴实无华而自得其乐的境界，它们以朴素而坚实的姿态屹立于自然天地，默默地旁观着世界的变幻，细致而专注。地衣在恶劣环境下顽强生长，凭借坚韧的心志超越了苛刻的天气和环境的限制，展现出了无与伦比的生命力，以及与艰难抗争的勇气。诗人赞美地衣如同无私的使者，为千家万户带去温暖与美好。地衣，全世界地衣大约有两万多种，被称为植物开路先锋，为无污染指标。物语：象征载体，生命轨迹。

地　涌　金　莲
dì yǒng jīn lián

shēn shān gǔ sì rì yuè cháng　　fēng luán sōng bǎi piāo qīng xiāng
深山古寺日月长，峰峦松柏飘清香。
dì yǒng jīn lián yǒu néng liàng　　cháng wèi fó mén tiān jí xiáng
地涌金莲有能量，常为佛门添吉祥。

　　峰峦起伏，梵音悠远，翠绿的松柏散发出幽幽清香。地涌金莲绽放得璀璨夺目，萦绕七彩宝光。它仿佛具有神秘的能量，将它供奉在佛前，能为古寺增添吉祥。诗人从地涌金莲瑰丽壮观的外形入手，构建出一幅神圣且清幽的图景，展现了中国传统佛教文化和花卉文化和谐相融的魅力。地涌金莲，产于云南中部至西部，叶子形如芭蕉，大而翠绿，巨大金黄色花苞片状如莲花。可入药，有收敛止血等功效，茎汁用于解酒。物语：欲开未开，天仙归来。

地 榆
dì　yú

有花同行风如锦，　盛夏细雨梦成真。
yǒu huā tóng xíng fēng rú jǐn　shèng xià xì yǔ mèng chéng zhēn

地榆花开七月份，　悬壶又添一红粉。
dì yú huā kāi qī yuè fèn　xuán hú yòu tiān yī hóng fěn

　　这首诗以婉约的笔触描绘了地榆之美。夏日的细雨如梦似幻，娇艳的花朵仿佛为清风晕染上锦绣的光华。这是地榆盛开的七月，无数粉红的花朵接天连日，犹如为大地穿上一件浪漫的纱衣。不过，地榆花的志向可远不止于此，它们热切地期盼开花吐蕊，只为能早日实现悬壶济世的梦想。地榆，分布于华北、华中、华南、西南地区。叶片翠绿色，形状酷似榆树叶子，故名地榆。地榆根入药，可治疗烧伤。物语：山水相伴，乡村之恋。

吊竹梅

天公信手牵春情，荷塘月高花弄影。
柔丝挂起半帘梦，吊竹梅上眼惺忪。

　　诗中的天公象征着自然的力量，它随手一挥，便使得大地万物都沐浴在春光之中。荷塘中月轮高悬，花影婆娑，暗香浮动，令人自然而然地将心底烦闷一扫而空。吊竹梅的花朵从叶片间探出头，显然还没从一帘幽梦中苏醒过来。它睡眼惺忪地打量了一眼周遭，便又缩回身去，再续未完的甜梦。吊竹梅，原产于热带美洲，中国福建、广东等地有分布。枝叶葡匐悬垂，叶面光滑，色泽美丽且多变，花呈玫瑰色，是传统中药材。物语：秋千红索，悬垂紫波。

蝶豆
dié dòu

日出碧海春无沿，月隐青山秋连天。
rì chū bì hǎi chūn wú yán　　yuè yǐn qīng shān qiū lián tiān

蝶豆花开正灿烂，冰蓝从早美到晚。
dié dòu huā kāi zhèng càn làn　　bīng lán cóng zǎo měi dào wǎn

　　诗中的每一个字都如同细腻的画笔，勾勒出大自然的美妙景色。日出时，海水与天空交相辉映，呈现出碧玉般的色彩。而月亮则隐藏在青山之间，将秋天的美景与天空连成一片，仿佛在歌颂大自然的鬼斧神工。蝶豆花是夏天的使者，如同冰蓝色的蝴蝶，点缀着大地的每一个角落，将世界装点得如同仙境一般。蝶豆，原产于印度，中国广东、海南、浙江、福建等地引种栽培。翠绿色羽状叶衬托冰蓝色的花，如蝶般翩翩欲飞。物语：与蓝对酌，无花倾国。

钉头果

dīng tóu guǒ

kuà nián kāi huā yǒu táng mián　　nì fēng chuī huǒ tiān xià xiān
跨年开花有唐棉，逆风吹火天下先。

xìn mǎ yóu jiāng chéng dà wàn　　hé bù fèn tí shān shuǐ jiān
信马由缰成大腕，何不奋蹄山水间。

　　这首诗以唐棉开花为题，描述它勇往直前、不畏艰辛的精神，如同逆风吹火一般壮烈。诗中提到的"信马由缰成大腕"，意味着只要有恒心和毅力，就能成就伟大的事业。而"何不奋蹄山水间"则是诗人殷切的劝勉，她呼唤人们在壮丽的山水之间勇敢追逐梦想。钉头果，别名：唐棉。原产于地中海，分布于欧洲各地，中国华北及云南栽培作药用。钉头果形如浅绿色气球，内有白色飞絮种子，供药用。物语：千奇百怪，趣致可爱。

<ruby>冬<rt>dōng</rt></ruby> <ruby>瓜<rt>guā</rt></ruby>

<ruby>冬<rt>dōng</rt></ruby><ruby>瓜<rt>guā</rt></ruby><ruby>蔓<rt>wàn</rt></ruby><ruby>上<rt>shàng</rt></ruby><ruby>结<rt>jiē</rt></ruby><ruby>冬<rt>dōng</rt></ruby><ruby>瓜<rt>guā</rt></ruby>，<ruby>长<rt>zhǎng</rt></ruby><ruby>成<rt>chéng</rt></ruby><ruby>一<rt>yī</rt></ruby><ruby>个<rt>gè</rt></ruby><ruby>胖<rt>pàng</rt></ruby><ruby>娃<rt>wá</rt></ruby><ruby>娃<rt>wa</rt></ruby>。

<ruby>镂<rt>lòu</rt></ruby><ruby>翠<rt>cuì</rt></ruby><ruby>砌<rt>qì</rt></ruby><ruby>玉<rt>yù</rt></ruby><ruby>盖<rt>gài</rt></ruby><ruby>仲<rt>zhòng</rt></ruby><ruby>夏<rt>xià</rt></ruby>，<ruby>天<rt>tiān</rt></ruby><ruby>下<rt>xià</rt></ruby><ruby>无<rt>wú</rt></ruby><ruby>物<rt>wù</rt></ruby><ruby>可<rt>kě</rt></ruby><ruby>比<rt>bǐ</rt></ruby><ruby>它<rt>tā</rt></ruby>。

　　青翠的藤蔓蜿蜒而行，硕大的果实好似胖娃娃。这首诗的开篇颇有儿歌的韵味，寥寥几笔便将冬瓜圆润可爱的形象描绘得呼之欲出；而"镂翠砌玉盖仲夏"则使用了华丽的修辞手法，形容它仿佛是翡翠雕成，青玉堆砌，这一笔又为它增添了几许华贵的色彩，表达出诗人对它的由衷喜爱。冬瓜，分布于亚洲热带和亚热带地区，澳大利亚东部及马达加斯加，中国栽培历史悠久。果实长圆柱状或近球状，青翠外皮上覆有一层白霜。物语：悟出真谛，成就自己。

冬青 dōng qīng

莫道知己寻常有，几人相伴到白头。
mò dào zhī jǐ xún cháng yǒu　jǐ rén xiāng bàn dào bái tóu

冬青什么都看透，却又从春等到秋。
dōng qīng shén me dōu kàn tòu　què yòu cóng chūn děng dào qiū

　　这首诗以深刻的语言表达了知己难求、真爱难寻的主题。茫茫
人海中，想要寻觅到知心有缘之人何其艰难，因此中国古代才有俞
伯牙、钟子期高山流水遇知音的千古美谈。诗中的冬青早已见惯了
世间的遗憾，但依然坚定地守望与自己心灵契合的伙伴到来，更使
人感受到知己的弥足珍贵。冬青，产于江苏、安徽、浙江、江西、福
建、河南、湖南、广东等地。植株美观极耐修剪，在冰天雪地中用其
碧绿色美化着园林和庭院。物语：冰雪之中，绿意倾城。

豆 瓣 绿

dòu bàn lǜ

yún jǐn fāng wéi duī xiāng zhǎng　　dòu bàn lǜ yè shèng hóng zhuāng
云锦芳帷堆香长，豆瓣绿叶胜红妆。

lǐ zhí qì zhuàng bù yī yàng　　chuī qì rú lán gǎn chēng wáng
理直气壮不一样，吹气如兰敢称王。

云帷锦幄，花香袅袅，这是诗人在形容万花国里的繁华景象。不过在她眼中，豆瓣绿的枝叶毫不逊色于绚烂的花朵，这一句便显现出诗人擅长发现美的独到目光。诗的后两句"理直气壮不一样，吹气如兰敢称王"，展示出一种强大的自信与勇气。这首诗视角独特，展示出诗人对坚定自信和勇往直前精神的推崇。豆瓣绿，产于中国福建、广东、云南等地，分布于美洲、大洋洲、非洲及亚洲热带和亚热带。物语：希望无限，绿色无憾。

毒豆

日出日落从不休，月亮承载无为愁。
金链花名叫毒豆，万千美色难拥有。

  日出日落，月明月隐，承载着世间无数遗憾。正如金链花极其绚烂，像金雨纷坠，似珠帘摇曳，这是怎样一番浪漫华丽的景观。可惜的是，金链花全身带毒，人们即使对它再如何倾慕，也只能远观，无法拥有。诗人通过这一形象，表达了对于美的渴望和难以拥有的无奈。毒豆，别名：金链花。原产于欧洲南部，中国东北、西北等地有栽培。大串黄色花序悬挂于枝头，金光灿烂。落花时缤纷飞扬，满地铺金，但全身有毒。物语：请勿栽种，危及生命。

独行菜
dú xíng cài

五月云卷红日悬，抛光万千浪花山。
wǔ yuè yún juǎn hóng rì xuán　pāo guāng wàn qiān làng huā shān

独行菜与风相恋，化身为药到人间。
dú xíng cài yǔ fēng xiāng liàn　huà shēn wéi yào dào rén jiān

　　夏日云卷日悬，将炙热的阳光洒遍大地，犹如千万朵浪花在山间翻腾。这首诗以独行菜与风相恋的美妙故事为题，形容大自然中万物相互依存、相互呼应的奇妙景象。独行菜与风相爱相依，但它显然并不拘泥于小情小爱，而是化身为药物，毅然投身于红尘之中，为深陷疾苦的人类带来健康和安宁。独行菜，分布于中国南北方多个地区。喜欢成片生长，为医书中记载的常见中药材，种子具有清热解毒等功效。物语：心生敬畏，过量驳回。

莪术
é zhú

粼粼清波碎月影，轻轻流淌君子风。

红妆绿浪不心静，美了一城又一城。

　　清波潋滟，轻轻搅碎水中月，如同君子的品质一般温润如玉，从不刻意撩拨，却于无声之处动人心弦。这种君子风不仅打动人们，更令莪术痴迷得神魂颠倒。它们的绿叶在风中翻涌如浪，明艳的花朵脉脉含情，追随着清波开遍一城又一城，期待有一天能得到对方的回应。莪术，产于中国台湾、福建、江西、广东、广西、四川等地。莪术因其花叶之美，常被当作盆栽花观赏，根茎为著名传统中药材。物语：水边成长，美得荡漾。

é zhǎng cǎo
鹅 掌 草

xián yún huā dǐ bǎ yuàn xǔ　　yù zhāi yuè liang dāng míng zhū
闲云花底把愿许，欲摘月亮当明珠。
é zhǎng cǎo xiǎng liú chūn zhù　　wú nài xié fēng jiā xì yǔ
鹅掌草想留春住，无奈斜风加细雨。

　　这首诗展现了诗人对美好事物的向往和无奈。她先是变身为闲云，在花底许愿，希望能将明月摘下长伴身边；接着又借鹅掌草的视角，祈愿春光能常驻世间，充分显露出诗人爱美惜春之情。无奈的是斜风细雨姗姗而来，遮蔽了明月，驱散了春色，这样的遗憾世间常有，令人唏嘘。鹅掌草，分布于中国云南西北部、四川、贵州等地，日本、俄罗斯远东地区亦有分布。花葶上托举出洁白小花，恰如无穷碧海上布满点点繁星。物语：流云花影，眷恋其中。

鹅掌楸

摇落狂风收下雨，鹅掌楸上眉眼舒。
花与蜜蜂初相遇，郁金流香兴致足。

　　雨歇风止，草木莹润，鹅掌楸轻轻摇曳，惬意十足。这首诗以自然景观为背景，以细腻的笔墨展现了大自然的力量与温柔。诗人将花的娇艳与蜜蜂的勤劳巧妙地结合在一起，展示了自然的美妙。同时，诗人借花与蜜蜂的相遇，传递了一种相互依存、共生共荣的情感，让人感受到了和谐共处的美好。鹅掌楸，中国特有珍稀树种，产于南北方多个地区。花朵灿烂夺目，花瓣用柠檬黄色衬出橘红色，豪华贵气，颇似郁金香之美。物语：白云与爱，随风而来。

fān qié
番 茄

liú jīn qióng zhī suì yuè cháng　　xuán chuí hóng tòu shuǐ jīng xiāng
流金琼枝岁月长，悬垂红透水晶香。
yí tài wàn qiān fàng yǎn wàng　　tiān xià shuí bù wèi zhī kuáng
仪态万千放眼望，天下谁不为之狂。

　　这首诗以华美的辞章，抒发了对番茄这个可爱物种的赞颂。流金琼枝，岁月长久，番茄如同华贵的琼树，岁月的流转使它更加璀璨。枝头悬挂的红色果实如红水晶般剔透，散发出诱人的果香。它好似仪态万方的佳人，令所有人为之疯狂。这首诗通过精妙的描写，让人们仿佛能够感受到岁月的流转并不会削弱美的力量。番茄，原产于南美洲，世界各地广泛栽培，各自拥有特色品种，中国南北方早期引种栽培，历史悠久。物语：玲珑摇风，惊艳天穹。

饭包草

妩媚芳名饭包草，长有美丽眼睫毛。
雅得天地都不要，只好开成蓝海涛。

　　诗人将饭包草塑造成一个妩媚的女子，她的美丽无需任何修饰，风韵天成。她的睫毛浓密纤长，垂眸时能将所有情绪深深掩藏，显出极其婉约含蓄的气质。她淡雅的风姿在天地之间独树一帜，无可比拟，仿佛不该是这个世界中存在的美丽。但她显然并不在意别人的评价，而是自由恣意地生长，令人透过她柔弱的表象看到她的强大自信。饭包草，分布于中国南北方。开精致优雅的蓝色三片小花，长有细长的"漂亮眼睫毛"。物语：自然史诗，非凡奇迹。

<ruby>榧<rt>fěi</rt></ruby> <ruby>树<rt>shù</rt></ruby>

<ruby>春<rt>chūn</rt></ruby><ruby>花<rt>huā</rt></ruby><ruby>秋<rt>qiū</rt></ruby><ruby>月<rt>yuè</rt></ruby><ruby>不<rt>bù</rt></ruby><ruby>夜<rt>yè</rt></ruby><ruby>天<rt>tiān</rt></ruby>，<ruby>时<rt>shí</rt></ruby><ruby>光<rt>guāng</rt></ruby><ruby>流<rt>liú</rt></ruby><ruby>逝<rt>shì</rt></ruby><ruby>年<rt>nián</rt></ruby><ruby>复<rt>fù</rt></ruby><ruby>年<rt>nián</rt></ruby>。

<ruby>香<rt>xiāng</rt></ruby><ruby>榧<rt>fěi</rt></ruby><ruby>子<rt>zǐ</rt></ruby><ruby>树<rt>shù</rt></ruby><ruby>生<rt>shēng</rt></ruby><ruby>长<rt>zhǎng</rt></ruby><ruby>慢<rt>màn</rt></ruby>，<ruby>终<rt>zhōng</rt></ruby><ruby>成<rt>chéng</rt></ruby><ruby>坚<rt>jiān</rt></ruby><ruby>果<rt>guǒ</rt></ruby><ruby>第<rt>dì</rt></ruby><ruby>一<rt>yī</rt></ruby><ruby>仙<rt>xiān</rt></ruby>。

　　这首诗以优美的词句描绘了四季更迭的美妙景致，展现了时间的流转和生命的成长。春花秋月永恒存在，年复一年，生活瞬息万变，唤醒了我们对时间的珍惜和对生命的反思。诗的后半部分描绘了香榧子树尽管生长缓慢，但最终成为坚果中的佼佼者，被誉为仙品。这种不懈坚持和奋斗的精神，值得我们学习和崇敬。榧树，别名：香榧子。原产于中国，为中国特有树种，主产地浙江省诸暨市的香榧王已经有1200年树龄。物语：岁月悠悠，深情胜酒。

费菜
fèi cài

jǐng tiān sān qī yòng chù duō　　fèi cài wú huà yě yào shuō
景天三七用处多，费菜无话也要说。

táo wán kōng qì táo jì mò　　shān shuǐ tián yuán xū hé xié
淘完空气淘寂寞，山水田园须和谐。

　　诗中，"淘完空气淘寂寞"形象地描绘了费菜惬意的生活状态，它自由自在地在风中招展，没有凡尘俗事萦绕胸怀；而"费菜无话也要说"则提醒我们，天地间有些真理需要反复强调，诸如人类对于大自然的恩赐应当常怀感恩，山水田园和谐共生才是让人类社会长治久安的根本。费菜，别名：景天三七。产于四川、湖北、江西、浙江、青海、宁夏、甘肃、河南、陕西、山西、河北等地。可以制作美食，根或全草可药用。物语：广生田野，大爱辽阔。

风车茉莉

日月穿梭任东西，涅槃又见春升级。
不言不语不放弃，风车茉莉花信使。

　　时光无尽流转，自由穿梭不受控制，但每一次轮回都能焕发更茂盛的生机，就像凤凰涅槃般不断进步。风车茉莉转动的花轮仿佛是春天的信号，它在不断提醒我们，只要默默耕耘，永不放弃，就一定会实现美好的愿景。诗人鼓励人们保持乐观和希望，同时也传递出美好和温暖的信息。风车茉莉，除新疆、青海、西藏及东北地区外，其他各地区均有分布。小花形状如五瓣风车，可开出成千上万朵，形成一面芳香四溢的花墙。物语：香满土坡，自得其乐。

扶 芳 藤
fú fāng téng

桑上寄住情暗生，山人独爱扶芳藤。
sāng shàng jì zhù qíng àn shēng　　shān rén dú ài fú fāng téng

无私奉献祛百病，延年益寿头一名。
wú sī fèng xiàn qū bǎi bìng　　yán nián yì shòu tóu yī míng

　　扶芳藤不断向上攀爬，只为迎接第一缕阳光。桑树默默注视着它们，为其远大的志向而感动。深山采药客对于扶芳藤也是情有独钟，不畏艰险将它们采撷下来。诗人笔下的扶芳藤具有极强的人格魅力，它们竭尽全力攀爬，只为让自己长成可用之材，然后燃烧生命去治病救人。这种无私奉献的精神和壮烈的生存态度让人肃然起敬。扶芳藤，产于中国各地。它攀缘往上到能够获取足够阳光时，叶片即变大并开花结果。可药用。物语：必经之路，超凡高度。

佛甲草

fó jiǎ cǎo

qián tíng lùn dào yún hǎi qián　hòu yuàn fó jiǎ shēng shí shān
前庭论道云海前，后院佛甲生石山。
fāng cǎo zhǎng yú xià lín yuàn　xìng yǒu měi sè tiān chéng quán
芳草长于下林苑，幸有美色天成全。

  云海翻涌，殿堂巍峨，世外之人坐而论道。而在后院的不经意处，佛甲草依附在石山之上，静静聆听随风传来的若有若无的谈笑声。诗中的"下林苑"似乎是诗人虚构出的园囿，与秦汉时期极负盛名的上林苑相对，暗示此处不为世人瞩目，延伸为幽密的场所。佛甲草在这里寂寥地生长，幸亏上天垂怜，赐予它不同凡响的美色。佛甲草，原产于中国多个地区，分布于日本等周边国家。野生佛甲草植株美观，为传统中药材。物语：感恩有你，无可代替。

fù pén zǐ
覆盆子

xī yáng jiàn biàn tiān gāo yuǎn   hǎi nà suì shí duī chéng shān
夕阳渐变天高远，海纳碎石堆成山。
fù pén zǐ huā bù xiǎng huàn   bù xiǎng chūn huàn qiū róng yán
覆盆子花不想换，不想春换秋容颜。

　　日升月落，朝霞换黄昏。海纳碎石，沧海变桑田。这首诗的前两句描绘的是时光无尽地流逝，任何力量都无法阻止。地球上的生命在自然之神面前，不过是匆匆一瞬。但也正因如此，覆盆子极其珍视自己有限的生命。它眷恋春的明媚和生机，不愿被秋天取代，哪怕将在秋季迎来硕果累累的盛景。覆盆子，多生于杂木林边或者山坡灌丛中。茎秆细高，翠绿色叶子带有美丽的皱褶和小锯齿，果实可做传统中药材和食用水果。物语：酸甜如常，快乐健康。

gān cǎo
甘草

tiān dì zào wù fēng fú yáo　　shèng xià yíng lái yǔ xiāo xiāo
天地造物风扶摇，盛夏迎来雨潇潇。

guó lǎo jià lín yáng guān dào　　zì bào jiā mén jiào gān cǎo
国老驾临阳关道，自报家门叫甘草。

　　潇潇暮雨润万物，草木招摇，怡然自得。在这幅清爽朦胧的背景中，迤逦而来一队车驾。诗人借"国老驾临阳关道"这句将甘草塑造成一位声名显赫，地位崇高的艺术形象。他"自报家门叫甘草"，意寓甘草的地位在药林之中极其崇高。这首诗值得称道之处在于诗人用一幅生动的场景凸显所叙事物的某一特征，值得学习借鉴。甘草，别名：国老。产于中国，世界各地分布广泛。干燥甘草根为传统中药材，根和根状茎可药用。物语：甜蜜入心，四季如春。

甘蕉
gān jiāo

撕碎贫穷靠自身，富足源于深耕人。
sī suì pín qióng kào zì shēn　fù zú yuán yú shēn gēng rén

甘蕉日夜都勤奋，只为报答知遇恩。
gān jiāo rì yè dōu qín fèn　zhǐ wèi bào dá zhī yù ēn

　　这首诗以简洁而优雅的文字赞美了勤劳的价值。通过将贫穷与富足对比，诗人表达了一个深刻的观点：要想改变命运不能靠祈求神灵，而是应当自强不息。但显然单纯的努力还不够，机遇时运也必不可少。诗中的甘蕉就有幸遇到了伯乐，它日以继夜地勤奋生长，"只为报答知遇恩"。甘蕉，原产于日本琉璃群岛，中国台湾有野生种，中国广东、广西、云南均有栽培。植株高大张扬，叶片鲜绿美观大方，果实味道甜美。物语：田野丰韵，坚守初心。

甘露子
（gān lù zǐ）

草木发芽绿悠闲，似有似无春无边。
（cǎo mù fā yá lǜ yōu xián，sì yǒu sì wú chūn wú biān）
走近前去仔细看，欣欣不已叫地环。
（zǒu jìn qián qù zǐ xì kàn，xīn xīn bù yǐ jiào dì huán）

　　早春的阳光投射到大地，化成无数精灵，唤醒万物生机。诗人眺望远处，看到仿佛有一层绿色绒毯一直铺设到天际。但等她走近细瞧，才发现是一株株甘露子嫩绿的叶苗汇聚而成这无边的春色。这首诗细腻描绘出春天给人们带来的喜悦和生机，也强调了世上很多看似宏大壮观的景象实际都是由一个个独立的美好元素共同构建。甘露子，别名：地环。产于中国华北地区，现分布广泛。地下果实可制作八宝菜。全株入药。物语：过眼云团，婉约成莲。

_{gān zhe}
甘蔗

日短夜长星月朗， 蔗田无处不风光。

甘甜入心细思量， 连根拔起谁抵挡。

　　诗中，日短夜长暗示着天气逐渐转凉，甘蔗田迎来丰收的喜悦。密密丛生的甘蔗如竹林挺拔，好似一幅壮丽的图画。它们内里蕴含着甜蜜的汁水，润人喉舌，沁人心脾。当农人们将甘蔗连根拔起，没有人能抵挡这甜美的诱惑。这首诗文辞简洁，朗朗上口，以一种轻松愉悦的情调为甘蔗勾画了一幅素描。甘蔗，中国台湾、福建、广东、海南、广西等地广泛种植。甘蔗外形如竹，鲜甜可口，茎秆为重要的制糖原料。物语：甜源滚滚，控制尺寸。

gǎn lǎn
橄 榄

chuī jìn fēi xuě fēng huí nuǎn　　yún xiá chū luò èr yuè tiān
吹尽飞雪风回暖，云霞出落二月天。
gǎn lǎn zhī tóu fěn zhuāng yàn　　xì huā fēi yáng guǒ mǎn yuán
橄榄枝头粉妆艳，细花飞扬果满园。

　　冬季的寒冷逐渐消散，春天的暖意渐渐涌现。云霞在春和景明的二月天，再次成为天空的主角。橄榄枝上新发的嫩芽经过冬天的洗礼，如今呈现出粉妆艳丽的景象，细小的花朵飘扬在空中，蔚然成海。花朵的繁盛意味着这个金秋即将满载果实，大地迎来丰收的喜悦。这首诗给人以希望和愉悦的观感，展现了春天的美丽和生机。橄榄，原产于中国南方地区。橄榄是很好的防风树种及行道树，为医书中记载的传统中药材。物语：感人温度，源自草木。

杠柳

gàng liǔ

nián nián cǐ shí kàn chūn fēng　suì suì xīn jìng bù xiāng tóng

年年此时看春风，岁岁心境不相同。

gàng liǔ gēn pí yǒu dú xìng　réng huò yào lín liǎng kē xīng

杠柳根皮有毒性，仍获药林两颗星。

　　诗中的"年年此时看春风，岁岁心境不相同"，表达了诗人对时间流逝的感慨，同时也传达出人心随岁月流逝而变化的真实感受。让读者在感叹岁月无情的同时，也体会到了生命的丰富；而"杠柳根皮有毒性，仍获药林两颗星"，则以简洁而深刻的方式表达出自然界的生物及人类都无法尽善尽美，我们应以客观包容的心态予以对待的道理。杠柳，分布于中国吉林、辽宁、内蒙古、河北、山东、江苏等地。杠柳根皮、茎皮可药用。物语：沉思空想，瘦了阳光。

高粱

gāo liáng

游离世外高粱红，底蕴厚重未发声。

宁可酿酒进大瓮，也不轻易就春风。

　　诗人将高粱塑造成一位身怀绝技，底蕴深厚的高人。他游离于红尘外，不与世俗同流合污。沉默寡言，从不轻易褒贬他人。这正说明他看待世界始终保持冷静客观的态度。虽然外界充满诱惑，也不乏功成名就的机遇，但他宁愿将自身的学识酿成美酒，洁身自好成就自己的情操，也不轻易显露在世人面前。高粱，分布于全世界热带、亚热带和温带地区，中国南北各省均有种植，栽培历史悠久。高粱全身是宝，也是传统中药材。物语：若想命长，多吃杂粮。

<ruby>枸<rt>gǒu</rt></ruby><ruby>骨<rt>gǔ</rt></ruby>

千刺万刺尖刺小，近看方知枸骨高。
qiān cì wàn cì jiān cì xiǎo　jìn kàn fāng zhī gǒu gǔ gāo

红果尽被绿环抱，熟透叶子当药草。
hóng guǒ jìn bèi lù huán bào　shú tòu yè zi dāng yào cǎo

　　枸骨长有无数尖锐的刺，但如果凑近观赏，会发现它犀利的外表下有着一颗柔软的心。看那一串串相思红豆一般的果实，像不像豆蔻年华的少女？诗中的"红果尽被绿环抱"给人一种温馨的感觉。它们被翠绿的叶子护卫着，如同母亲的怀抱一般温暖而安全。末句"熟透叶子当药草"，更是展现了这种植物的独特价值。枸骨，种属很多，有近似外形的植物，分布地区广泛。簇生花朵白色或黄色。结大簇大簇的火红色小果子。物语：纤手拾月，唯美之夜。

构
gòu

gòu shù měi chéng shùn kǒu liū　　hún shēn shàng xià mào nǎi yóu
构树美成顺口溜，浑身上下冒奶油。

lǜ yè xíng zhuàng cāi bù tòu　　zhǐ jiē guǒ zi bù jiē chóu
绿叶形状猜不透，只结果子不结愁。

　　诗人用顺口溜来形容构树之美，可谓别出心裁。我们可以理解成构树的外形流畅，姿态活泼，给人以愉悦欢快的观感。它的绿叶形态多样，好似少女猜不透的心事。它自由自在地生长，并不在意外界的雨雪风霜，也不像其他的花卉那样多愁善感，惹人爱怜。结出一颗颗圆润饱满的果实就是它的信仰。构，产于中国南北各地，也分布于周边亚热带地区。构不择土壤，树形美观，绿色叶子形状各异。果实可以食用。物语：春秋都好，抒情色调。

guā lóu
栝 楼

chǎng kāi xīn fēi kàn yè jǐng　　zé gū cè ěr hán xiū tīng
敞开心扉看夜景，泽姑侧耳含羞听。

yuè lǎo hóng shéng wèi qiān dìng　biàn yǒu fēng dié luò huā cóng
月老红绳未牵定，便有蜂蝶落花丛。

　　这首诗以独特的表达方式描绘了一个浪漫的夜景，充满了深邃的情感和细腻的意象。诗人展示了泽姑含羞带怯的神态，以及它对爱情的期待。忙碌的月老还没来得及为它牵好红线，蜂蝶便纷至沓来，希望能获得它的青睐。诗人将自然与爱情巧妙地结合在一起，为整首诗增添了一抹浪漫色彩。栝楼，别名：泽姑。产于中国，各地均有分布。栝楼生性强健，野生野长于山坡林间，生命力顽强，果实和根为传统中药材。物语：恰逢其时，莫过如此。

光瓜栗
guāng guā lì

春秋叠加天多情，如期而至另类风。
chūn qiū dié jiā tiān duō qíng　rú qī ér zhì lìng lèi fēng

满载祝福人攒动，发财树在流行中。
mǎn zài zhù fú rén cuán dòng　fā cái shù zài liú xíng zhōng

　　时光荏苒，岁月更迭，美好的季节如约而至，从不失信。人们聚集在一起，彼此相互祝福，共同迎接春天的到来。他们还将衷心的祝福寄寓在发财树上，希望财富与繁荣能降临身边。这首诗中蕴含的情感让人感受到了温暖和希望。它不仅仅是一首咏唱春天的诗歌，更是对生活的礼赞。光瓜栗，原产于巴西，中国华南及西南地区引进矮化。作为盆栽，人们为其取了一个寓意美好的名字叫发财树。物语：名字响亮，居家吉祥。

桂竹香
<small>guì zhú xiāng</small>

<small>tiān rán yào cái guì zhú xiāng　　jiàn cì kāi fàng fēng xīn shǎng</small>
天然药材桂竹香，渐次开放风欣赏。
<small>sì jì rú chūn qiáo shǒu wàng　　zì yóu zhī xīn yù fēi xiáng</small>
四季如春翘首望，自由之心欲飞翔。

　　桂竹香如同大自然的馈赠，带来清新宜人的气息。它的花朵渐次开放，如同生命的律动，展示出生生不息的力量。对它而言，四季如春，无论寒暑，始终挺立在世界的舞台上。而自由之心则如鸟儿，渴望振翅高飞，追逐梦想。这首诗给予人们希望与勇气，让读者感受到大自然的魅力与生命的力量。桂竹香，原分布于欧洲南部，中国多个地区引进栽培。几十朵小花簇拥成一个橙黄团子，渐次绽放时金光灿烂，香味浓郁。物语：朝阳之色，不可多得。

海南山姜

唯恐不及牵春手，月光摇得草蔻羞。
满山遍野风浸透，幸有白纱当盖头。

　　春风旖旎，宛如情人的私语。月光潋滟，让草蔻的少女心一同摇曳。它娇羞地偷瞄着春色，唯恐来不及表露心迹，春的脚步就已远走。漫山遍野的风啊，吹不凉它向往爱情的心，幸亏有白色的花瓣宛如轻纱，遮住它酡红的面颊。它多么渴望无知无觉的春风能为它驻留。海南山姜，别名：草蔻。产于中国广东、海南、广西、云南等地，以广东和海南所产为佳品。叶子翠绿，形似芭蕉叶，簇生花朵白中透粉，丰腴美丽。物语：天花着香，晓风新凉。

海椰子

三大神山亘古有，海椰酝酿大丰收。
盛极相拥春享受，非凡意境不入秋。

　　海椰子树风流倜傥地伫立在天地间，令人心生爱慕。阳光挥洒在硕大的果实上，仿佛金丝嵌蜜蜡般光华四射。春天的气息温柔而含蓄，将自己的力量注入海椰子之中，令它呈现出无可比拟的魅力。诗人展开想象的翅膀，将海椰子塑造得华贵逼人，让读者感受着大自然的恩赐和生命的蓬勃。海椰子，全世界仅存活于塞舌尔群岛，世界三大珍稀植物之一。海椰子树干挺直，叶片硕大浓绿、美观大方。果汁香醇，果肉鲜美。物语：信念张扬，播撒希望。

含羞草
hán xiū cǎo

浅浅粉紫淡淡香，开开合合为谁忙。
qiǎn qiǎn fěn zǐ dàn dàn xiāng　kāi kāi hé hé wèi shuí máng

含羞草花若惆怅，捉个太阳浸水塘。
hán xiū cǎo huā ruò chóu chàng　zhuō gè tài yáng jìn shuǐ táng

在大自然的王国里，生长着一种奇妙的含羞草。它粉紫色的花朵散发淡淡幽香，浪漫而迷人。但它摇曳在人迹罕至的地方，绽放之时无人欣赏。眼见短暂的花期将过，依然没能等到赏花之人到来。它惆怅的样子是如此楚楚可怜，就连天地都为之动容。恨不得"捉个太阳浸水塘"，逗它一笑开怀。含羞草，原产于热带美洲，广泛分布于各热带地区，中国南方地区旷野荒地到处可见。羽状叶感受到外力后会迅速闭合，故得名。物语：妙趣横生，联想无穷。

黑茶藨子

山光月影奇峰高，风云雪景各自好。
黑醋栗虽黑容貌，却是果中第一宝。

　　山光明媚，温暖而和煦。月影静谧，宁静且美好。奇峰高耸入云，犹如巍峨的守护者。风带来清新和活力，云带来神秘和浩渺，雪带来纯洁和寥廓，每一个元素都在大自然中展现各自的魅力。接下来，诗人将目光转向黑醋栗。它虽然外貌黝黑，却蕴含着难以估量的价值。这首诗意味深长，提醒人们审视自然和生活中那些易被忽略的珍贵之物。黑茶藨子，世界多地都有野生或者栽培品种，中国黑龙江和新疆等地均有栽培。物语：广阔天地，任由磨砺。

红车轴草

hóng　chē　zhóu　cǎo

怀古梁上留燕泥，风云恋旧寸心知。
红车轴草寻故地，得知此时非彼时。

　　这首诗中蕴藏着千年的情怀。留在梁上的燕泥是历史的见证，是时间的印记。它们记录了岁月的流转，见证了风云变幻。风云恋旧，是诗人内心深处对往事的追忆和眷恋；红车轴草寻访故地，是诗人怀旧之情的具象。她发现早已时过境迁，过往的种种喜乐悲欢都随风而逝，不由得感慨万千。红车轴草，原产于欧洲中部，早期主要用途为牧草，中国南北方地区均有栽培历史。现已成为城市园林庭院美化环境的主要绿化植物。物语：大地之宝，济世神草。

红豆杉
hóng dòu shān

温柔乡中鹿胎红，洒金帐里度平生。
wēn róu xiāng zhōng lù tāi hóng，sǎ jīn zhàng lǐ dù píng shēng

山水相思不是梦，红豆为君藏深情。
shān shuǐ xiāng sī bù shì mèng，hóng dòu wèi jūn cáng shēn qíng

　　诗人开篇用"温柔乡""鹿胎红""洒金帐"等元素，将红豆杉的娇艳和名贵刻画得淋漓尽致。红豆自古便有寄托相思之意，温庭筠曾写道，"玲珑骰子安红豆，入骨相思知不知"。我们仿佛看到一个如红豆杉一般的绝代佳人，她生活在锦绣丛中，没有世俗的困扰，她对爱人的思恋也因此深挚而纯粹。红豆杉，产于甘肃、云南等地。红豆杉为中国特有树种，被列入《世界自然保护联盟濒危物种红色名录》（IUCN）2010年。物语：古树为人，焕发青春。

<ruby>红<rt>hóng</rt></ruby> <ruby>果<rt>guǒ</rt></ruby> <ruby>薄<rt>bó</rt></ruby> <ruby>柱<rt>zhù</rt></ruby> <ruby>草<rt>cǎo</rt></ruby>

<ruby>珍<rt>zhēn</rt></ruby><ruby>珠<rt>zhū</rt></ruby><ruby>橙<rt>chéng</rt></ruby><ruby>红<rt>hóng</rt></ruby><ruby>万<rt>wàn</rt></ruby><ruby>里<rt>lǐ</rt></ruby><ruby>长<rt>cháng</rt></ruby>，<ruby>千<rt>qiān</rt></ruby><ruby>株<rt>zhū</rt></ruby><ruby>万<rt>wàn</rt></ruby><ruby>株<rt>zhū</rt></ruby><ruby>比<rt>bǐ</rt></ruby><ruby>风<rt>fēng</rt></ruby><ruby>光<rt>guāng</rt></ruby>。

<ruby>疑<rt>yí</rt></ruby><ruby>似<rt>sì</rt></ruby><ruby>误<rt>wù</rt></ruby><ruby>入<rt>rù</rt></ruby><ruby>金<rt>jīn</rt></ruby><ruby>纱<rt>shā</rt></ruby><ruby>帐<rt>zhàng</rt></ruby>，<ruby>偏<rt>piān</rt></ruby><ruby>又<rt>yòu</rt></ruby><ruby>挤<rt>jǐ</rt></ruby><ruby>上<rt>shàng</rt></ruby><ruby>白<rt>bái</rt></ruby><ruby>玉<rt>yù</rt></ruby><ruby>床<rt>chuáng</rt></ruby>。

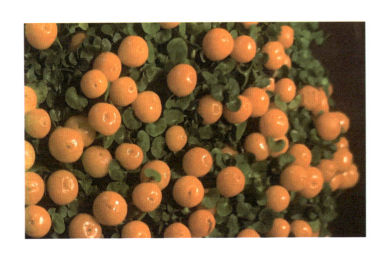

　　珍珠橙红的色彩犹如夕阳余晖，绚烂无匹；又如同壮丽的画卷，绵延万里。千万株红果薄柱草竞相绽放，各自展现迷人的风姿。诗人仿佛将我们带入一个仙境。同时，她又以"疑似误入金纱帐，偏又挤上白玉床"将这一梦幻般的美景渲染上华贵奇妙的色调，更令人分不清是真是幻，是梦是醒。红果薄柱草，产于中国台湾中南部地区，分布于澳大利亚以及菲律宾。矮小美丽，令人爱不释手。果实装满了橙红色汁水，只能观赏。物语：甜蜜亲切，欢乐之色。

红花荷

冬寒绝色本不多，春光乍泄难抛舍。
雪倾万物风弹落，浩荡迎回红花荷。

　　严冬之中，难以寻觅凌寒而开的花朵。当第一缕春光重归大地，便显得尤为珍贵。诗中的"雪倾万物风弹落"，形象地描绘了雪花覆盖在万物上，随着春风的吹拂而纷纷飘落，让人感受到春天的脚步渐近；而"浩荡迎回红花荷"，则象征着万物对春天回归的狂喜。红花荷，产于中国香港，分布于中国广东中部及西部地区。树形美观大方，枝条张扬，盛花期时，细梗上红花荷总是羞红着笑脸，静静悬垂于枝头。物语：冬花之王，极尽风光。

红景天

hóng jǐng tiān

年年新年入旧年，回回风迎红景天。

nián nián xīn nián rù jiù nián　　huí huí fēng yíng hóng jǐng tiān

等闲若识仙草面，拥抱选在未病前。

děng xián ruò shí xiān cǎo miàn　　yōng bào xuǎn zài wèi bìng qián

　　这首诗展现了岁月更迭、时光荏苒的美妙之处。岁月如梭，每一年都在旧年的基础上迈进；春风拂面，红景天如约归来。后两句意味深长，提醒我们平时就应当关注身体健康，而红景天可以帮助人类提前预防某些疾病，堪称"仙草"。红景天，产于中国吉林、辽宁、内蒙古、河北、山西、新疆、四川，分布于欧洲北部至俄罗斯、蒙古、朝鲜半岛等地区。2021年红景天被列入《国家重点保护野生植物名录》。物语：健康长寿，不懈追求。

厚叶岩白菜
hòu yè yán bái cài

浓妆万年抹不开，绿绫如练踏云来。
nóng zhuāng wàn nián mǒ bù kāi　　lù líng rú liàn tà yún lái

五月厚叶岩白菜，含羞绽放成花海。
wǔ yuè hòu yè yán bái cài　　hán xiū zhàn fàng chéng huā hǎi

　　在诗人的妙笔之下，厚叶岩白菜幻化成一位佳人。它艳丽的妆容历经万年风雨而不褪色，绿色服饰优雅轻盈，仿佛踏云飘然而至。当初夏的阳光普照大地，它含羞绽放成花海，心中默默期许赏花人的到来。这首诗通过细腻的描写展现出花儿的温婉美丽，同时也呈现出它内在的含蓄深情。厚叶岩白菜，产于中国高海拔地区，阿尔泰山和蒙古北部等地区也有分布。叶子肥厚呈翠绿色，可开出一簇簇粉红色或粉紫色的美丽花朵。物语：石之琼田，照样耀眼。

胡 椒
hú jiāo

xiāng yuè běn bù fēn bǐ cǐ　　　hù dòng jìn rù nóng qíng qī
相悦本不分彼此，互动进入浓情期。

zhī tóu yáng qǐ qiū xīn yì　　　hú jiāo xīn là tiān xià zhī
枝头扬起秋心意，胡椒辛辣天下知。

　　诗人借胡椒与大自然的和谐互动，比喻相爱之人沉浸在爱河之中，浓情蜜意，难分彼此。当天气逐渐转凉，秋风吹拂枝头，预示着离别之时终于到来。此时的胡椒犹如一个性情刚烈奔放的女子，似乎是在告诫爱人不能舍弃自己，负心离去。胡椒，原产于东南亚，现广植于热带地区，中国南方多地栽培种植。白胡椒以海南产的最为著名。鲜香辛辣，味道浓郁，无论黑胡椒、白胡椒都具有温胃散寒、健胃止吐等功效。物语：太古万千，香翻几番。

胡萝卜

初升太阳照地头，哪颗露珠不含羞。
天堑无涯风成就，胡萝卜上写春秋。

　　旭日东升，大地生辉，露珠羞涩地垂挂在枝头，闪烁着晶莹的光芒。大自然形成的深邃壕沟令咫尺变天涯，但风儿婉转地吹拂而过，让天堑不再是难以跨越的阻隔。它携带着胡萝卜的种子，散播到四面八方，令这种可爱的植物站上世界的舞台。这首诗内涵丰富，展现出大自然对万物生灵的温柔呵护。胡萝卜，原产于亚洲西部，现已为世界广泛栽培种植。中国栽培历史悠久，以中国河北省永清县的胡萝卜生吃最为甘甜爽脆。物语：无须置评，已知轻重。

胡 颓 子

huā yǔ luò rì jìng wú shēng　　qiū jǐng gù pàn cōng máng xíng
花与落日静无声，秋景顾盼匆忙行。

hú tuí zǐ kāi xiāng sī mèng　　xū dài míng nián yuē chūn fēng
胡颓子开相思梦，须待明年约春风。

　　花朵默默沐浴在黄昏的霞光之中，万籁俱寂，迎接夜的降临。繁华的盛夏早已远去，就连秋的脚步也显得匆忙。胡颓子的花期就在深秋，行动迟缓的它等不及在今年结果。只有当翌年的春风回归大地，它才将迎来丰收的果季。这首诗体现了中国古典诗歌的特点，以寥寥数语勾勒出丰富的意境。胡颓子，为亚洲温带或亚热带地区的野生植物。产于中国江苏、浙江、福建等地。枝条张扬，花朵细小、密集。果及根、叶可入药。物语：硕果累累，味道甜美。

虎舌红

云收雨过风至清，大名鼎鼎虎舌红。
登高望远早约定，恰逢其时就纵情。

　　这首诗字字铿锵有力，旨在告诉人们要有面对困难的勇气和决心，不畏艰辛，默默付出。这种坚韧不拔的品质就像花朵绽放时的静默。诗人还借虎舌红威风的名字展现出一种豪迈的气质。花儿相约等到时运来临之时，恣意地绽放，恰如我们把握时机，最大化地实现人生价值。虎舌红，产于中国，分布于广东、广西、云南、贵州、四川等地。厚厚的舌形叶片紫红或翠绿，果实圆润鲜红欲滴，看上去恰似虎舌舔珠，故而得名。物语：民间宝贝，虎年荟萃。

huā jiāo
花椒

huā jiāo chéng jiù bì yún tiān　　　bù ài wū shā bù ài qián
花椒成就碧云天，不爱乌纱不爱钱。

bù zhǎng jiāng shān bù duó guàn　　zhǐ jiāng xiāng qì sǎ rén jiān
不掌江山不夺冠，只将香气洒人间。

　　这首诗以花椒为题，赞颂了它高洁的品质和博爱的精神。花椒树生长茂盛，远远望去，仿佛寥廓的碧云天，给人们带来丰收和喜悦。它不图功名利禄，而是以自身独特的香气和口感征服人们的味蕾。别看它的果实小巧玲珑，却心怀远大志向，要将自己的芬芳洒遍人间。花椒，产于中国北方和长江流域多个地区，以中国四川省汉源县所产的最为著名，唐朝已经开始栽培，因进献给皇宫而被称为贡椒。物语：独树一帜，无物可比。

花木蓝

huā mù lán

bù qī ér yù bié yàng xiāng　　huā mù lán kāi xīn guī fáng
不期而遇别样香，花木蓝开新闺房。
tiān shēng bù ài shū nǚ yàng　　lè zài shèng xià zhuō mí cáng
天生不爱淑女样，乐在盛夏捉迷藏。

　　花木蓝开花的盛景，象征着新生活的开始，呈现出无尽的希望和美好。诗人还刻画出它们与众不同的个性，"天生不爱淑女样，乐在盛夏捉迷藏"这两句生动描绘出它们不像传统淑女那般规行矩步，而是活泼灵动，展现出天生自由、不拘一格的魅力。这种独立自主的精神，使人感受到一种天性的解放和快乐。花木蓝，产于中国吉林、辽宁，分布于朝鲜、日本。花木蓝株形美观大气，粉红色豆蔻花团锦簇，枝条可用于编筐。物语：夏秋花月，不忍轻折。

花 烟 草

不忍流逝夏日风，晚霞又醉三五重。
花烟草丛好雅兴，郑重送出别样情。

　　夏日的风旖旎多情，仿佛轻柔的抚摸。晚霞不忍心风儿离去，呈现出绚丽的姿态，希望能令它停下脚步。接着，诗人又展现出花烟草绽放之时的秀雅姿态，令人沉醉其中。尤为难得的是，它们举止端庄，风姿嫣然，情感真挚，表达出诗人对这美丽夏日深深的眷恋。花烟草，原产于巴西及阿根廷，中国黑龙江省哈尔滨市、北京市、江苏省南京市等地引进栽培观赏。花烟草生命力极强，植株强健，枝繁叶茂。物语：无拘无束，自得乐趣。

花椰菜
huā yē cài

物语并非在眼前，捕捉细微须感观。
wù yǔ bìng fēi zài yǎn qián　bǔ zhuō xì wēi xū gǎn guān

时光不老任沉淀，西蓝花名入药典。
shí guāng bù lǎo rèn chén diàn　xī lán huā míng rù yào diǎn

　　这首诗传递出一种人生智慧。自然万物沉默无声，但各自具有独特的故事，需要我们细心感知其中的微妙之处。时光流转，披沙拣金，每一个物种都是岁月沉积留下的珍宝。就像西蓝花看似貌不出众，实则具有珍贵的药用价值。这首诗教会了我们如何用心去感受生活中微小而美好的事物。花椰菜，别名：西蓝花。原产于地中海东海岸，19世纪初引入中国南部地区，现广泛栽培。能够为人体提供多种维生素，增强抗病力。物语：释放浪漫，温暖人间。

华夏慈姑

^{huá xià cí gū}

几片翠绿凝露珠，相亲相爱风解读。
^{jǐ piàn cuì lǜ níng lù zhū} ^{xiāng qīn xiāng ài fēng jiě dú}

记得当年初相遇，送个芳名叫慈姑。
^{jì de dāng nián chū xiāng yù} ^{sòng gè fāng míng jiào cí gū}

　　绿叶如翠，花朵似露，清风拥抱着慈姑，如同一双温暖的臂膀。记得当年初见，人们为它清丽柔美的姿态所惊艳，特意赠名"慈姑"，期望它永远保留善良温柔的品质，如春风般温暖人心。"慈"字从"心"，是一种由内而外的精神体现，寄寓了人们的美好祝愿。华夏慈姑，中国长江以南各地广泛栽培，日本、朝鲜亦有栽培。以江苏宝应县所产的最为著名，该地被称为中国慈姑之乡，广东台山大江的斗洞慈姑口感也甚佳。物语：水中之宝，未来逍遥。

桦 树
huà shù

银河之水压下来，滔滔不绝填沧海。
yín hé zhī shuǐ yā xià lái　 tāo tāo bù jué tián cāng hǎi

桦树从来不言败，潇洒接受天安排。
huà shù cóng lái bù yán bài　 xiāo sǎ jiē shòu tiān ān pái

　　诗人首先为我们呈现出一幅恍如上古神话一般的壮观场景。银河倾泻，仿佛天怒，它滔滔不绝地填平沧海，令人肝胆俱裂。诗人借这两句诗极力强调大自然不可抵抗的雄伟力量。但是桦树对此却显得淡定从容，它们从不惧怕任何厄运，始终坚毅地伫立在大地之上。桦树，分布于世界各地，中国产有29个种属。树皮可以用于书写、绘画、制作工艺品，汁液可以制作糖浆。桦树材质优良，被广为利用。物语：任何平衡，源于运动。

huái
槐

huái shù wú yì xiù mèi zī　　　qià féng tài yáng yòu zǎo qǐ
槐树无意秀媚姿，恰逢太阳又早起。
shuí liào dòu kòu jiāo wú lì　　　rèn yóu chūn fēng rào huā zhī
谁料豆蔻娇无力，任由春风绕花枝。

　　世间草木繁盛，各逞风姿，槐树好似树中君子，含蓄内敛，没有一丝媚态。当朝晖初起，它便向阳而立，展现出卓尔不群的姿态。倒是枝丫间垂挂的一串串娇嫩的果实，仿佛豆蔻年华的少女，慵懒地犹自贪睡，任由春风穿梭在花叶间，似乎在轻声哄它早起。这首诗充盈着生活的情趣，诗人笔触细腻，勾勒出一幅优美的图景。槐，产于中国辽宁、云南等地。生长缓慢木质细密，槐花含芳香油，根皮、枝叶、果实亦可入药。物语：雅而不俗，高尚情趣。

还亮草
huán liàng cǎo

比比皆是花仙子，美至天地难自知。
bǐ bǐ jiē shì huā xiān zǐ　měi zhì tiān dì nán zì zhī

还亮草开又如是，惊艳何处不拾遗。
huán liàng cǎo kāi yòu rú shì　jīng yàn hé chù bù shí yí

　　广袤深邃的大自然中，具有美感的花草比比皆是，仿佛花仙子轻盈地舞动，动人心魄。还亮草绽放花蕾之时，好似无数蓝紫色的飞燕蹁跹而来，天地间瞬时被渲染得浪漫迷人。它们是如此耀眼，流露出夺目的光华，就像我们身边才华横溢之人，令人无法忽视。还亮草，分布于中国南北方各个地区。野生的还亮草叶子翠绿，美观大方。花朵形状奇特呈蓝紫色，十分抢眼。全草入药，对治疗风湿性关节炎等有功效。物语：迷雾轻烟，时光冲淡。

黄瓜

天挂明月山送风，隔空吹入农家棚。

碧玉黄瓜应时令，清香更胜花两成。

　　皎洁的月轮高悬天际，山野间清风回荡，飘入农家院落。竹篱之内，棚架下方，一根根翡翠似的黄瓜顶花带刺，闪烁着淡淡的光晕。只有栽种、采摘新鲜瓜果的人们，才能体会丰收时的喜悦，品味那最原始的清甜芳香。那味道更胜鲜花几分，沁人心脾，久久难忘。黄瓜，原产于印度，中国各地栽培种植历史悠久。其果为中国各地夏季主要蔬菜之一。黄瓜生熟皆可食用，还是传统中药材，其茎藤可供药用。物语：天降大任，豪气干云。

黄花蒿

huáng huā hāo

zhí wù wén míng zhú shuǐ cháng　　hàn shān zhī jǔ xiǎng sì fāng
植物文明逐水长，撼山之举响四方。

tiān biān xiān qǐ huí chūn làng　　kē xué zhī guǒ huò nuò jiǎng
天边掀起回春浪，科学之果获诺奖。

　　李白曾有名句"天生我材必有用"，天地万物都有其独特的价值，总能显现出熠熠光辉。2015年随着屠呦呦荣获诺贝尔生理学或医学奖，全球两亿多饱受疟疾折磨的患者迎来了福音，而富含青蒿素的黄花蒿也一跃成为万众焦点。这是中国科学家的无上荣光，也是中草药的高光时刻，应当被永远铭记。黄花蒿，广泛分布于中国南北方和世界多地。本种不同于植物学上称的"青蒿"，二者药用功能相近，黄花蒿富含"青蒿素"。物语：路边野草，天然之宝。

huáng jǐn
黄槿

huáng jǐn huá gài bù suàn gāo　　rì shàng sān gān zhān zhī liǎo
黄槿华盖不算高，日上三竿粘知了。
yǎn chì bù ràng zì jǐ jiào　　bǐng xī zhī tóu fáng zhé yāo
掩翅不让自己叫，屏息枝头防折腰。

　　清幽的小园中，黄槿悄然绽放。金瓣朱心的硕大花朵好似华盖在风中飘摇。诗人唯恐蝉儿的聒噪惊扰花儿的静美，举起竹竿去粘知了。也许是察觉到危险来临，蝉儿乖巧地收敛了声息。它们其实也眷恋花朵的美色，生怕自己一不留神坠下枝头，压折了花腰。这是一首生意盎然的小诗，颇为有趣。黄槿，分布于中国台湾、广东、福建等地，越南、老挝、印度等也有分布。开金黄色花朵，美艳如茶花。新鲜叶子可供蔬食。物语：观赏之余，当作食物。

物语集

植物类

B

八角	物语：千年食至，可谓大矣。
巴豆	物语：凶猛如虎，见者服输。
巴戟天	物语：透彻解读，必可领悟。
白菜	物语：生长快速，赏心悦目。
白豆	物语：视线所及，天然无敌。
白及	物语：风中起舞，自给自足。
白鲜	物语：田野馈赠，养颜美容。
白英	物语：花如人愿，其美如山。
白芷	物语：有限生命，无限动能。
百代兰	物语：一抹绿意，减排开启。
百里香	物语：火山能量，天地流芳。
百脉根	物语：人间悲喜，尽收眼底。
棒叶落地生根	物语：独特植物，另有情趣。
宝盖草	物语：故土恋天，药在眼前。
蓖麻	物语：人畏之患，尽可防范。
槟榔	物语：内露煞气，弊大于利。
播娘蒿	物语：绿野仙踪，颇为有用。

C

蚕豆	物语：巧设天工，田中怡情。
长药八宝	物语：济世良药，民间八宝。
苍耳	物语：早年泛滥，如今稀罕。
苍术	物语：恬淡心境，广度众生。
草果	物语：家常菜色，味不可夺。
草莓	物语：里外透红，风韵天成。
草木樨	物语：流翠护航，花更芳香。
柴桂	物语：嫦娥玉兔，稀有桂树。
陈皮	物语：流云有形，老树无声。

秤锤树	物语：开阔胸怀，快乐飞来。
赤小豆	物语：殷实话题，恒久方式。
川鄂乌头	物语：人生如河，岁月流过。
穿龙薯蓣	物语：地底纵横，出土有用。
垂柳	物语：春烟袅袅，绿雨潇潇。
莼菜	物语：清涟出尘，微光更新。
葱	物语：聪明好运，万事皆顺。
翠雀	物语：蓝伴盛夏，画中有画。
酢浆草	物语：扶摇千里，增长见识。

D

大豆	物语：终获饱满，欲上青天。
大花茄	物语：花紫树高，浪漫缭绕。
大麻	物语：因醉而醉，故被定罪。
大麦	物语：天有美酒，地无忧愁。
丹参	物语：拔萃涌动，心神安定。
当归	物语：点到为止，何必诠释。
刀豆	物语：灿若剪碧，遁如君子。
稻	物语：开天辟地，无限活力。
地黄	物语：寂静无声，地下功成。
地衣	物语：象征载体，生命轨迹。
地涌金莲	物语：欲开未开，天仙归来。
地榆	物语：山水相伴，乡村之恋。
吊竹梅	物语：秋千红索，悬垂紫波。
蝶豆	物语：与蓝对酌，无花倾国。
钉头果	物语：千奇百怪，趣致可爱。
冬瓜	物语：悟出真谛，成就自己。
冬青	物语：冰雪之中，绿意倾城。
豆瓣绿	物语：希望无限，绿色无憾。
毒豆	物语：请勿栽种，危及生命。

独行菜   物语：心生敬畏，过量驳回。

E

莪术   物语：水边成长，美得荡漾。

鹅掌草   物语：流云花影，眷恋其中。

鹅掌楸   物语：白云与爱，随风而来。

F

番茄   物语：玲珑摇风，惊艳天穹。

饭包草   物语：自然史诗，非凡奇迹。

榧树   物语：岁月悠悠，深情胜酒。

费菜   物语：广生田野，大爱辽阔。

风车茉莉   物语：香满土坡，自得其乐。

扶芳藤   物语：必经之路，超凡高度。

佛甲草   物语：感恩有你，无可代替。

覆盆子   物语：酸甜如常，快乐健康。

G

甘草   物语：甜蜜入心，四季如春。

甘蕉   物语：田野丰韵，坚守初心。

甘露子   物语：过眼云团，婉约成莲。

甘蔗   物语：甜源滚滚，控制尺寸。

橄榄   物语：感人温度，源自草木。

杠柳   物语：沉思空想，瘦了阳光。

高粱   物语：若想命长，多吃杂粮。

枸骨   物语：纤手拾月，唯美之夜。

构   物语：春秋都好，抒情色调。

栝楼   物语：恰逢其时，莫过如此。

光瓜栗   物语：名字响亮，居家吉祥。

桂竹香   物语：朝阳之色，不可多得。

H

海南山姜   物语：天花着香，晓风新凉。

海椰子	物语：信念张扬，播撒希望。
含羞草	物语：妙趣横生，联想无穷。
黑茶藨子	物语：广阔天地，任由磨砺。
红车轴草	物语：大地之宝，济世神草。
红豆杉	物语：古树为人，焕发青春。
红果薄柱草	物语：甜蜜亲切，欢乐之色。
红花荷	物语：冬花之王，极尽风光。
红景天	物语：健康长寿，不懈追求。
厚叶岩白菜	物语：石之琼田，照样耀眼。
胡椒	物语：太古万千，香翻几番。
胡萝卜	物语：无须置评，已知轻重。
胡颓子	物语：硕果累累，味道甜美。
虎舌红	物语：民间宝贝，虎年荟萃。
花椒	物语：独树一帜，无物可比。
花木蓝	物语：夏秋花月，不忍轻折。
花烟草	物语：无拘无束，自得乐趣。
花椰菜	物语：释放浪漫，温暖人间。
华夏慈姑	物语：水中之宝，未来逍遥。
桦树	物语：任何平衡，源于运动。
槐	物语：雅而不俗，高尚情趣。
还亮草	物语：迷雾轻烟，时光冲淡。
黄瓜	物语：天降大任，豪气干云。
黄花蒿	物语：路边野草，天然之宝。
黄槿	物语：观赏之余，当作食物。